IL BICCHIERE MEZZO PIENO

IL BICCHIERE MEZZO PIENO

PIEMME

Pubblicato per

PIEMME

da Mondadori Libri S.p.A.

ISBN 978-88-566-6395-2

I Edizione marzo 2018

Anno 2018-2019-2020 – Edizione 1 2 3 4 5 6 7 8 9 10

A Maria Grazia Capulli e Laura Toscano

Prefazione

Miracolini

di Geppi Cucciari

Dieci anni dopo *Cuori di Pietra*, ventitré donne, scrittrici, giornaliste, esseri umani di varia foggia e sfumatura emotiva contingente, si ritrovano con un obbiettivo, comune e chiaro: scrivere. E un altro obbiettivo più nebuloso, velleitario, eppure bellissimo. Anzi due: impreziosire la vita di chi legge, magari sorseggiando un drink nel tinello della propria comoda casa, e migliorare quella di chi il tinello non ce l'ha, ma soprattutto non ha un piffero da bere perché dalle sue parti l'acqua è un'ipotesi avventurosa.

E tutto ciò soli centocinquant'anni dopo che il dottor Semmelweis, il primo medico che un giorno disse ai suoi colleghi «stimatissimi, sarà il caso che uscendo dalla sala autopsie e dirigendoci in sala parto ci laviamo le mani?», venne obbligato a lasciare la sua città, rinchiuso in un manicomio ed escluso a vita dalla comunità scientifica, a suggello del fatto che esistono congiunture astrali per cui tra essere riconosciuto come un genio ed essere stigmatizzato come idiota il passo è davvero troppo breve e amaro.

Questo libro si muove su quel crinale, affascinante e pericoloso, sfidando rassegnazione e cinismo con un rapido ed elegante battito di ciglia. Racconta storie il cui epilogo non è stato sventurato come quello del medico viennese di cui sopra, si sbatte alla ricerca di leggerezza, tallona un anelito di speranza come il viaggiatore ramingo insegue un caffè decente in autostrada.

In un momento in cui l'ottimismo non è più il profumo della vita, in una stagione in cui questo mirabile concetto viene vissuto come il contrario non del pessimismo, ma del realismo, è sempre giusto e prezioso celebrare quell'istinto mai sopito che suggerisce di vedere finalmente il bicchiere mezzo pieno, badando anche a quale sia la sostanza al suo interno, dettaglio questo di discriminante importanza.

Si è scelto così di far scorrere inchiostro non per esorcizzare una qualche Caporetto coniugale, non per parlare di quella volta in cui l'amore non solo non ha trionfato, ma neppure pareggiato, ma neppure è entrato in campo, non per ripercorrere psichiatricamente un qualche passaggio di una, a volte troppo generosa, *tranche de vie*, ma per raccontare storie venate di due caratteristiche: bellezza, bontà.

Questi venti racconti, variopinti e variegati con protagonisti, madri, figli, architetti, ballerine, donne che celebrano sogni, auspici, desideri, progetti, rinascite, nuove occasioni, resilienze assortite, raccontano quelli che potremmo definire "piccoli miracoli".

La parola "miracolo", deriva dal latino *miraculum*, e non significa "guardami le terga" ma "cosa meravigliosa". Per la precisione, in teologia indica un evento straordinario, totalmente al di sopra delle leggi naturali, agito da Dio direttamente o attraverso una sua creatura. Da cui il celebre "miracolo italiano".

Gesù si applicò parecchio nel settore, dedicandosi sia a quelli di natura sanitaria, guarendo da sordità, cecità e diverse affezioni dermatologiche più di un devoto, senza nemmeno trascurare i più scettici, sia a quelli legati al campo del dominio della natura, facendo jogging sulle acque di un lago, tramutando acqua in vino a un matrimonio dal catering evidentemente primitivo, e trasformando uno spuntino a base di carboidrati e proteine animali per pochi astanti in un cenone per 5.000 invitati.

Interpretazioni meno letterali, ormai parte del linguaggio comune, ricollegano chiaramente il miracolo, per estensione, anche a fatti eccezionali, che provocano meraviglia e si sostanziano in una contingenza inattesa, provvidenzialmente e positivamente in grado di cambiare il corso degli eventi e la cui origine non è divina, ma umana e più che mai terrestre. Ad esempio Trump che twitta una frase vagamente ricevibile perché il figlio gli ha hackerato l'account. Il tuo compagno che azzecca il regalo di Natale perché ti ha spiato il telefono. Il parcheggio sotto casa libero per tre volte di fila solo perché hai affisso il cartello «riservato Isis».

E allora non ci sono più alibi per sottrarsi all'ambizione di essere protagoniste di un qualche miracolino tangibile, immediato, quotidiano. Perché se alle donne capita al massimo di doversi occupare di una famiglia intera con l'influenza, di un paio di figli adolescenti convertitisi su Instagram al veganesimo, di camminare con eleganza su tacchi alti 12 centimetri, non dobbiamo più reputarci esentate dal provare a lasciare una traccia che, se proprio non faccia gridare al miracolo, non lo faccia quanto meno escludere.

Lasciatevi trascinare, dunque, da questo spirito, quello secondo cui tutto è possibile, lecito e plausibile, perché l'ottimismo non esclude nessuna opzione, rendendo il lieto fine un'eventualità, mentre il pessimismo forse aiuta a indovinare l'esito degli eventi ma non di certo a governarli.

Le donne leggono più degli uomini in questo Paese, e leggere aiuta a vivere vite che non si ha il tempo di coltivare, a conoscere cose con cui non si ha il tempo di relazionarsi e a imparare lezioni che possono fare luce su qualche nostro anfratto sconosciuto ai più e magari a noi stesse.

E allora leggete, e poi scrivete anche su un foglio la vostra storia bella e buona, e applicatevi per farla diventare vera.

Nei secoli dei secoli. O anche solo nei weekend dei weekend.

Alessandra Appiano
Un miracolo di raso rosso

Non arrenderti.
Rischieresti di farlo un'ora prima del miracolo.

PROVERBIO ARABO

Era una di quelle calde giornate di sole romano, che mettono allegria e fanno presagire la primavera in pieno inverno. Ginevra avrebbe voluto trasformarsi in un gatto e mettersi sorniona alla finestra, a godersi gli influssi benevoli dei raggi inaspettati, assaporando il piacere della pigrizia risolta, priva di sensi di colpa. Solo così sarebbe riuscita a rasserenarsi, anche se l'esultanza di luce invasiva contrastava beffarda con la sua opaca malinconia.

A dire il vero, se avesse dato retta al suo *mood*, avrebbe chiuso le persiane, abbassato le tende, rimesso la camicia da notte. Si sarebbe buttata sul letto, sotto il soffice piumone, per tentare di riaddormentarsi e placare tra i cuscini l'inquietudine che bussava da vera cafona alla porta dell'inconscio, alla faccia del desiderato oblio. Ma un residuo di forza d'animo, un tentativo di sfidare nella pratica il teorico ottimismo della volontà, la spingeva ad affrontare comunque la mattina, spalancare le porte a un nuovo giorno, rimboccarsi le maniche. L'ozio non sarà il padre di tutti i vizi, ma è sicuramente il parente stretto delle domande scomode. Che, nell'ordine, erano le seguenti: dove stava andando a parare la sua vita? Un'attrice che non ha mai "sfondato" in lustri e lustri di onorata carriera può ancora credere nella grande occasione? Quale confine passa tra una lunga disoccupazione e un reale fallimento? Tra lasciare aperta la porta della speranza e beccarsi uno sfratto per eccesso d'illusione? Erano mesi che non le arrivava una proposta di lavoro, una parte a teatro, quattro pose per una fiction televisiva, una comparsata in una pubblicità ben retribuita. L'attico che aveva preso in affitto in un momento di fulgore artistico ed economico era diventato davvero al di sopra delle sue possibilità: la vista sui tetti rossi e sulle cupole della capitale era da capogiro, ma il pensiero del costo esorbitante era da svenimento.

Certo, poteva alzare la cornetta del telefono e chiamare la sua agente, Michela Settis, per sentirsi attiva e propositiva. Si sarebbe però dovuta sorbire la solita solfa del cinema italiano in crisi di fondi e di idee; dei produttori incapaci di assumersi il rischio delle novità e delle operazioni culturali; degli sceneggiatori con l'ispirazione in picchiata in sintonia col fatturato in picchiata; della tv becera e volgare, origine e capro espiatorio di ogni nefandezza artistica e non. Oppure avrebbe potuto seguire con calma zen i consigli di qualche collega svalvolata che si curava con i fiori di Bach, la meditazione trascendentale o nei casi più tosti col litio o con gli psicofarmaci; spacciarsi per genio incompreso e buttare via la chiave delle responsabilità personali. Ma Ginevra, oltre al talento inespresso, possedeva un'altra scomoda qualità: un'onesta attitudine a raccontarsi, se non proprio la verità (chi ci riesce mai, sul serio?), almeno la più plausibile versione dei fatti, senza millantare né edulcorare troppo. Senza eroismi né vittimismi. La mappa del suo destino l'aveva tracciata lei, proprio lei, con una serie di mosse precise: aveva scelto di andare allo sbaraglio *full time* preferendo il brivido del palcoscenico alla noia di un impiego sicuro e di un futuro prestabilito. La famiglia e i figli le erano parsi un dovere soffocante; una professione stabile una faccenda prosaica, di una barba mortale; il paese di provincia in cui era nata un becero pollaio di pettegoli ottusi, privi di prospettive ideali. Si era illusa che un'esistenza fuori dalla tediosa realtà quotidiana, piena di scintillio e di brio, l'avrebbe resa eternamente giovane e felice. Adesso, alle soglie dei quaranta, pagava il conto tutto in una volta: non aveva bevuto l'olio di ricino da piccola, e ora, da grande, si beccava per intero una tazza di cicuta. Un lavoro precario, per non dire inesistente, un conto in banca risibile, un fidanzato vagamente sposato con un'altra (una signora saggia e previdente con pargoli e posto fisso). Soltanto il guardaroba era rimasto in sintonia con i suoi sogni da star. La sua cabina armadio era un tripudio di velluti e sete, tubini di ogni colore, stole di pelliccia ecologica, scarpe col tacco dodici e ballerine rasoterra, camicette romantiche e minimaliste, stivali alla piratesca e stiletti estrosi, borse firmate che avrebbe dovuto rivendere presto. Abiti da sera sexy, aderenti e scollati, rigorosi tailleur pantalone maschili, gonne stretch o scampanate, morbide mantelle e maglioni di cachemire, baschetti spiritosi e cappellini da signora bon ton. In quell'angolo variopinto e festoso ogni cosa le pareva ancora possibile: perché, ammettiamolo pure, il pensiero positivo si palesa meglio nel lusso. Gli accostamenti arditi e azzeccati erano sempre stati il suo orgoglio: già da ragazza le compagne di scuola le invidiavano le sue *mise* originali che rivelavano una propensione baldanzosa a conciarsi da diva (che Ginevra aveva scambiato per un destino da prima donna, i famosi fraintendimenti esistenziali...). Eccolo il vestito di raso rosso! Solo a toccarlo, era pervasa da una scossa di piacere: l'aveva indossato tre anni prima, in una rara fase di decollo della sua carriera, quando aveva vinto il premio come miglior attrice protagonista della fiction *Ragazze alla moda,* nel ruolo della fascinosa direttrice di un atelier del centro. Che strano. L'unico vero successo che spiccava nel suo curriculum coincideva con la sua innata predisposizione all'eleganza. Forse avrebbe dovuto fare la stilista, altro che l'attrice. Per quanto, con la crisi economica che non cessava più, chi lo poteva dire, che cosa era giusto o no fare?

Non aveva mai creduto nei segni premonitori, ma ora ne aveva un bisogno assoluto. Da troppo tempo vagava nella nebbia della mancanza di orizzonti, da troppo tempo viaggiava sulla strada piena di buche della frustrazione. Forse era ora di prendere atto che il percorso da intraprendere era un altro. Che il talento è un mistero che si compie con naturalezza, che rende sicuri di se stessi senza dipendere da un consenso eclatante, dagli applausi e dagli autografi da firmare. Un flash, un'illuminazione perfetta, che arriva al centro, al codice della propria anima.

Lo squillo del cellulare. Pronto? Chi parla?... Era la sua amica Sara, la proprietaria della boutique Magica attrazione. Stava organizzando una vendita benefica a favore di una grande organizzazione umanitaria che l'aveva conquistata con la serietà dei suoi progetti. Il primo fra tutti, la lotta contro la povertà, partendo proprio dalla forza delle donne...

«Ciao Gin, mi aiuteresti in questa missione speciale? Hai gusto, e tante conoscenze nel "rutilante" mondo dello spettacolo: mi potresti dare una mano sia nella vendita dei capi che nella promozione dell'evento... E poi vorrei presentarti Paola, che si occupa della campagna raccolta fondi in tv, tu saresti una testimonial perfetta. Ma ti avviso subito, è a titolo gratuito...»

«E ci mancherebbe altro. Dovrei essere io a pagare, per essere coinvolta in qualcosa in cui finalmente credere...

Non sarò un esempio di Impegno con la I maiuscola, ma rimango pur sempre una persona per bene. Anzi, sai che cosa ti dico? Il mio guardaroba sta per esplodere e potrei dare il buon esempio mettendo all'asta i miei vestiti più belli. Partirei da quello di raso rosso, che avevo comperato da te, ricordi?... L'incasso andrebbe a...»

«Vai sul sito, così capisci meglio chi sono e ciò che fanno, ma ti assicuro che non verrà sprecato nemmeno un centesimo... Che idea fantastica, l'asta, magari possiamo coinvolgere qualche altro personaggio famoso... Paola passa da me verso sera, dalle diciotto e trenta in poi, che ne dici di venire qui? Ci prendiamo un aperitivo e decidiamo il da farsi.»

«Sono già lì! E davvero, conta su di me!»

Da una giornata che non presagiva nulla di buono era partito un piccolo gesto che poteva fare la differenza. Ginevra non ricordava in quale libro aveva letto che ogni giorno con un progetto è un giorno migliore, mentre ogni giorno passato a recriminare è un giorno sprecato.

Una verità inconfutabile, tanto che le sembrava di aver ripreso a respirare, e che l'aria intorno a lei fosse diventata più leggera e pulita.

Era giunta l'ora di sbarazzarsi di troppi atteggiamenti ridicoli e dannosi: basta soffrire sulla sorte poco glamour di Ginevra Flò (nome d'arte, lei si chiamava Gina Florio); basta inseguire le copertine dei rotocalchi popolari con strategie *cheap*; basta rimpiangere la gloria che avrebbe potuto essere e che invece non era... Basta aspettare le telefonate dei registi che non arrivavano mai; basta lamentarsi per le occasioni perdute; basta poltrire e credere che il disincanto sia un distintivo d'elezione; basta soffrire con uomini sbagliati in partenza, sposati o single recidivi, basta con gli scampoli in saldo di sentimenti fallati. Avrebbe iniziato un nuovo cammino, a passo lento, con l'umile determinazione di chi sa che la meta è lontana. E che l'ego assomiglia a una bestiaccia affamata: più lo nutri più chiede nutrimento.

Dalla telefonata di Sara era passato poco più di un anno: Ginevra aveva lasciato il costoso attico romano, e con esso le ansie da pagamenti esagerati per un tenore di vita da finta diva che si era trasformato in un contratto capestro ai lavori forzati (senza lavoro). Si era trasferita a Firenze, non lontano da Vinci, il paese dei suoi genitori, che aveva ripreso a frequentare con regolarità, senza doversi inventare ogni volta successi inesistenti e ingaggi favolosi. Quanta poesia inespressa nei suoi timidi vecchi: non erano mai riusciti a dirglielo, ma loro desideravano soltanto una figlia da amare senza chiedere nulla in cambio; loro si auguravano per lei un futuro di felicità o almeno di serenità, poco importa se arrivavano o meno gli applausi della diretta.

Comunque: se Ginevra non era riuscita a emergere sulla scena, nel cambio di scenario si era rivelata piuttosto coraggiosa. Ora viveva nel periferico e ultrapopolare quartiere Le Piagge, dove l'associazione aveva aperto un centro di ascolto per situazioni di emarginazione. Il suo trilocale modesto (ma arredato con gusto) si trovava in uno dei tanti anonimi casermoni abitati da famiglie il cui reddito medio stentava ad arrivare ai seicento euro al mese, la cifra che lei prendeva al giorno, per una posa in un film, ai tempi del suo fugace fulgore cinematografico. Eppure di quel luogo degradato, dove vivevano più di duemila persone a cui ridare qualche speranza e almeno un sogno, lei era diventata l'anima, la stella che brillava di buoni propositi, quella che si sbatteva notte e giorno, senza un filo di trucco e in scarpe da ginnastica, per far andare avanti la baracca (in verità piuttosto scassata). Proprio lei, che finora aveva sprecato mezza esistenza in attesa di miracoli improbabili, sempre decisi da circostanze esterne, era diventata la risoluta protagonista di una irrinunciabile rivoluzione individuale. Un processo che era partito dalla raccolta fondi in cui aveva scoperto che nel gratuito esprimeva il suo talento. Se continuare a chiedere per se stessa l'aveva umiliata, chiedere per gli altri l'aveva galvanizzata. Ma era stato il viaggio in Tanzania, come testimonial dei progetti, a far scattare la molla del cambiamento: in quel paese poverissimo ma pieno di risorse naturali, aveva iniziato a trovare la cura per la malattia egoismo. Tutte quelle donne che le avevano raccontato con gratitudine la loro storia di rinascita partita da una donazione o da un corso di sostegno, tutte quelle madri giovanissime di troppi figli, sorridenti malgrado le privazioni e i corpi sformati, tutti quei bimbi che le correvano incontro per abbracciarla e ringraziarla, come se fosse stata proprio lei a donare le sementi o gli attrezzi per il lavoro nei campi, l'avevano fatta sentire un'impostora... Lei che prima di partire era andata in paranoia per il Malarone, il look da inviata e la messa in piega a lunga tenuta. In quei villaggi miseri dove aveva fatto la pipì in un gabinetto comune (col buco), aveva iniziato a sentirsi bella coi capelli in disordine, i jeans sporchi di fango, i neonati col moccolo in braccio: e lì, solo lì, aveva capito quale dono le era arrivato dal destino in zona Cesarini, quando rischiava di smarrirsi per sempre nella depressione.

Adesso, ogni mattina si svegliava presto, e di umore accettabile, se non buono: c'era tanto da fare, e poco tempo per rimuginare. C'era da controllare che non mancasse mai un volontario allo sportello dove arrivavano a frotte a chiedere informazioni pratiche sull'accesso ai vari servizi sociali; c'era da mandare avanti il doposcuola per i bambini delle elementari e delle medie; c'erano da impostare i corsi di ginnastica per gli anziani e quelli di arti marziali per gli adolescenti; senza dimenticare il suo fiore all'occhiello, il corso di teatro, il più gettonato. Non sempre era un idillio, ma la sua vita aveva ripreso colore e senso. E se la giornata andava storta, poteva farsi consolare dalla sua mamma, invece di telefonare alla sua agente.

Forse in alcuni intenti avrebbe fallito, ma era riuscita nel proposito prioritario: uscire da se stessa per accorgersi degli altri. Sapeva che sarebbe stata una sfacchinata in salita, che richiedeva un allenamento costante, continue revisioni e aggiustamenti del caso. Ma da quando aveva abolito ogni pernicioso protagonismo (nessun fiato sprecato, né per lodarsi né per mortificarsi) non aveva più paura. Non si è mai al centro del mondo, "il mondo" ha ben altre gatte da pelare. Per invertire la rotta delle ambizioni malriposte, sarebbe bastato quello che predicava nonna Adele: una dose abbondante di pazienza mischiata a un pizzico di audacia. I miracoli sono figli degli dèi, notoriamente insofferenti alla presunzione umana: se li chiami con la grancassa, e li pretendi, per dispetto fanno finta di non sentirti. Ginevra avrebbe ricominciato così, pian piano, raccontando a se stessa, sottovoce, la voglia di diventare una persona diversa. E di splendere dell'unico miracolo possibile, in terra: rinascere ogni volta che si ritrova la speranza con un atto d'amore.

Stefania Bertola
Grivne

Mi ricordo ancora la prima volta che Igor è arrivato a Torino, perché sono andata io a prenderlo con mia sorella. Suo marito, figuriamoci se poteva. Fa il derattizzatore, e tutte le volte, ma dico tutte, che Claudia ha bisogno di lui, lui, Perluigi, è a derattizzare. Prima di conoscerlo, non avrei mai creduto che la rattizzazione fosse così diffusa. Che ci fossero ratti in ogni luogo, e sempre bisognasse estrometterli a viva forza. Ad ogni modo, la sera che i bambini di Zolocev sono arrivati al Lingotto per la loro vacanza invernale, Pierluigi era a derattizzare, e Claudia mi ha chiesto se la accompagnavo perché lei aveva un po' paura ad accogliere tutta sola un ragazzino ucraino di dieci anni che non diceva mezza parola di italiano. In realtà, una parola la diceva. Quando lo abbiamo identificato, ritirato e deposto nella Panda rossa di Claudia, Igor ci ha guardato con due occhi blu scuro come due genziane e ha detto, forte e chiaro: «Juventus».

Alla seconda visita di Igor, quella estiva di tre mesi, Claudia ha cominciato a farfugliare qualcosa sull'adottarlo, ma Pierluigi mandava avanti quella triste risorsa di chi non ne ha altre: il buonsenso. «Sono responsabilità» diceva. «La nostra vita non sarà più come prima» aggiungeva. «E se poi si droga? Ruba? Fa un incidente con la moto?» Claudia annuiva come annuiscono le mogli, che intanto pensano a come fare a modo loro. Se eravamo a cena insieme, si voltava verso di me: «Tu, Lucia, che ne dici?» Niente, io non ne dicevo niente: sono una single evoluta, mando avanti una piccola fabbrica di paralumi, ho un amante sposato che mi basta e avanza, e non adotterei un bambino neanche sotto minaccia di un kalashnikov, tanto per restare in atmosfera russa.

Certo, Igor è molto bello, molto simpatico, silenzioso, interessante, e pur vivendo nell'estrema Ucraina orientale, a un paio di tiri di sputo da Mosca, è un tifoso della Juve, proprio come Pierluigi. Quando hanno cominciato a guardare insieme le amichevoli estive, e Igor ha imparato a memoria la formazione titolare, il fronte del no ha mostrato le prime crepe. Perciò un giorno, quando Igor di anni ne aveva dodici, Pierluigi e Claudia hanno iniziato a pronunciare parole come "postilla", "CAF", "nulla osta", "ente" e "perizia dell'architetto", e dopo un annetto di pratiche sfinenti, ecco che bisognava andare a ritirare Igor e portarselo a casa per sempre. A quel punto, a me non restava altro da fare che salutare Claudia e Pierluigi, augurare loro buon viaggio, e andare al Juve Store di via Garibaldi a comprare un bel regalo per accogliere Igor al suo arrivo. Se non che. Se non che due giorni prima di partire Pierluigi – e giuro che l'ha fatto apposta, non ho dubbi, sono sicura come l'oro – due giorni prima di partire Pierluigi derattizzando in montagna si è rotto una gamba.

Ecco perché ci sono io, con Claudia, su questa bianca macchina che attraversa la periferia di Kiev, in compagnia di Yuri Shulga, il referente dell'ente incaricato delle adozioni. Yuri Shulga parla un ottimo italiano, e lo utilizza principalmente per informare Claudia della necessità di avere sempre molte grivne a portata di mano. La grivnia è la moneta locale, e per un euro te ne danno una trentina. Questo rende le trattative commerciali invoglianti anche per due sorelle di moderata agiatezza come noi. In effetti, Claudia mi ha convinta a venire con lei facendomi balenare davanti acquisti di ambra, argento e tovaglie ricamate a prezzi ridicoli.

Per quindici giorni Shulga accompagna Claudia attraverso miriadi di uffici e ambasciate e notai. E sempre, accompagnandola e guidandola, borbotta: «Il notaio sarebbe già pagato, ma se volete il documento in 24 ore bisogna aggiungere 50 grivne. Per il visto, me ne occupo io, basta che lei mi dia 500 grivne per il funzionario. Il passaporto di Igor? Ci vogliono 15 giorni, a meno di sveltire le pratiche con 600 grivne...».

Claudia dice sempre di sì, e dopo un paio di settimane durante le quali lei sveltisce e io compro ambre, argenti e tovaglie ricamate, siamo finalmente in treno per l'ultima tappa del viaggio. Il treno lo abbiamo preso per un pelo minuscolo, grazie a Shulga. Eravamo in ritardissimo, non si trovavano taxi, allora lui ha fermato una macchina, e ha offerto 100 grivne all'autista perché ci portasse alla stazione. E l'autista lo ha fatto. Un signore qualsiasi, che se ne andava per gli affari suoi, molla tutto e ci porta alla stazione per amore di 100 grivne. Shulga ci ha spiegato che questo a Kiev è un modo di spostarsi molto diffuso.

Shulga non è brutto, è il classico russo alto, biondo, naso leggermente camuso, occhi color ghiaccio. Siccome mi piace molto tradire il mio amante sposato coi primi che passano, ho provato a fargli qualche abile *avance*, ma lui sembra interessato esclusivamente alle grivne, e se crede che lo pagherei per il piacere di segnare una crocetta accanto a "ucraini", be', se lo scorda. Così, quando arriviamo all'Hotel Mercury di Kharkov, ognuno in camera sua e buonanotte, anche se sono le sei del mattino.

Il giorno dopo, eccoci in questa terra di nessuno, in questo profluvio di erba e girasoli, in questa distesa di cimiterini lungo il ciglio della strada: il distretto di Kharkov.

Quando arriviamo alla Casa dei bambini, da cui ripartiremo tra poche ore con Igor, Claudia è disfatta dall'emozione e barcolla sotto il peso di un valigione pieno di regali per gli altri bambini visto che purtroppo, che peccato, non può adottarli tutti. Ad accoglierci, cuoche, molti residenti dai due ai sedici anni, una gatta di nome Wanda, la vicedirettrice, un'infermiera, ma nessuna traccia di Igor. Igor, ci informa Shulga dopo un concitato colloquio con le signore presenti, è appartato con la direttrice. Claudia comincia ad agitarsi, convinta che sia cattivo segno: forse è ricomparso qualche genitore dal passato? È subentrato un ostacolo che impedirà a lei e al suo bambino di tornare a casa dal derattizzatore, intanto beato sul divano a guardarsi Sky? In effetti, un ostacolo è subentrato, anche se lei non ne viene al momento informata: Shulga mi prende da parte e mi spiega che Igor non vuole più venire con noi, e la direttrice sta cercando di farlo uscire dall'albero in cui è entrato.

«Albero?»

«Albero vuoto. Lui dentro. Lui dice che non vuole più andare in Italia. Mancano amici, manca suo paese.»

«Be', doveva pensarci prima. Mia sorella si è fatta un culo quadro per adottarlo, e adesso lui viene, dovessi trascinarlo di peso da qui all'aeroporto!»

Shulga mi guarda male. «Per lui non è facile.»

«Ah no? Peccato.»

Non aspetto neanche la risposta e dico a Claudia di non preoccuparsi, che Igor arriva subito, di cominciare a preparargli la valigia. Poi vado in giardino, e seguendo il via vai di persone agitate, identifico un grosso albero con un buco in mezzo, nel quale è perfettamente inquadrata la faccetta di Igor. Dopo essere venuto in Italia cinque volte, Igor parla abbastanza bene la nostra lingua.

«Ehilà» gli dico. «Come va?»

«Io cambiato idea.»

«Ma va. È solo capriccio. *Capriz. Davai*, vieni dalla mamma.»

Alla parola “mamma”, vacilla. Ma non si muove.

«Io manca miei amici: Vova, Vania, Sasha, Nikita, Serioza...»

«Puoi telefonare. E magari fra un po’ di tempo vieni a trovarli. Su, Igor, che è tardi.»

«Io manca Olena. Fidanzata.»

«In Italia troverai tante fidanzate. Forza, esci di lì, tua madre sta già piangendo, lo sai com’è lei.»

Igor non mi risponde. Guardo quella faccetta bellissima, e mi prende male, perché lo capisco, eccome se lo capisco, ma in questo momento capirlo non serve a niente. Quello che serve è farlo uscire dall’albero.

«Senti qua, Igor» lo guardo, rifletto, poi tiro fuori di tasca una manciata di biglietti. «Grivne. Te le do tutte se esci subito da quell’albero.»

Igor riflette anche lui. Poi la sua testa scompare, e un attimo dopo emerge dal retro dell’albero, accanto a me. Senza aggiungere una parola, gli do le grivne, e lui se le ficca in tasca. È un po’ imbronciato, ma quando vede Claudia, si precipita verso di lei gridando: «*Mama!*» Piangono tutti e due, e questo mi sembra un ottimo segno. Due ore dopo ce lo portiamo via, pallido e con gli occhi rossi. A tre chilometri dalla Casa dei bambini, ci informa che l’Italia fa schifo, che vuole restare coi suoi amici, che la cioccolata di Torino è cattiva, che neppure la Juve gli piace più, ora tifa Metalist. Claudia lo abbraccia, dicendogli che andrà tutto bene, e che a casa lo aspetta la sua cameretta, il suo papà, il cane... «E una Playstation nuova» aggiungo io, a mezza voce.

Tre giorni dopo, all’aeroporto, mentre aspettiamo di partire, Shulga conforta Claudia. «Non preoccupare.

Fanno così molti. Loro hanno paura. Famiglia va bene, ma vanno in un mondo che non conoscono. Paura è normale. Dopo passa. Pochi giorni, e lui felice.»

Claudia vuole credergli. Io penso: "Pochi giorni una bella minchia," ma siccome sono una donna di classe, non lo dico.

«Sarebbero mille grivne per gli extra» aggiunge Shulga.

Claudia neanche gli chiede quali extra, e gli smolla le mille grivne e un bacio. Io lo saluto freddamente, peggio per lui.

Quando siamo sull'aereo, Igor fa la cosa giusta: si rannicchia vicino a Claudia, e si addormenta, e allora lei appoggia la mano sulla testa di quel pulcino di tredici anni, e dorme insieme a lui. Io invece sono sveglia ed elettrica come una lampreda, perché solo adesso capisco una cosa spaventosa: non so come, non so perché, ma in pratica mi sono presa anche io un impegno per tutta la vita. Aiuto!

Danila Bonito
Il castello

Il castello ora esisteva. Forse non si sarebbe dovuto chiamare "castello": era un appellativo un po' troppo pomposo per un casale comunque magnifico immerso in un bosco con tanto di ruscello gorgogliante e piante e fiori e fauna di ogni specie. Non aveva né guglie né ponti levatoi, nessuna grata alle finestre né segrete. Le camere erano tutte a piano terra, una quindicina, e affacciavano a est, dove sorge il sole. Il portone d'ingresso centinato si apriva su una grande sala circolare piena della luce delle tante stanze da lavoro che affacciavano sul retro della casa. Era il castello di Irina, era la materializzazione del suo sogno di bambina. Aveva pensato a quel luogo con una tale intensità e perseveranza che il suo desiderio si era avverato. Voleva un luogo dove accogliere le persone che come lei avevano imparato, e non senza fatica, a suonare la cosiddetta "ottava nota". Voleva ospitarle senza limiti di tempo che non fossero dettati dalle loro esigenze di vita, voleva mettere a loro disposizione "stanze da lavoro" dove avrebbero potuto dipingere, scrivere, leggere, cucire, ricamare, tagliare il legno per costruire mobili, verniciare, cantare, suonare, cucinare o fare qualunque altra cosa fosse venuto loro in mente. Voleva accogliere le loro solitudini e i loro silenzi ma anche le risate, le urla o i chiacchiericci confidenziali. Desiderava un posto dove l'*Ascolto attivo* fosse la consuetudine. Non era stato facile. Irina era alla sua sesta vita, come lei stessa diceva. La prima era stata una vita contrassegnata dalla mancanza di libertà. Era nata in un paese, l'Ucraina, e in un'epoca in cui lo stesso pensiero andava tenuto a bada. Le vite erano cadenzate da ritmi e binari precisi e la stessa preghiera poteva rappresentare un pericolo. Del suo villaggio, poche case di legno e mattoni dal tetto spiovente e una strada non asfaltata, ricordava i colori: il bianco della neve che calma lo sguardo e il verde nelle sue mille sfumature delle montagne boscose che lo circondavano. Della sua famiglia le rimanevano le fotografie che custodiva in una scatola di latta dipinta a mano. La nonna, sempre vestita di nero e con un fazzoletto ricamato in testa, i suoi genitori dallo sguardo perso in un altrove mai agognato, i suoi fratelli e sorelle, cinque in tutto, morti chi di vecchiaia, chi di fame o di stenti. Lei, la più piccola, era l'unica sopravvissuta. Aveva lasciato la sua terra appena laureata per emigrare in Italia. Aveva studiato Lingue a Kiev ma il suo sogno era quello di diventare giornalista. Decidere di partire non era stato facile. Doveva strapparsi dall'anima il bisogno di quei boschi dove la natura l'accoglieva con gioia e dove lei si sentiva protetta e felice di un respiro libero e lungo. Ma era partita. Pochi soldi in tasca, qualche numero di telefono e l'indirizzo di un convento che l'avrebbe ospitata almeno per un po'. In compenso tanta determinazione e due mani forti che non temevano il lavoro, un corpo maestoso che sembrava sorreggere tutti i suoi desideri, tutti i suoi dubbi e le sue paure. Il primo ostacolo da superare era proprio quello della lingua, ma parlando correntemente ucraino, russo, tedesco e inglese pensò che in poco tempo se la sarebbe cavata anche con l'italiano. E così ebbe inizio la seconda vita. Un paese straniero, un apparente turbinio di benessere, un cibo sconosciuto, odori, sapori, colori, suoni diversi, l'imprevedibile caos di una grande città che all'inizio le crearono uno stordimento simile all'ebrezza e che man mano si spogliarono della sorpresa come foglie appassite di una gigantesca cipolla. La lingua italiana le era entrata dentro come miele a lenire la sua solitudine e anche, a tratti, il suo sconforto. In quei primi cinque anni aveva fatto la badante e poi la cameriera. Il lavoro fisico le fiaccava il giovane corpo ma le lasciava libera la mente e di notte studiava, scriveva, leggeva. E poi la libertà!

Non doveva rendere conto a nessuno di ciò che faceva, di ciò che pensava. All'inizio quest'assenza di controllo impalpabile e non condivisibile la faceva sentire estranea a se stessa poi man mano aveva cominciato ad accorgersi che la tensione si scioglieva e il corpo e lo sguardo cominciavano a perdere la loro rigidità. Sognava il castello, a volte all'alba. Era in quel luogo che avrebbe potuto ricostruire rapporti umani, relazioni sociali, abbracci sinceri. Lo immaginava come un teatro della vita reale in cui tante persone avrebbero potuto abbandonare le proprie maschere quotidiane per lasciarsi andare e tentare di scoprire il senso delle loro esistenze. Siamo tutti uniti da fili invisibili, pensava, eppure viviamo come monadi incapaci di comunicare.

Intanto il tempo scorreva veloce e... altro che castello! Irina non aveva neppure una camera tutta sua. Viveva in un sottotetto dalle pareti di cartongesso che facevano rimbalzare le voci della coppia di anziani di cui si prendeva cura. Doveva trovare una casa, si diceva, e un lavoro che le permettesse di mantenerla. Ed ecco la terza vita affacciarsi carica di sorprese e di doni. Se li meritava? Spesso Irina si era posta questa domanda. Da sempre sapeva chiedere, a se stessa e a Dio. Tra i suoi studi di autodidatta c'era anche la teologia e la sua fede era limpida ed essenziale. C'erano i riti, sì, che rispettava come appuntamenti dell'anima ma il senso critico e la ragione andavano di pari passo con la sua capacità di affidarsi a quel Dio dai tanti volti. Era l'odore acre d'incenso a ricordarle a volte la sua terra, o l'oro barocco delle chiese o i paramenti sacri. Desiderava una casa e degli amici con cui condividere i pochi momenti liberi. Trovò entrambi, passo dopo passo. Lasciò il suo lavoro di domestica, s'iscrisse a un corso di giornalismo e cominciò a lavorare in una scuola di lingue dove insegnava Inglese e Tedesco. Al posto degli anziani con cui aveva avuto a che fare fino allora, ora comunicava con i bambini, i ragazzi. Era la scoperta di un nuovo mondo che la sorprendeva ogni giorno. Attraverso i suoi allievi ritrovò i sorrisi, la tenerezza, la sorpresa e anche l'amore. Per i più piccoli aveva una propensione naturale, loro la sorprendevano e si affidavano senza remore e lei di questo faceva tesoro. Attraverso la loro comunicazione priva di troppe sovrastrutture aveva imparato a conoscere meglio i "segreti" delle famiglie italiane. A volte, si diceva, hanno molto più del tutto ma pensano ai loro figli come a piccole macchine da guerra da lanciare sull'autostrada della vita con tutti gli optional, dimenticando di rifornirle di benzina.

L'amore… "che strana parola" rifletteva tra sé e sé. Non si era mai innamorata ma le sembrava di conoscerne il senso meno scontato. Forse non si sarebbe innamorata mai, pensava, ma intanto provava questa emozione per i suoi alunni che le riempivano le giornate con parole di stupore, domande curiose e gesti di affetto. Ogni tanto l'immagine del castello si riaffacciava nella sua mente anche di giorno mentre attraversava un parco o si sdraiava sull'erba primaverile umida a occhi chiusi. Cominciava a intravederne i dettagli: doveva essere immerso nella luce e nel verde, doveva avere un sapore antico come la terra, muri spessi e finestre per far circolare l'aria, doveva saper creare un'atmosfera di felicità. Quando si perdeva in quei sogni si attutivano anche i rumori intorno a lei e quando usciva da questa specie di trance creativa si sentiva come un pittore al termine della sua opera. Era ironica, Irina, quell'ironia che spesso si accompagna all'intelligenza ma del suo sogno non aveva fatto parola con nessuno.

Un annuncio immobiliare appeso a un albero le "regalò" la sua prima vera casa. Un miniappartamento di un arzillo novantenne che non voleva affittare a stranieri ma che, fatalità, aveva uno dei suoi dieci pronipoti allievo di Irina. Claudio, questo il nome del ragazzino di tredici anni, gli aveva fatto una testa tanta sulla sua insegnante di inglese che era diventata per lui una "magica" confidente, che quando Irina telefonò per avere informazioni sull'annuncio, il vecchio (le cui sinapsi funzionavano perfettamente) da pochi dati capì che poteva trattarsi dell'insegnante ucraina di Claudio. Da lì alla firma del contratto passarono solo due mesi. La casa era bellissima, un sesto piano, stanza, bagno e cucina che sapevano di pulito e una grande finestra che affacciava su un platano gigante. E ancora una volta Irina assaporò il senso di libertà. In un paio di mesi con un po' di fantasia, l'aiuto delle amiche – quattro fedeli compagne di viaggio – e pochi soldi riuscì a comprare un letto, costruire un tavolo e tre sedie e trasferire nella nuova dimora la valigia con i suoi vestiti e il borsone che conteneva i suoi ricordi. Sul camino finto poggiò l'icona, regalatale dalla nonna, e alle pareti appese i disegni dei suoi allievi che avevano segnato i suoi recenti compleanni. La prima notte che trascorse nella sua nuova casa sognò di nuovo il castello. Le immagini si accavallavano nella sua mente e a tratti in quel paradiso s'infilava – come un'istantanea – la camera dove abitava ora. "Chissà" pensò al risveglio "che possa essere questo il mio castello?" "No" si disse subito dopo. "Io lo sogno pieno di gente di età e provenienze diverse, per lo più donne ma anche uomini, tutti adulti, segnati da più di una ruga e con occhi profondi."

Passarono velocissimi un paio di anni. Irina si iscrisse a un corso universitario di Scienze della comunicazione. Studiava di notte, a volte fino all'alba e al mattino cercava di raggiungere a piedi la sua scuola di lingue per aver il modo di mantenersi in esercizio. Le mancavano i prati e i suoi boschi. Fino a quel momento della sua vita non si era potuta permettere alcuna forma di nostalgia. Quando era assalita da un principio di "vuoto" pregava, preghiere come un mantra recitate a bassissima voce, una sorta di meditazione. Aveva nostalgia della natura, di quegli alberi cui sapeva di appartenere, nostalgia di affetti troppo poco sperimentati, nostalgia dei tanti nipoti che non aveva visto crescere, erano ciò che rimaneva delle sue radici. La sua vita stava cambiano forma. Ora capiva l'italiano anche nelle sue sfumature linguistiche, manteneva un accento inconfondibile ma non sbagliava né preposizioni né congiuntivi. Era diventata più bella e i suoi occhi azzurri poco truccati sembravano freddi laghetti se non illuminati dal sole. Si chiedeva come mai gli uomini la guardavano ma non provavano neanche a corteggiarla. Con le amiche parlava di loro, ascoltava le loro storie a volte tumultuose, altre banali. Due su quattro si erano sposate. Uomini italiani, figli italiani. Desiderava un figlio? Si rispondeva che al momento era solo adatta a coccolare quelli degli altri. La bambina che sognava il castello non era pronta a dare la vita, aveva quel vuoto da colmare, aveva bisogno di prendere dalla vita e fare di quel rinnovato senso di libertà una sicurezza in cui affondare le proprie radici. E poi c'era la passione per il giornalismo, l'urgenza di cimentarsi con la verità, la rabbia con cui si accorgeva delle manipolazioni. Dal russo all'ucraino le parole erano stravolte, anche i dati di cronaca non corrispondevano. Le era più facile seguire la politica internazionale che quella italiana e quando si cimentava con i giornali o i telegiornali sapeva di avere spesso un'espressione simile a quella di chi non capisce o non vuole capire.

Proprio il giornalismo le aprì la strada all'amore. Una chat con un ragazzo ucraino che viveva ancora nel suo paese. Era giornalista, aveva perso una gamba durante gli scontri con i russi di Crimea e riempiva il suo sito di notizie e racconti. Aveva cinque anni più di Irina, una faccia aperta, notevole sensibilità e tanto dolore alle spalle. Si chiamava Victor e le raccontava della vita quotidiana, delle difficoltà economiche, della sua terra d'origine, di com'era cambiata, di come stava faticosamente continuando a cambiare. Il sentimento nacque piano propagandosi come un'onda. Non si erano ancora mai visti di persona e Irina temeva quel primo incontro. Non sapeva se all'attrazione mentale, alla tenerezza, alla condivisione della loro terra sarebbe corrisposta anche l'attrazione fisica. Il suo corpo le sembrava congelato, era giovane ma il contatto fisico con l'altro sesso l'aveva spaventata da sempre. Non ne parlò con nessuno, ora aveva due segreti: il castello e Victor. Il primo sembrava destinato a rimanere un sogno, Victor smise di essere una presenza virtuale per diventare reale. Era iniziata la sua quarta vita.

Visse la sua storia d'amore. Fu intensa e travolgente, conobbe l'estasi e la condivisione, il possesso e la gelosia, il rispetto e la nostalgia delle assenze. Tutto sembrava andare per il meglio. Cinque anni cadenzati da tanti viaggi e tanto lavoro. Con Victor era riuscita a parlare del castello e nel racconto della sua fantasia gliel'aveva descritto definendo meglio cosa significava per lei costruire un luogo in grado di raccogliere le solitudini per trasformarle in qualcosa di diverso, una sorta di esperienza platonica del mondo delle idee, un luogo dove ricercare l'essenza delle cose e dell'esistenza.

I loro progetti non potevano contemplare una convivenza. Irina sapeva di non voler tornare in Ucraina e Victor non poteva lasciare la sua casa, i genitori anziani, il suo lavoro. S'incontravano ogni tre mesi dopo interminabili viaggi in pullman ed era una gioia. Per ora – si dicevano – va bene così. Internet suppliva al resto e il telefono era usato con parsimonia. Qualcosa nella mente di Irina le impediva di guardare oltre. Voleva prendere la seconda laurea ed era a un passo dall'ottenerla, aveva cominciato a collaborare con una radio locale in un programma per stranieri, aveva i suoi alunni e l'Italia, con le sue contraddizioni, le stava entrando nel cuore. Della sua terra le mancavano i boschi selvaggi e i ricordi sepolti, nient'altro. In qualche modo la associava ancora al dolore della perdita. E così sarebbe stato per sempre.

Victor morì cinque anni dopo il loro primo incontro. Un incidente mentre era alla guida del suo camion carico di legname. Irina in quello stesso giorno si era svegliata stranamente agitata, era arrivata tardi a scuola perché ogni cosa, anche la più banale, come il non trovare le chiavi di casa, le aveva fatto perdere tempo. Seppe di Victor solo quarantotto ore dopo. Quella stessa sera non rispondeva al telefono. Irina sentì crescere quell'irrazionale inquietudine che l'accompagnava dal mattino e si disse che era il caso di calmarsi, prese qualcosa per dormire e il suo sonno fu pieno di incubi.

La morte di Victor segnò l'inizio della sua quinta vita. Per due anni affogò in un dolore muto e senza lacrime. Perse sette chili e stremò il suo corpo quasi volesse spezzarlo di fatica. I pensieri costruttivi man mano si fecero strada tra le brume della resa. Non poteva permettersi di non lavorare e i suoi allievi erano la cartina di tornasole dei suoi stati d'animo. Cominciò a scrivere un diario in cui annotava tutte le espressioni e le battute dei ragazzi, le loro domande, dalle più banali a quelle più curiose. Rileggere quelle pagine era una specie di terapia del sorriso.

In quei due anni dovette tenere a bada anche il desiderio di affrontare a brutto muso i genitori di alcuni ragazzini cui dava lezioni private che le manifestavano i segni inconfondibili del loro disagio. Ogni volta però si risolveva a desistere. Era troppo schiva e le sembrava che le sue osservazioni, qualora palesate, avrebbero potuto o peggiorare la situazione o essere equivocate. Se un genitore non legge il malessere di un figlio, è difficile intervenire, devono esserci ragioni troppo personali e così cercava di mettersi l'anima in pace.

Le poche ore libere dal lavoro e dal sonno cominciò a dedicarle al proprietario della casa dove abitava. S'incrociavano a volte nell'androne del palazzo. Giacomo – questo il nome dell'anziano signore – aveva imparato a stimare la riservatezza, la discrezione e la puntualità di Irina. Suo nipote gli aveva raccontato molto del suo impegno come professoressa, della sua cultura e della sua sete di apprendere. Lui era un signore d'altri tempi, lucido e fisicamente ancora in forma, ma la vista lo stava abbandonando. Non riusciva più a leggere, così propose a Irina di leggergli qualcosa ogni sabato sera. Irina s'interrogò a lungo se fosse il caso di accettare un altro impegno. Naturalmente non si sarebbe fatta pagare ma non voleva che neanche un'ombra del trito accostamento tra una giovane e un anziano signore potesse sfiorarla. Alla fine si risolse ad accettare. Quegli appuntamenti diventarono per lei un modo per imparare la letteratura italiana e per lui l'unica possibilità di non rinunciare ai suoi amati libri. Figli e nipoti si affacciavano a trovarlo raramente e abbandonavano la sua casa alla velocità della luce – presi da mille impegni – dopo essersi assicurati che la domestica di turno avesse fatto il suo lavoro e la segretaria assunta per le questioni di tipo amministrativo avesse pagato tutte le bollette. Solo Claudio condivideva spesso le letture con Irina e il nonno.

Erano due anni che lei non sognava più il castello. Successe una notte, era primavera. Al risveglio capì di aver elaborato il lutto. Victor le mancava ancora ma lei con la morte aveva imparato molto presto a fare i conti. Una sera d'estate, la città semideserta, Irina raccontò al vecchio del suo sogno, del castello. Lui le fece tantissime domande soprattutto sul senso che lei dava al suo desiderio. Lei rispose puntuale e da quella sera iniziò a ragionare con Giacomo sul perché e sul come quel luogo onirico rappresentasse un punto di arrivo e di partenza della sua stessa vita. A chi era destinato il suo castello? Tra le domande di Giacomo questa era la più difficile. Ci ragionarono insieme, Irina immaginava un luogo dell'anima e della creatività ma non aveva le idee chiare su come le persone eventualmente interessate avrebbero potuto venirne a conoscenza. Lei non aveva tanti amici e soprattutto non avrebbe saputo spiegare esattamente il perché avrebbero dovuto raggiungerla in un luogo immaginifico che non prometteva nulla. Giacomo le propose di dare uno sguardo alle varie associazioni culturali e di mettersi in contatto con i centri antiviolenza dedicati alle donne. Irina cominciò la sua ricerca ma si rese conto rapidamente che stava perdendo tempo prezioso. Perché cercare se il castello non esisteva se non nei suoi sogni? Abbandonò il lavoro e disse a Giacomo che ci avrebbe pensato in un'altra vita. Lui ebbe quasi un moto di stizza, ma si arrese dopo la convincente spiegazione di Irina.

Passarono mesi di tranquilla routine. La scuola, le lezioni private, lo studio, la laurea in Scienze della comunicazione, le letture con Giacomo, le passeggiate nei parchi e qualche gita per scoprire il mare. Irina aveva un buco nell'anima. Le mancava un amore tutto suo che desse senso alle giornate, alle notti solitarie, che riempisse di contenuto la parola "piacere". Si rendeva conto di non avere molto tempo per uscire e conoscere persone nuove e poi si sentiva ancora straniera. «Di dove sei?» Era la prima domanda che le rivolgevano quasi prima che lei pronunciasse il suo nome. A volte per gioco rispondeva: «Sono del pianeta Terra» e così spiazzava i suoi interlocutori. Una sera qualunque mentre passeggiava al tramonto nel parco con la testa per aria fu avvicinata da un cane tanto brutto quanto vivace. Era tutto spelacchiato, sembrava avesse preso la scossa ma aveva un muso buffo, appuntito e irresistibile. Le girava intorno attirato dalle frange del suo pantalone e Irina dovette accucciarsi per non cadere. Si guardò intorno per capire se l'animale fosse solo quando sentì un fischio e incrociò lo sguardo di un uomo con il guinzaglio in mano. Charlie era il nome della bestiola e Augusto quello del suo padrone. "*Never say never*" pensò Irina ricordando dopo mesi quel momento. Fu un colpo di fulmine, lei gli cadde negli occhi, lei che non aveva mai creduto che ci si potesse innamorare in un solo istante. Parlò a Giacomo di Augusto e il vecchio sorrise compiaciuto rievocando insieme alla sua compagna di letture il primo incontro con quella che poi era diventata sua moglie. Ed ecco la sesta vita. Di nuovo quel senso di onnipotenza che regala la libertà unita, stavolta, alla gioia. L'amore rese Irina più sicura di sé e più bella. Furono mesi intensi e ricchi di novità. Augusto era solo come lei, un breve matrimonio alle spalle, un lavoro e niente figli. A lui Irina non raccontò del castello. Ormai le appariva in sogno raramente. Non aveva smesso di desiderarlo ma le sembrava un'idea fanciullesca legata a quel sé bambino che coccolava con carezze nei momenti di solitudine.

Un trambusto sul pianerottolo la fece precipitare fuori dalla porta ancora in camicia da notte. Giacomo era morto nel sonno. Fu in quel momento che Irina si rese conto di cosa significava nella sua vita la presenza di Giacomo. Al funerale la chiesa era stracolma di gente. Irina non ne aveva mai vista così tanta. Le letture erano quelle su cui insieme si erano soffermati e al termine della cerimonia i nipoti recitarono le poesie care al nonno. Dieci giorni dopo Irina ricevette la telefonata di un notaio e di un avvocato. Giacomo le aveva regalato il castello. Era una tenuta nelle campagne toscane e fu Claudio, il suo ex alunno e nipote di Giacomo, ad accompagnarla lì per la prima volta. Irina era stordita come chi vince alla lotteria. Quando mise piede nel casale con Claudio le tremavano le gambe: doveva accettare, poteva accettare un dono così grande, così imprevisto? Nessuno aveva contestato l'eredità e incredibilmente tutta la famiglia dell'anziano signore l'aveva circondata di affetto e parole di stima come se l'avessero conosciuta da sempre. Il notaio nel farle firmare l'atto di proprietà le aveva consegnato una busta con un assegno e un foglio scritto a mano da Giacomo. Una grafia tremolante ma chiara. «Ciao Irina, realizza il tuo sogno, è la sola condizione che pongo nel concederti questa mia proprietà. Ho imparato a conoscerti, sei una bella persona e credi negli esseri umani e nelle loro infinite possibilità. Con le tue semplici parole mi hai aiutato a mettere ordine nella mia vita e apprezzare quanto io sia stato fortunato. Ora puoi prepararti ad accogliere anche altre persone, sono sicuro che troverai il modo.»

Irina pianse per giorni. Non riusciva ancora a capacitarsi di quello che le era capitato. Con l'aiuto di Augusto e di Claudio, che nel frattempo era diventato un adulto, ogni fine settimana andava in Toscana per ripulire quel luogo meraviglioso e ridare vita al giardino e al bosco circostante. Lasciò la scuola ma non le lezioni private, né la sua piccola casa. La notte dormiva poco, non faceva che pensare al "castello".

Un anno dopo la morte di Giacomo l'antico portone del casale fu riaperto dopo essere stato oliato e lucidato. Era tutto in ordine. Ogni stanza rinfrescata con un colore pastello, i pavimenti tirati a lucido, come i vetri e le tante finestre. Nel giardino e nel bosco tutto stava riprendendo vita. Irina era con Augusto, Claudio e la sua fidanzata. Stesero una tovaglia a scacchi sull'erba e mangiarono e bevvero come non avevano mai fatto prima. Sei mesi dopo Irina e Augusto si trasferirono in Toscana. Il castello pian piano si animò. All'inizio di curiosi, poi man mano si sparse la voce. C'era in Toscana un posto speciale dove tra una canzone e una marmellata di albicocche si poteva gustare un frammento di libertà.

Daniela Brancati

Il santo dalle cento pezze

Lo chiamavano "il santo dalle cento pezze". Ma non era disprezzo quello del popolino di Sovofra, era amore di cronaca. Dovete sapere infatti che Giovanni Giuseppe, da quando era diventato frate e per oltre sessant'anni, non aveva mai comprato un saio nuovo. Si faceva regalare delle pezze e rattoppava il suo vecchio abito. Poiché erano tutte pezze marroni l'effetto era stravagante ma non ridicolo.

Stravagante era anche usare un doppio nome, ma c'era un perché. Era stato battezzato come Anselmo, elmo di Dio, a testimonianza del fatto che Dio entrò subito nella sua vita, ma quel richiamo guerriero del suo nome non gli si confaceva proprio. Perciò se ne liberò al momento del suo ingresso nella comunità religiosa. Scelse Giovanni: amava quel santo legato alla misericordia divina, che proteggeva perfino i decollati. E Giuseppe perché – protettore di falegnami e lavoratori in genere – sentiva tutti i poveri e bistrattati come figli suoi. A loro dedicava il suo nome e la sua vita.

D'altronde fin da quando ancora piccolo stava in famiglia – una ricca e rispettata famiglia – aveva fatto un elenco di suoi assistiti. Dapprima si limitò ad alcuni animali domestici, il gatto del vicino, la cagnetta del portiere, infine una tartaruga secondo lui abbandonata, che in realtà camminava libera per strada e non gli mostrò mai troppa gratitudine. Quando Menica un giorno gli fece notare che tanta fatica in fondo era sprecata e che là fuori (intendeva per strada) c'era pieno di gente bisognosa di cure, si sentì pronto per l'*upgrading* e passò alle persone.

Aveva un legame speciale con i poveri e Menica, sempre lei la fedelissima donna di casa che l'aveva cresciuto, ne spiegava a tutti il motivo: proprio una donna poverissima aveva accolto la madre, incinta di lui, presa dalle doglie per strada, consentendole di partorire in casa sua. Quasi un presagio: Giovanni Giuseppe per nascere aveva scelto non il suo magnifico palazzo di famiglia, ma un luogo spoglio e privo di qualunque confort. Così fu per tutti normale che giovanissimo lasciasse la casa dei suoi avi comoda e calda, per un freddo e scomodo convento francescano.

Arrivato a quarant'anni per tutti fu "il santo".

Santo lo chiamavano le vecchie del paese, per via della sua vita ascetica. Mai una parola, mai un'azione, ma che dico, uno sguardo fuori posto.

Santo cominciarono a chiamarlo anche gli uomini, felici di dare un esempio ai figli. Perché Giovanni Giuseppe era tutto casa e chiesa, o meglio, visto che viveva in convento con i suoi confratelli, lavoro e preghiera. Lavoro, tanto, perché non era di certo uno di quelli che trascorrono le giornate in preghiera e solitudine, anzi.

Da piccolo, mentre i suoi amichetti giocavano a palla, lui che a quel gioco era e si sentiva una vera schiappa, si rifugiava di nascosto nella bottega di un bottonaio, dal quale aveva, così per passatempo, imparato la tecnica dei bottoni imbottiti. Menica, che l'aveva scoperto, correva a chiamarlo quando i genitori lo cercavano, non siamai l'avessero trovato in confidenza con uno del popolo, se ne sarebbero fatti una croce. Anni dopo Anselmo, diventato Giovanni Giuseppe, mise a frutto la sua abilità: i suoi bottoni si vendevano facilmente perché erano ben fatti e facevano figura su giacche e cappotti che, grazie a quelli, sembravano quasi nuovi. All'epoca se uno aveva un cappotto era per la vita: quando la stoffa tirava fuori il lucido, il consunto, qualche abile mano lo rigirava, dandogli nuovo lustro.

Dunque grande soddisfazione per il nostro frate, che tornava al convento sempre a mani vuote: i bottoni tutti venduti e i denari tutti regalati ai bisognosi. Il Signore però lo puniva per questo suo peccato di orgoglio, costringendolo ad affrontare ogni giorno il frate tesoriere: perché destinava ai poveri l'intero ricavato delle vendite, mentre al convento piangevano miseria? E che diavolo, qualcosina poteva portarla a casa! Giovanni Giuseppe era disgustato da quella discussione, eppure inflessibile: i frati sono poveri per scelta, i poveri per condanna del destino.

La sua vita era di quelle che ci regoli gli orologi. All'alba preghiera coi confratelli. Qualche ora di lavoro, che consisteva nel girare per il paese raccogliendo avanzi di stoffa per i bottoni, alla cui manifattura si dedicava il pomeriggio dopo il pranzo e prima dei vespri. Se veniva a sapere di qualche azienda che dava via vecchi tagli non più alla moda, o che ripuliva i magazzini per svendita o fallimento, allora con insospettato vigore era capace di fare dieci chilometri a piedi, o di cercare un passaggio su un carro, pur di ottenere le agognate pezze.

I suoi bottoni ricoperti erano di moda e le signore se li contendevano. D'altronde già a quell'epoca intorno a Sovofra era cresciuto quello che oggi chiameremmo un distretto del tessile. E ormai tanti imprenditori, attratti dalla sua fama e convinti di comprare un pezzetto di paradiso con poco, lo chiamavano pure.

Fra le 11 e le 12 saliva al castello che domina il paese. Dentro le mura un tempo c'era vita, ma scomparso anche l'ultimo marchese – "un ramo secco" lo definiva impietoso il popolino che nella maldicenza placava la propria invidia – tutto era più o meno in stato di abbandono e sia il tempo col passare implacabile degli anni, sia il tempo inteso come vento e sole, caldo e freddo, distruggevano i muri poco alla volta. Abbandonata era anche la chiesetta dal tetto basso e le linee essenziali, senza stucchi e senza orpelli, che tanto gli piaceva. Frate Giovanni Giuseppe non tollerava che, dopo aver raccolto preghiere e sospiri, lamenti e ringraziamenti di intere generazioni passate, andasse perduta per l'incuria delle generazioni attuali, troppo impegnate a correre da tutte le parti, a mostrarsi e divertirsi. Così ogni giorno strappava le erbacce da mura e scalini, rimetteva a posto una tegola che si era alzata, guardava che non fossero passati vandali. Poi chiudeva il catenaccio e andava via.

Diciamo la verità, qualcuno disposto a prendersene cura ci sarebbe anche stato, a patto però di avere un ascensore. Già perché l'ostacolo – e che ostacolo – erano quei terribili trecento scalini, bassi e lunghi, che iniziavano dall'enorme porta nelle mura esterne e, coperti da una volta che ne faceva una buia galleria, arrivavano fino all'ingresso del palazzo vero e proprio. All'epoca dei re, i signori la facevano a cavallo, ma tutti gli altri no, e così entrare nel maniero, oltre la doppia cinta di mura, era un gran sacrificio e un inizio di espiazione dei peccati. Ecco perché oramai lo frequentavano in pochi: qualche turista, qualche nostalgico e il frate. «Bella forza» dicevano i paesani: lui aveva l'aiutino!

A un quarto della dura scalinata c'era e c'è un altarino dedicato alla Madonna, che i soliti burloni dicono serva a pregare di arrivare in cima senza un infarto. Lì frate Giovanni Giuseppe si fermava ogni giorno per una preghiera, e da lì in poi non camminava più, non saliva più le scale a piedi, ma ci volava sopra. Questo almeno secondo le pie donne e i pii uomini che quel santo avrebbero voluto vederlo ufficialmente santo, ma la Chiesa da quell'orecchio non ci sentiva.

La sua leggenda però correva di bocca in bocca anche senza il passaparola di internet che all'epoca non c'era.

Come per tutti anche per frate Giovanni Giuseppe arrivò il momento di salutare il suo amato paese, la sua amata famiglia, i suoi amati poverelli, i suoi bottoni e i confratelli tutti. Se ne andò dicendo: «Ricordatevi di me anche se non sono un santo».

La gente del paese non sapeva come interpretare quest'ultimo messaggio. Una confessione *in extremis* di peccati dei quali nessuno aveva mai saputo niente? Rimpianto per non essere riconosciuto degno di sedere accanto ad angeli e arcangeli? Ultima richiesta di un moribondo? Più se ne discuteva al bar, al biliardo, perfino allo stadio la domenica quando giocava la squadra di casa in Serie C2, meno si riusciva a capire cosa avesse davvero voluto dire. A ogni buon conto, per ricordarlo, commissionarono al falegname una statua alta oltre un metro, che lo riproduceva nell'atto di pregare. E poi la diedero da dipingere al Marione, un imbianchino che diceva sempre di essere un artista mancato. Certo il volto non era molto somigliante, ma lo si riconosceva dal saio di cento pezze che, levato al defunto all'atto della vestizione funebre, ora trovava il suo giusto utilizzo addosso alla statua.

Sarebbe bastato questo per esaudire gli ultimi desideri del frate? Difficile, visto che in chiesa il prete non ce lo voleva. I paesani per rimediare avevano costruito un'edicola per strada, e le brave donne facevano a gara per tenerla pulita, con fiori freschi e lumini accesi.

Nonostante i bofonchiamenti del parroco, il giorno della festa del paese la statua di Giovanni Giuseppe usciva dalla sua edicola e partecipava alla sfilata, pur non avendone diritto. Ma opporsi al volere popolare in queste cose non giova a nessuno, neanche agli uomini di chiesa. Che quindi a malincuore tolleravano un intruso fra la Madonna e il santo patrono.

I tempi cambiano e, arrivando ai giorni nostri, un giovane incauto parroco dal piglio risoluto, da poco nominato, decise che era ora di finirla: o ve lo fate dichiarare almeno beato da Santa Romana Chiesa, oppure niente processione. Da quando era in vita Giovanni Giuseppe chissà perché era adorato dai fedeli e detestato dalle gerarchie ufficiali. Che, a cominciare dal vescovo, avevano sempre fatto orecchie da mercante alle ripetute richieste popolari.

Il giovane prete a rigore di regola aveva ragione. Ma la sua presa di posizione non fece altro che dare forza della volontà popolare. Come una valanga cresce scendendo a valle, così il diniego parrocchiale rese evidente ai fedeli la necessità di organizzarsi per dare finalmente al loro Giovanni Giuseppe il ruolo che gli spettava nell'empireo di tutti i santi. Che poi non sono neanche pochi, perché proprio lui no? Lui che si dice avesse fatto crescere tre albicocche su un ramo morto di castagno per soddisfare le voglie di una donna povera incinta. Lui che aveva fatto aprire la bocca a un morto e lo aveva resuscitato. Lui che era in grado di lievitare, cosa che all'epoca sua faceva tutti i giorni, come ho già detto, per evitare gli scalini del castello. Lui che, scalzo, sfidava pioggia, pozzanghere e sassi aguzzi pur di soccorrere i malati.

Si formò un comitato con più di cento persone, decise a farsi valere con un argomento potentissimo: il paese non aveva mai avuto un santo proprio, era costretto a venerare i santi degli altri.

Ma gli entusiasmi si scontrarono contro un muro ancora più potente: il denaro. Lo sapete voi quanti soldi ci vogliono per il processo di santificazione? I poverini non se lo immaginavano davvero: dai 50.000 euro in su! Che – obiettava il parroco – «se si trovano, meglio rifarci il tetto della chiesa no?». I fedeli davanti gli davano ragione e dietro le spalle continuavano a organizzarsi.

La discussione era più viva che mai e gli unici ad avvantaggiarsene veramente erano i proprietari del Bar Centrale: il dibattito accresceva il numero dei clienti e le consumazioni, perché urlare fa venire gran sete.

E che diamine, quanto costano i santi. Cominciarono a fare i conti ma pur mettendo 50 euro per uno – che con la crisi non sono davvero pochi – di certo non ci sarebbero arrivati. Né il parroco né il priore avevano detto loro che esiste un fondo in Vaticano per aiutare i santi poveri, ovvero le parrocchie povere che vogliono avere il loro santo. Paura di quella autogestione dei santi, oppure invidia per non averci pensato loro, o sottovalutazione di Giovanni Giuseppe? Chissà.

Però, come suol dirsi non a caso, le vie del Signore sono infinite.

Da qualche tempo il castello era stato acquistato dalla famiglia Addessi, imprenditori farmaceutici, ricchi impaccati, dicevano tutti, tanto da voler sponsorizzare la Formula 1! Ci viveva il loro unico figlio, un giovanotto (ex giovanotto visto che aveva 43 anni) corredato da questa cospicua fortuna. Sì – si convinsero – è l'unico per cui sganciare una bella sommetta sarebbe possibile, anzi facile. Ma come convincere un gran playboy (stando ai giornali e alle chiacchiere da barbiere/parrucchiere) scorbutico e miscredente?

Da quando il Ciliegia (per via di due pomelli resi rossissimi da una cospicua dose d'alcool quotidiana) aveva tirato fuori l'idea, non si parlava d'altro. Più ne parlavano più erano convinti che fosse l'unica soluzione, dunque la decisione fu presa: bisognava rivolgersi a lui, Addessi Alberto, professione ereditiere. Restava da capire a chi toccasse esporsi al consueto sgarbo e alla maleducazione del soggetto. Ne parlarono e ne parlarono (nei piccoli centri è la cosa che tutti preferiscono fare) e finalmente il Gamba (lo chiamavano così perché claudicava leggermente) trovò la soluzione. Avrebbero mandato una delegazione di cinque persone, guidata da Luisa Patrizia.

Il paese era maschilista, ma furbo, e il Gamba aveva prestato orecchio a tutte le chiacchiere, sperando che fossero vere. Del giovane Addessi si diceva che il suo conto in banca gli garantiva una bella vita, viaggi e salotti, regate e tavoli da gioco, ma non era sufficiente a conquistare la bella Luisa Patrizia, giovane medico, tornata dopo dieci anni di assenza per aver studiato a Napoli, essersi specializzata a Napoli e pare fidanzata a Napoli. Anche se ora si dichiarava ufficialmente libera. Così la bella trentacinquenne, detto fatto, si ritrovò a capo di questa delegazione ufficiale. Non che le si chiedesse niente di particolare, ma alle volte, si sa, può più un goccio di miele che un litro di fiele. E un sorriso di Luisa era miele per il giovanotto.

Ci pensò lei a chiedergli un appuntamento, dopo che il Gamba e gli altri le spiegarono per filo e per segno cosa avrebbe dovuto dire. «In sintesi devi dirgli: "È una vergogna che noi si debba onorare e venerare e pregare un santo nato e vissuto altrove, quando ne abbiamo uno di qui, che tutti reputano santo, e basta tanto così perché lo diventi davvero". E allora il giovanotto ti chiederà: "Tanto così quanto?". E tu devi rispondere: "50.000 euro, quello che ci vuole per avviare e sostenere il processo davanti alla commissione vaticana". E se dice di no? Gli fai un bel sorriso e cambierà idea. In fondo è una sponsorizzazione, se la può anche detrarre dalle tasse, ma vuoi mettere sponsorizzare la Formula 1 oppure un santo? Pensa che reputazione per lui, la famiglia, e l'azienda. Immagina la pubblicità: *asprocina, la pasticca del santo, la pasticca che fa miracoli*, con la statua di Giovanni Giuseppe sullo sfondo.» E giù tutti a ridere per la battuta ingenua, ma che a dirla a qualche pubblicitario magari te la copia pure.

Luisa era un po' nervosa: da medico affrontava le crisi, ma di tutt'altra natura. Fino ad allora aveva sempre rifiutato ogni contatto con quella persona così distante da lei per abitudini, stile di vita e possibilità di spesa, che aveva tentato mille modi per avvicinarla. Diffidava, restando con i piedi ben piantati per terra, di uno che sembrava avere una specie di ossessione per lei. Inspiegabile, se si pensa che ogni sera si portava a casa una donna più bella di quella della sera prima: modelle, attrici o aspiranti tali, scrittrici, cantanti... E allora che voleva da lei... Più lui tentava l'approccio, più Luisa si ritraeva. Non era una santa, tutt'altro, aveva avuto le sue belle esperienze, e se ora era sola, non voleva dire che gli uomini non le piacessero. Proprio non ci si vedeva a fare la castellana, neanche per una notte. Ma ormai era in ballo e avrebbe ballato. Alla fine era per una buona causa, e doveva solo parlargli a nome di tutto il paese.

Alberto Addessi da parte sua quella richiesta di incontro non se l'aspettava né se la spiegava. Così scatenò l'autista, che scatenò la suocera, che scatenò amici e conoscenti per sapere...

E venne il giorno tanto atteso. Alberto si era ben preparato e, sfoggiando un sorriso che secondo lui era incoraggiante e secondo tutti gli altri ironico, disse subito di sì ai suoi bravi concittadini. Naturalmente, aggiunse, sarebbe toccato alla capo delegazione Luisa Patrizia il compito di accompagnarlo a Roma per seguire il processo di beatificazione, primo gradino per fare un santo. Almeno quindici fantastici giorni nella compagnia che aveva cercato invano per un anno.

Alberto era un miscredente, come sostenevano i paesani, o meglio indifferente. Così quando gli portarono in casa la statua del santo gli venne naturale un sorriso: come si fa a credere che una cosa in legno e gesso di così rozza fattura possa fare miracoli? Anche se a lui un mezzo miracolo gliel'aveva già fatto: il viaggio con Luisa Patrizia. Così rimasto solo e a tu per tu con la statua, promise solennemente: «Se mi aiuti io aiuterò te». La statua non gli rispose, ma questo era scontato.

Presero l'automobile di lui, rossa fiammante. Partirono. Arrivarono. Il santo invece viaggiava via treno con spedizione assicurata, ché nel bagagliaio non ci sarebbe entrato e poi sembrava irrispettoso. Scesero all'hotel Foedus, a Borgo, per essere vicini al Vaticano ché si sa, col traffico romano non si scherza. Ma le cose non andavano come Alberto aveva sperato: alle sue domande, ai suoi tentativi di dialogo, Luisa Patrizia rispondeva a monosillabi, come se lui volesse cavarle un dente appena lei avesse aperto bocca.

La statua di Giovanni Giuseppe era arrivata e stava nel deposito bagagli dell'albergo. Il procedimento andava per le lunghe, d'altronde la Chiesa ragiona sui tempi dell'eternità, un santo è per sempre, al contrario di Alberto che subito per lui era già tardi.

All'inizio la prospettiva di avere tanto tempo da passare a Roma solo con Luisa gli era sembrata fantastica. Ma ora era seccato: chi credeva di essere quella mediconzola di provincia, ingrata, nonostante i suoi sforzi di compiacere lei e tutti i suoi compaesani?! Era distratta, distante, addirittura annoiata dalla sua presenza. Inaudito, nessuna donna mai si era comportata così: carina sì, ma mica è Monica Bellucci! "Ora prendo in mano la situazione," pensa Alberto, "ci sbrighiamo ad avviare la pratica, e riaccompagno questo pezzo di iceberg a casa sua, al suo paesello e ai suoi balocchi, chissà poi quali. Non vedo l'ora di levarmela davanti."

Luisa Patrizia non sapeva se essere sollevata oppure preoccupata dal nuovo atteggiamento del suo accompagnatore. "Forse ho esagerato" pensava "forse sto compromettendo il buon esito della spedizione, se gli faccio un sorriso che può succedere."

Arriva finalmente il giorno dell'appuntamento con l'avvocato, pronto per un aggiornamento completo. Li accoglie sorridente: aveva studiato tutte le carte, operato dietro le quinte e non vedeva l'ora di dare il via al processo, sperava che avessero portato l'anticipo necessario e bla bla.

Dunque – ragionava il giovanotto che aveva recuperato il suo abituale disincanto – i 50.000 non sono da dare tutti subito, e questo è un bene, il padre l'avrebbe digerito meglio, spalmando il costo su due bilanci.

L'avvocato illustrò il lavoro fatto, e che aveva iniziato a parlare con questo e quello, ma c'era un problema: non avevano abbastanza prove della santità. E i periti su cosa avrebbero potuto lavorare? Ci vogliono prove scritte, o documenti, o testimonianze. Che la Congregazione per le cause dei santi si era fatta più severa con i santi italiani. Uno del terzo mondo avrebbe avuto la via spianata. Ma questo vostro, spiegava, viene da qui, Italia centrale, capirete…

Alberto era vicino all'esasperazione: gli toccava ascoltare cavilli in quantità, i tempi si allungavano e speriamo che questa benedetta Luisa sappia almeno dove trovare le prove.

Uscito dallo studio legale le si rivolge in modo scorbutico: «Ma non potevate informarvi prima? Abbiamo sprecato tempo e denaro».

Luisa è d'accordo: i suoi compaesani li hanno mandati allo sbaraglio, e glielo dice, rivolgendosi per la prima volta a lui in tono quasi di scusa, civile, dolce, e concludendo: «E ora? Mica possiamo tornare al paese senza nulla in mano».

«E invece sì» ribatte lui «domani mattina caviamo la statua del quasi santo e ce lo riportiamo a Sovofra, tanto qui non possiamo fare più nulla. Da lì sentirai se ci sono le prove che chiedono, e poi semmai tornerai tu. Io ho dedicato anche troppo a questa str...» Luisa non lo lascia finire: «Va bene hai ragione, facciamo come vuoi... ma per stasera non pensiamoci più... se non hai impegni conosco un posto carino per cenare. C'è anche un po' di buona musica, magari ci risolleva l'animo».

"È proprio vero," pensa Alberto "in amore vince chi fugge." Dunque la signora con la puzza sotto al naso si è degnata di parlargli, invitandolo perfino a cena. Bene bene.

La serata passa piacevolmente, in una specie di sospensione di ostilità. Alberto non la corteggia più e Luisa si sente a suo agio e chiacchiera e ride e sì, lo trova anche simpatico. E lui, sì, alla fine non è poi così stronza. Il ghiaccio è rotto. "È il miracolo del santo" pensa lui, "peccato che non l'accetteranno come tale." Ride, lei vuole sapere perché e lui glielo dice sfacciato. Ride anche lei. Tornano in albergo ancora ridendo come due ragazzini, e pensando con una punta di nostalgia all'indomani e al tempo sprecato.

La mattina seguente è di quelle che a Roma chiamano il venerdì nero: sciopero degli autobus, fra un'automobile e l'altra non passa neanche uno spillo. Pioviggina, neppure un taxi, figuriamoci trovarne uno abbastanza grande da trasportare il santo fino alla stazione. Perderanno il treno. Alberto ha una pensata. Prende in braccio la statua di Giovanni Giuseppe e dice a Luisa: «Non è così pesante, andiamo a piedi fino alla metropolitana:

quando ci arriviamo siamo nella fascia di garanzia in cui i mezzi pubblici ricominciano a girare».

Vedendo la statua portata in spalla, le colonne di macchine si aprono un po' e li lasciano passare: la fede, si sa, apre le acque e smuove le montagne. Dietro di loro si forma subito una fila di pedoni, fino ad allora prigionieri sul marciapiede: a Roma di solito le strisce pedonali sono il luogo di parcheggio preferito di molti incivili con auto piccole e grandi. E, appena vedi uno spiraglio, puoi star certo che ci sarà un'altra auto in seconda fila, sfalsata per consentire l'apertura della portiera del maleducato, ma non la discesa del pedone. Dunque, aperto il varco, la fila di pedoni liberati si allunga dietro al santo, tanto da sembrare una processione. Al loro passaggio qualcuno comincia a dire piano poi sempre più forte: «Miracolo! Miracolo!». Riferendosi al fatto che erano riusciti in tanti ad attraversare la strada e per di più anche incolumi. Alla notizia della strana e improvvisa parata e di un miracolo in atto, appaiono per le strade i vigili! E allora la gente fu davvero convinta che Giovanni Giuseppe era un santo. Molti bambini li videro per la prima volta e li guardavano stupiti con quelle belle uniformi e le macchine che lampeggiavano. Chiedevano ai genitori, che rispondevano: «È la polizia di Roma Capitale, figlio mio, un miracolo vederli per strada». E il miracolo passò di bocca in bocca, crescendo, come la solita valanga. Di quel giorno si narra perfino che scomparvero dalle strade romane anche la spazzatura e le macchine in seconda fila. (Ma quest'ultima notizia è stata smentita da alcuni osservatori stranieri).

Non c'era più bisogno di raccogliere prove al paesello: c'erano oltre due milioni di cittadini romani a testimoniare.

Giovanni Giuseppe divenne definitivamente santo a

furor di popolo e festeggiato il 15 di aprile, data del suo primo, certo, miracolo romano, proprio vicino al Vaticano.

Anche Alberto e Luisa ebbero un miracolo, ma ci volle un po': il tempo di frequentarsi senza reciproche diffidenze, di penetrare oltre le reciproche scorze dure e... vissero felici e contenti nel castello, dove ormai funzionava un modernissimo ascensore.

Pure i cittadini di Sovofra vissero finalmente felici e contenti per la soddisfazione della battaglia vinta e di aver fatto abbassare le penne a quel parroco antipatico che li aveva molto osteggiati.

E anche Giovanni Giuseppe, che tutto quel trambusto, a lui che in vita era stato tanto abitudinario, lo infastidiva assai.

P.s. È una storia di fantasia, ogni riferimento a santi, fatti, luoghi e persone è casuale...

Annarita Briganti
I taxi di notte

The only obsession everyone wants: "love". People think that in falling in love they make themselves whole? The Platonic union of souls? I think otherwise. I think you're whole before you begin. And the love fractures you. You're whole, and then you're cracked open.

PHILIP ROTH (ma questo racconto va a finire meglio)

Leonetta

Quando mi sono accorta che Pietro sapeva della mia esistenza, è stato bello.

Un anno e mezzo fa ci siamo incontrati in una libreria di Milano. Lui presentava un nostro collega, un architetto di Los Angeles, ricoperto di tatuaggi, allora molto in voga. Io… ero tra il pubblico.

Avevo chattato un po' con il losangelino. Ero curiosa di vedere come fosse nella realtà vera. E poi, chissà. Il sogno di andarmene l'ho sempre avuto e quarant'anni non sono troppi per fare un colpo di testa, non per una come me, che è abituata a navigare a vista.

Dopo la presentazione, una persona che avrebbe portato a cena un gruppo di noi, compreso l'ospite d'onore, ci ha presentati: «Leonetta» ho detto io. «Lo so» ha risposto, ma non c'è stato tempo di approfondire, perché lui, Pietro, doveva scappare, il che, avrei scoperto, è una sua caratteristica.

In quel caso non ci diede molti dettagli. M'immaginai una borghese, di quelle con le perle e l'aria sempre seccata, che lo aspettava nella casa perfetta per consumare insieme la cena perfetta e poi addormentarsi sul divano perché, lo sappiamo, la perfezione è nemica del sesso. I corpi hanno bisogno di ferite, di limiti da superare, di stimoli fisici e mentali, non di servitù da gestire, tasse da pagare, liti per chi avrebbe dovuto andare a prendere il bambino all'asilo e non l'ha fatto. Tutti problemi che con me gli uomini, e le donne, non hanno mai avuto.

Non lo trattenni. Credo che "Leonetta" e "lo so" siano state le prime parole che ci siamo scambiati io e Pietro, stessa generazione, stessa metropoli, stessa formazione che guarda molto all'estero, al contemporaneo, alle nuove tendenze, in due studi rivali, che si odiano.

Raggiungemmo il ristorante a piedi, mentre sentii Pietro dare appuntamento all'americano per la mattina dopo. Gli avrebbe fatto fare un giro del centro, come poi scoprii dalle foto di un social, provando, e mi sembrò strano, quella fitta di quando uno che ci piace compie un gesto, anche ordinario, senza coinvolgerci.

La serata scivolò via veloce, aiutati dalla buona compagnia e da qualche drink. L'americano fotografava ogni piatto e lo mandava alla moglie. Noialtri, a tavola, parlavamo in italiano del nostro argomento preferito: il lavoro. Chi va dove, a fare cosa e a quale scopo. Chi sale, chi scende. Chi sono e chi si credono di essere gli assenti. Nessuno nominò Pietro però, se non per dire che è sempre bravo: «Una garanzia». Io annuii, a quest'ultima affermazione, come se lo avessi sentito parlare in pubblico duecento volte, come se sapessi in quel momento dove si trovava, come se lo conoscessi davvero, ma eravamo solo all'inizio.

Dopo aver mangiato come a un pranzo di Natale, in particolare la nostra guest star dagli States, il cui panciotto tirava sul ventre, ringraziai tutti e me ne andai da sola a cercare un taxi.

Qui le cose funzionano alla perfezione. Tempo d'attesa: dieci secondi, e sfrecciavo con un estraneo alla guida nella città di notte. Stringevo il telefono in mano, come se avessi potuto scrivere a Pietro, ma, in quel momento, era solo un collega più potente di me, che, per un attimo, era stato *kind*, in un ambiente di squali. *Può bastare uno sprazzo di verità per innamorarsi di un uomo?*

Pietro

Leonetta, che quando ho presentato Mark mi faceva un effetto... A un certo punto ho perfino dimenticato una domanda che dovevo fare al nostro collega americano, ma lei non se n'è neanche accorta. Prendeva appunti, fotografava, aggiornava i social, postava video. Compenetrata nel ruolo professionale che stava assumendo, in misura sempre maggiore. Non era lì per rimorchiare. Uno come me, poi, che aveva già le sue situazioni e che lavorava per lo studio rivale. «Leonetta», mi ha detto, quando ci hanno presentato, ma chi è che non la conosceva?

Non la vedevo da un po' di serate. Mi avevano riferito che ultimamente si dedicava solo al lavoro, che aveva un compagno, che ogni tanto usciva con una donna, famosa, ma alla fine li aveva mollati entrambi. Si era fatta dei nuovi tatuaggi, che spuntavano da tutte le parti. Stava cercando di aprire un suo studio e so quante energie ci vogliono, quanta disciplina, quanta testa sulle spalle. Non me la ricordavo così bella, mi è sembrata più donna, a parte un vestito assurdo, il che, avrei scoperto, è una sua abitudine. Lei è allergica ai tubini neri, non ce la fa. Non serve a niente neanche regalarglieli.

Comunque, quella sera me ne andai. Ero sovrastato da quelle sensazioni, che non provavo da secoli, temevo di ricascarci di nuovo. Basta amori tempestosi, tradimenti, scandali, gossip, inseguimenti, tormenti. Solo la quiete del proprio divano, la cena pronta, un bambino da mettere a letto, i libri che colleziono. Tutto perfetto, no?

Leonetta

Pietro mi rimase addosso. Cliché da pollastrelle. Frase da Baci Perugina, ne mangio uno al giorno. Grande verità, nella sua semplicità.

Dopo la presentazione dell'americano, iniziai a seguire Pietro sui social, scoprendo che lui lo faceva già, e fu tutto subito fuori controllo. Insieme, seppur virtualmente, funzionavamo alla perfezione, ci compensavamo. Lui sempre impeccabile, vestito benissimo, sobrio anche nella comunicazione virtuale. Io autobiografica, trasparente, passionale, con le occhiaie fisse.

In quel periodo avevo un progetto segreto: aprire un mio studio. Le giornate non bastavano mai. Dovevo cercare una sede adeguata alle mie ambizioni e alle mie possibilità. Procurarmi i fondi, che poi sarebbero stati messi da un mecenate privato, il mio padre adottivo che ha sempre creduto in me, oltre ad avermi salvato la vita. Creare una squadra di giovani architetti che lavorasse con me ai primi progetti, che avevo già in mente, a partire dalla ristrutturazione di una fondazione a Venezia. Avevo già il mandato per occuparmene. Dovevo solo buttarmi nella mischia, ma senza farmi troppo male una volta che avessi sfidato sul suo stesso terreno la *major* dalla quale provenivo.

Non avevo letteralmente tempo per l'amore. La sera tardi, dopo l'ennesimo taxi, toglievo le scarpe prima ancora di accendere la luce, mangiavo in piedi da una scatoletta gelata con una forchetta di plastica per non perdere tempo a lavare i piatti, poggiando i gomiti sul lavandino. Ogni tanto piangevo, mi domandavo se non stessi prendendo troppi rischi, professionali. Poi mi stendevo, solo una t-shirt addosso, il telefono in mano, mio gesto abituale, e gli raccontavo la mia giornata con dei dispacci pubblici sulla mia vita, senza avere il coraggio di superare il confine dello schermo, ma neanche di mandargli un messaggio. Lo fece lui, mentre quelli che cercavano di mettersi tra il noi che saremmo diventati facevano una fine peggiore delle volpi in autostrada: liquidati in due secondi, senza neanche una prima notte, schiacciati dal nostro amore.

Pietro

Leonetta fu una scoperta. Non solo fisica, Milano è piena di belle donne. C'era chimica. Una banalità, lo so. Un amico mi disse che mi era venuta voglia di "scoparmela", usò proprio questo termine, solo perché lavorava per la concorrenza, era in ascesa, era destinata a grandi cose. Avevo saputo che una fondazione di Venezia le aveva assegnato il rifacimento della loro sede e, invece di arrabbiarmi, in quanto sconfitto – avevamo cercato anche noi di ottenere quell'incarico –, avevo gioito per lei. Così, sarà stato per la voglia di andarci a letto, perché mi era simpatica, perché la vedevo bellissima, per i colori assurdi degli abiti con i quali illuminava il nostro grigio quotidiano o semplicemente perché con Francesca, dopo la nascita del bambino, non avevamo più niente da dirci, le scrissi su un social in privato: «Complimenti!».

Erano le dieci di sera. Mi rispose un secondo dopo, come fa sempre.

Lei, avrei scoperto, ci tiene molto agli altri, a differenza di tanti, che "gli altri" li usano solo.

«Complimenti per cosa?»

«La fondazione, Venezia. Sai che ci hai battuto?»

«Pietro, non dirlo a nessuno, ti prego. Mi hanno fatto promettere che avrei aspettato la conferenza stampa. Non sai quanto avrei voluto diffondere la notizia.»

«Quando ti trasferisci nel nuovo studio?»

«Okay, sai anche qual è il mio numero di scarpe, quanto peso e se sono innamorata, in questo momento?»

«La terza risposta forse la so.»

«Domani. Domani vado nel nuovo studio. Stanotte non dormirò.»

«Te la senti?»

«Sempre.»

«Cosa ti senti, Leonetta?»

«Che andrà bene.»

«Cosa?»

«Tutto, Pietro. Tutto quello che vogliamo.»

Due ore dopo, quando rimandavo il momento di raggiungere Francesca, sfogliando un romanzo di mille pagine in inglese ambientato in una sola giornata, mi arrivò una di quelle che poi avremmo chiamato "le frasi di Leonetta": «I pensieri buoni danno buoni frutti».

Non le risposi.

Leonetta

Pietro c'era e non c'era a Milano, prevalentemente la seconda. Per lavoro viaggiava molto. Avevo ripassato, per stargli dietro almeno mentalmente, tutti i fusi orari del mondo, ma neanche lui a volte sapeva dove si trovasse. «Qui dormo sempre solo due ore» mi ha scritto una notte, mentre da lui erano le 5 di mattina, da un posto lontanissimo, splendido, pieno di luccichii. «Fatti portare qualcosa di dolce in camera e dormi per favore.»

Pietro era questo per me. Per la prima volta non me ne fregava niente di dove fosse, con chi, se mi stesse, in un certo senso, tradendo. Sapevo che si stava separando. Non volevo stargli addosso, non volevo creargli ulteriori problemi, avevo la tranquillità di chi non ha causato la situazione, ma, per una volta, ne beneficia.

Tra me e lui sarebbe accaduto tutto a suo tempo. Avevo deciso di aspettarlo, e non parlo solo dei suoi viaggi, ma della nostra vita, insieme. «Quasi sempre arriva a sorpresa il permesso di entrare in un posto considerato inaccessibile» gli ho scritto ieri (visualizzato senza risposta).

La partenza del mio studio era stata buona. Dopo l'estate, imminente, avrei iniziato con i miei collaboratori, un gruppo di ragazzi un po' incasinati ma entusiasti, i lavori alla fondazione, quindi avrei passato molto tempo a Venezia, che amo. Mi chiedevo allo stesso tempo cosa ne sarebbe stato di "noi", se avremmo retto alle vacanze, agli altri, alle pressioni, alle responsabilità di questa cosa orribile che si chiama vita adulta.

Di fatto, non ci vedevamo dalla presentazione di Mark, fisicamente intendo. Eppure, sapevamo dell'altro molto più di chiunque altro. Ormai Pietro riusciva a interpretare perfino i miei tweet e io mi divertivo a provocarlo, con un calcolo delle ore della giornata tutto nostro, che superava oceani, montagne, laghi, fiumi, social, scelte precedenti sbagliate, delusioni, fatica, per farci addormentare sempre con il sorriso, ovunque fossimo.

«Leonetta, cosa succederebbe se se ne accorgesse qualcuno?»
«Se ti chiedessero di noi, non dirgli che non ne sai niente, Pietro.»

Poi si sono visti, due volte:

1) a fine agosto, nella città deserta, in un bar per modelle. Si sono salutati con una stretta di mano. Lei ha capito definitivamente in quel momento di amarlo e più tardi, dopo il loro caffè, gli ha scritto un messaggio stupido, pieno di affetto;
2) a settembre, a un evento di lui. Lei ha mollato la sua squadra a Venezia, senza dire dove andasse, ha preso un treno, lo ha sentito parlare, lo ha aspettato fuori la sala, lo ha baciato sulla bocca, lui l'ha baciata sulla bocca, lei è ripartita.

Mi vieni in mente quando mi succede qualcosa di bello
e vorrei raccontartelo fin nei minimi dettagli
Mi vieni in mente quando ti racconto qualcosa di bello
Mi vieni in mente quando visualizzi e rispondi
Mi vieni in mente quando visualizzi e non rispondi
Mi vieni in mente quando sono brava
Mi vieni in mente quando mi vanno i jeans
Mi vieni in mente quando attraverso Campo Santa Margherita di notte da sola, barcollando per il lavoro, per il

cibo e per il vino, e ogni volta non trovo il portoncino del B&B che mi ospita
Mi vieni in mente quando vedo un'opera d'arte e vorrei chiamarti per dirti quanto "mi abbia dato un pugno nello stomaco", ma non ho il tuo numero
Mi vieni in mente quando mi sento sola (questa è facile)
Mi vieni in mente quando mangio troppa Nutella
Mi vieni in mente quando viaggi
Mi vieni in mente quando viaggio
Mi vieni in mente quando mi parlano di te
Mi vieni in mente anche nelle giornate incasinate
Mi vieni in mente di notte, sempre, dall'americano a questa parte
(Leonetta)

Pietro

Con Leonetta le cose vanno veloci e, stupendo pure me stesso, non sto opponendo alcuna resistenza. Più virtualmente che nella realtà, a causa dei nostri impegni, delle nostre paure, del nostro pregresso, della mia situazione, ma mi sono stufato di flirt occasionali. Se non c'è prima di tutto amicizia, una donna non m'interessa.

La separazione da Francesca era già stata decisa, nessun pericolo per il nostro bambino, solo concederci entrambi di poter provare di nuovo i sentimenti che ci avevano unito, un tempo, prima che andassero chissà dove, tipo le anatre di Holden.

Con Leonetta ci siamo visti un paio di volte. Il mio amico, quello che sosteneva che me la volessi "scopare" perché è una donna in carriera, mi ha detto che è ridicolo il fatto che non l'abbia ancora invitata a uscire come si deve. Non riusciva a credere che a fine agosto l'avessi salutata con una stretta di mano, mentre lei faceva finta di niente e ordinava un caffè con latte freddo a parte prima ancora di sedersi sul divanetto esterno del bar.

È andata meglio a settembre, ma avevo appena finito di fare una conferenza, c'era mezzo mondo che conoscevo, mentre lei mi aspettava fuori la sala, poggiata a un tavolo, con uno dei suoi vestiti assurdi, la gonna corta e gonfia, le scarpe da militare sotto. Mi era mancata. Gliel'avevo anche scritto, in una delle nostre notti connessi, ma in quell'occasione sono riuscito solo a sfiorarle le labbra. L'ultimo treno da Milano a Venezia stava per partire, io mi sentivo gli occhi di tutti addosso, anche se forse non era vero.

Leonetta

A Venezia non si possono prendere taxi, o meglio, esistono, in una versione acquatica, ma se li possono permettere solo gli sceicchi o i divi del cinema. La cosa che mi piace di più: perdermi mentre cerco di andare a piedi da un posto all'altro, chiedere aiuto ai gondolieri e sentirmi dare le informazioni in numero di ponti. «La fondazione dista cinque ponti, l'Arsenale è vicino alla fondazione, a piazza San Marco ci si arriva da lì, Campo del Ghetto Nuovo è da tutt'altra parte. L'accompagno io, signorina?»

Per Natale io e la mia squadra avremo finito a Venezia, ormai manca poco. L'anno prossimo s'inaugurerà la nuova sede della fondazione e io starò di più a Milano, a meno che non accetti un lavoro in Brasile, ma devo ancora parlarne con Pietro.

Non voglio fare di nuovo lo stesso errore che ho commesso in passato né in un senso, rinunciando a tutto per un uomo, né in un altro, decidendo da sola e perdendolo, l'uomo. Se non fosse il Brasile, sarà altro. Sento delle buone vibrazioni. Per la prima volta, dopo tanto tempo, sto bene, come se uno sciamano mi avesse fatto rinascere, anche se non faccio l'amore da quando ho rivisto Pietro quindi, ormai, da tanto.

Nei giorni scorsi è passato dall'Italia uno straniero, con il quale avevo avuto una relazione. L'ho fatto venire a Venezia, l'ho portato a cena – spaghetti troppo sottili scotti con telline minuscole cotti in un olio usato già cento volte durante il giorno – e poi gli ho chiesto per favore di trovarsi un posto dove dormire. Non ce l'ho fatta a tradire Pietro. Lo so, non stiamo ancora ufficialmente insieme, ci siamo soli sfiorati le labbra, non ho neanche il suo numero. Non so neanche dove fosse, mentre costringevo il mio amico a cercare una camera all'una di notte. Eppure...

Pietro

Il mio studio ha vinto una grossa commessa, in Brasile. Questa è la buona notizia. La parte brutta è che mi hanno chiesto di seguirla personalmente. A inizio anno dovrei fare le valigie e trasferirmi per sei mesi lì.

La prima cosa che ho pensato: con questo progetto, che coinvolgerà anche altri studi di tutto il mondo, vincerò un premio. La prima cosa bis: perderò Leonetta. Mi ha già aspettato abbastanza.

Una sera le ho scritto sul nostro social, in privato, dopo cena. Lei era a Venezia. Mi ha risposto quando mi ero già addormentato. Io a Parigi, per una volta un fuso orario simile, ma ho avuto la sensazione che, per un attimo, ci fossimo allontanati. Non credo che fosse da sola. Non gliel'ho chiesto. Non ne avevo il diritto. E poi, perché una come lei non dovrebbe avere accanto qualcuno di fisso, presente, reale, in carne e ossa, che le porti la colazione a letto, l'accompagni al cinema e lasci sempre il dentifricio aperto? Cosa potrei offrirle io? Una vita nomade, un figlio piccolo, una testa che in passato mi ha portato a creare molta confusione con le donne, il demone del successo dentro. L'indipendenza, soprattutto.

Per mettere un cardellino in gabbia bisogna legargli la zampetta, ma, da questo punto di vista, io e lei siamo simili. Magari troveremo il modo di tenere la porta della gabbia aperta. Forse è questo il segreto: sceglersi ogni giorno, ogni istante, ogni tweet, ogni messaggio.

Si vedono ancora, a Milano

«Leonetta, hai comprato i regali?»

«Ma figurati Pietro, io sono la donna dell'ultimo minuto e non ho tante persone a cui farli.»

«Vero, non ti ho neanche chiesto cosa fai, a Natale.»

«Libero il B&B di Venezia e me la godo, prima di lasciarla, dopo quattro mesi. Ho dieci mostre da vedere. Inoltre, detesto le tradizioni, i pranzi, gli obblighi. Molto da film, no? Architetto rampante passa il Natale da sola vagando per musei, nutrendosi di patatine, con tre valigie da riportare a casa, in treno, perché non sa guidare, e un taxi da lì sarebbe un po' costoso, mentre magari fuori inizia anche a nevicare?»

«Io sto con mio figlio. Francesca ha un nuovo compagno. Non dev'essere stato facile, per lei, tutto questo. Con il bambino non andrò da nessuna parte, al limite a pattinare in Duomo. Viaggio già troppo. A questo proposito, ti devo dire...»

«No Pietro, anch'io ti devo dire una cosa.»

In coro: «Mi hanno chiesto di trasferirmi per sei mesi in Brasile».

Grazie a chi mi ha dato il titolo.
Grazie alle amiche.
Grazie alla vita.
Grazie a Philip.
Il miracolo di amarsi, ogni tanto, accade

Dede Cavalleri
Scarpette rosa

La mia Nina sogna da sempre di volteggiare come una farfalla sulle scarpette da punta di raso rosa, un desiderio quasi scontato per una bambina che frequenta una scuola di danza classica. Purtroppo all'inizio non aveva molta disciplina, giudicava inutile la prima parte della lezione, quella che i maestri chiamano "propedeutica". Le sembrava solo una forma di ginnastica molto lontana dalla danza, vale a dire una sciocca perdita di tempo. Ho cercato di spiegarle una dozzina di volte che quella ginnastica è fondamentale per imparare la postura, il portamento, e allo stesso tempo serve a formare il fisico, ad acquisire musicalità ed equilibrio. L'ho supplicata di controllare le posizioni dei piedi, delle mani. L'ho accompagnata dai primi passi fino a figure sempre più complicate: *plié*, *demi-plié*, *grand-plié*, *arabesque*.

Ora, finalmente, dopo anni di scarpette da ballo morbide e di allenamento è arrivato il grande giorno. Nina è pronta per il suo primo saggio di danza. Mentre l'accompagniamo verso il teatro è persa nei suoi pensieri, ma di tanto in tanto ci guarda sorridendo. Prima di entrare negli spogliatoi ci abbraccia, felice. «Mamma, papà», sussurra «è il regalo più bello per il mio compleanno… Diventerò una grande ballerina.»

È proprio brava sulle punte la mia Nina, forse la migliore del suo gruppo. La guardo danzare con aria ispirata, e ritorno indietro nel tempo.

Avevo dodici anni come la mia bambina adesso, e sognavo pure io di diventare una ballerina. Dopo molte preghiere avevo ottenuto le prime scarpette da ballo e iniziavo a usarle. Adoravo la mia maestra, mi sembrava di diventare più brava a ogni lezione, e mi sentivo felice.

Dopo l'estate però, alla ripresa intensiva della scuola di ballo, qualcosa cambiò in me: non riuscivo più a tenere il ritmo delle mie compagne, ero sempre stanca, priva di forze, inappetente. Dimagrii rapidamente, ma non riuscivo a mangiare quanto bastava per recuperare peso.

Le altre allieve mi stuzzicavano: «Fa la dieta, diventerà anoressica».

Io mi limitavo a tacere, non sapevo cosa rispondere a quelle provocazioni. I miei non si accorgevano di nulla, eravamo una grande famiglia con tanti figli e tantissimi problemi e non c'era tempo per stare dietro a tutto. Avrei dovuto parlare con mia madre, dirle che qualcosa non andava per il verso giusto, ma non osavo chiedere aiuto, anche se cominciavo a stare male davvero. E poi un giorno, durante un allenamento particolarmente intenso, persi i sensi e di colpo crollai a terra.

A quel punto i miei si decisero a portarmi dal medico di famiglia, un signore dai bei capelli bianchi che prescrisse subito un listone di esami del sangue. «Lo faccio solo per prudenza, credo che non ci sia nulla di grave», spiegò a mamma e papà per non allarmarli. Purtroppo sbagliava: dagli esami emerse qualcosa di anomalo, e il dottore consigliò una visita alla clinica ematologica. La diagnosi definiva fu devastante: leucemia mieloide acuta. Una malattia grave, in molti casi mortale.

I miei si chiusero in cucina, preparavano la cena e parlavano, ma il rumore delle stoviglie copriva le parole, le voci basse, le lunghe pause, i bisbigli sempre più frequenti mi tenevano sulle spine. Dalla porta socchiusa spiavo, cercavo di capire. Intuivo che stavano pensando al modo migliore per prepararmi a ciò che mi aspettava e che volevano concordare il poco che avrebbero detto ai miei fratelli.

La decisione definitiva toccò, come sempre, a papà. Capii che cercava di preparare un piano tarato sulle forze di noi tutti, e che parlava anche a nome della mamma benché tenesse lo sguardo fisso al pavimento evitando di guardarla in faccia, forse perché aveva paura di commuoversi, forse perché aveva gli occhi pieni di lacrime e non osava mostrarle perché doveva tenere tutti noi su di morale e non poteva mostrarsi troppo preoccupato.

A cena mi feci forza e affrontai io il problema chiamando a raccolta tutto il mio coraggio. Volevo la verità: chi era il mio nemico? Contro chi dovevo combattere?

Mi dissero quel poco che potevano, lesinando le parole per non spaventarmi troppo. Dissero che mi avrebbero portato in ospedale, che lì avrei ricevuto le cure migliori, cure che mi avrebbero guarita. Ricordo bene le sensazioni oscure che provai quando venni ricoverata. Ero confusa, ma soprattutto arrabbiata. Avevo in mente tante domande in attesa di risposta. Perché il destino si era accanito così contro di me? E perché i nonni, che erano venuti a salutarmi, avevano le lacrime agli occhi? Temevo il peggio, ma non volevo ragionare fino in fondo traendo tutte le conclusioni. Appena arrivata in ospedale, trovai una situazione particolare: molti bambini e ragazzi del reparto erano senza capelli.

Iniziai a insospettirmi, chiesi alla mamma perché i miei compagni fossero calvi. La vidi sbiancare, faceva fatica a rispondere.

Poi con un filo di voce mi spiegò che i miei compagni stavano facendo delle cure molto forti, ma che la calvizie era passeggera. Con il tempo la loro capigliatura sarebbe stata più bella di prima.

I medici all'inizio non pronunciarono in mia presenza la parola "leucemia", forse per non spaventarmi. Mi parlarono di una malattia del sangue che con le cure giuste sarebbe guarita. Quei discorsi blandi e incoraggianti non mi persuasero completamente. Mi piacque molto di più il discorso del dottor James, l'ematologo che mi accolse nel reparto. Mi disse senza mezzi termini che dovevo stringere i denti e tirare fuori le unghie per lottare contro il male. Se avessi fatto la mia parte, la sua squadra di specialisti si sarebbe impegnata al massimo per farmi guarire.

Questo sì che era parlare chiaro: avevo capito che parlava con il cuore, e questo mi era piaciuto. Il dottor James era diventato da subito il mio preferito. Affrontai meglio che potevo il periodo molto faticoso che mi toccò durante il ricovero e il ciclo di chemio. Il mio corpo si indeboliva sempre di più, ma lo spirito restava forte. Volevo tornare a ballare a tutti i costi e quel pensiero fisso mi impediva di crollare.

Nella mia camera avevo portato da casa alcune cose a me care e avevo appeso sulla parete di fronte al letto le mie scarpette da ballo. Le guardavo spesso sognando a occhi aperti il momento in cui le avrei indossate di nuovo. Le consideravo il mio portafortuna, di sicuro erano la riserva di forza che mi permetteva di guardare avanti con la speranza di tornare in salute.

A dispetto della mia determinazione le giornate erano lunghissime: mi mancavano i miei fratelli e le chiacchiere con le amiche. A causa delle terapie le mie difese erano molto ridotte, quindi ero finita in isolamento. I visitatori dovevano restare dietro un vetro perché anche un semplice raffreddore poteva rappresentare un grave pericolo. Più in generale, le visite erano concesse con il contagocce, ma meglio così. Il mio fisico era cambiato fino a diventare quasi irriconoscibile: ero molto dimagrita e avevo perso i capelli. Quando mi guardavo allo specchio io stessa provavo vergogna ed ero terrorizzata dall'idea che altri mi vedessero in quello stato.

«Non nasconderti, sei bellissima anche così, i tuoi occhi sembrano più grandi, e poi il tuo sorriso è me-ra-vi-glio-so.»

Dall'altra parte del vetro c'era Billy, il mio fidanzatino, una presenza costante in quei giorni tristi e faticosi, una fonte quasi inesauribile di ottimismo.

Arrivava, mi portava i compiti, mi teneva compagnia raccontandomi la vita fuori e mi faceva coraggio. Andò avanti così per giorni e giorni, senza mancare un appuntamento. Era il punto fisso sul mio orizzonte, il mio faro di luce.

Intanto però la mia vita era in subbuglio. Non cambiò solo il mio corpo, si stava trasformando anche il mio carattere e di certo non in meglio. Sentivo che era mio dovere combattere, ma vivevo la malattia come una punizione ingiusta ed ero sempre arrabbiata e triste. Dalla finestra della mia camera, nei momenti di solitudine contemplavo il cielo, pensavo alla vita che scorreva fuori di lì, alle lezioni di danza che non potevo seguire e alle tante cose belle che mi stavo perdendo.

La terapia andava a rilento, però reagivo bene alle cure e di lì a poco fu possibile alternare periodi di ospedale con giorni a casa. Eppure la mia nuova vita non somigliava a quella del passato: ero magra, calva, disperata a dispetto dei miei progressi. Avvertivo il disagio dei miei fratelli, molti amici si erano dileguati. Debole com'ero, non riuscivo a tenere il loro passo e mi sentivo abbandonata.

Per fortuna come ogni estate ci trasferimmo nella casa di campagna, circondata da un grande parco con alberi secolari, e quando ero stufa di sentirmi osservata da fratelli e cugini, mi rifugiavo nella casetta sull'albero.

Mi raggiungeva Billy, aveva casa lì vicino anche lui, e facevamo progetti. La mia vita con la danza, la sua missione di medico, il nostro futuro insieme.

Ma il peggio doveva ancora arrivare.

Un anno dopo l'apparente guarigione la malattia si ripresentò. Ora sapevo cosa mi aspettava e provavo una grande rabbia contro tutti quelli che mi avevano assicurato che sarei guarita e non avevano mantenuto la promessa.

Arrivarono in rapida sequenza un nuovo ricovero, un'altra chemio, poi l'ultima speranza, il trapianto di midollo.

Mia sorella era compatibile e accettò di aiutarmi: tutto andò bene, ma la degenza fu lunga e durissima. E una volta guarita, dopo la battaglia fisica dovevo ancora vincere quella morale. La paura, lo scoramento, la sensazione che il male poteva ricominciare e sarebbe stato più devastante di prima. Con il passare dei mesi affrontai anche la mia bestia nera: prima il timore e poi la certezza che non avrei potuto tornare alla scuola di danza. La mia preparazione si era interrotta troppo presto, le mie compagne avevano fatto progressi incredibili e io non avrei più potuto recuperare il ritardo che avevo accumulato per colpa della malattia.

Spesso mi sono chiesta come ho fatto a superare questa prova.

La risposta è semplice. È l'amore delle persone che ti stanno accanto, cercando di trasmetterti forza e serenità, che ti dà una mano per andare avanti.

I miei compagni di viaggio, persone meravigliose, teste pelate come me, mi hanno aiutato a resistere e combattere in certe giornate che sembravano senza fine. Io che avevo paura degli aghi, del sangue, dei medici, avevo sopportato tutto perché avevo incontrato persone speciali che davano forza a me e ai miei genitori.

Persone che mi rendevano partecipe e con semplici gesti a volte riuscivano perfino a farmi sorridere.

E potevo contare anche su un'altra fortuna. Capita spesso che di fronte alla malattia dei figli i genitori si allontanino, arrivando a volte anche a separarsi. Non giudico nessuno, prendo semplicemente atto dei problemi. Malattie così gravi sono situazioni delicate che stravolgono gli equilibri dei sentimenti.

I miei genitori, invece, erano più uniti che mai, e sempre vicini a me.

Sono passati tanti anni da allora, sono guarita, della malattia non c'è più traccia.

Mi avevano detto che non avrei potuto avere figli, invece è arrivata una bimba, l'ho chiamata Nina come la sorella che mi ha ridato la vita.

Oggi è lì sul palcoscenico, che volteggia felice come una farfalla con le sue scarpette da punta di raso rosa. E io sono felice con lei. Il mio cuore va a mille, la commozione mi soffoca, ho gli occhi lucidi e una gran voglia di ridere e piangere insieme.

Billy è accanto a me come sempre. Mi prende la mano e la stringe delicatamente. Immagina i miei pensieri, condivide i miei ricordi e l'orgoglio per questa nostra figlia che sta realizzando i miei sogni di ragazza.

Alla fine ho vinto io: la malattia mi ha rubato l'adolescenza, ma non la vita.

Luisa Ciuni
Il quadrifoglio

In quel pezzo di vecchio Piemonte trapiantato in Sicilia che era la casa dei miei nonni si cucinava col burro, si beveva porto, si leggeva «La Stampa». Sul terrazzo fioriva una pomelia e mia nonna Ester aveva anche una collezione di piante grasse ma ogni analogia con le abitazioni dei vicini finiva lì. In salotto, fra le "cose buone di pessimo gusto", troneggiava Pachito, un enorme gatto bianco raccolto di pochi giorni da mio zio in un rigagnolo e salvato nutrendolo col contagocce. L'atmosfera era molto calda, molto affettuosa: i figli che andavano e venivano, un grande televisore, il tavolino con «La Settimana Enigmistica», i riti del pranzo domenicale, noi bambini costantemente ammoniti di «star buoni» e poi viziati con pane e cioccolata o regalini inaspettati. I compiti, le eterne rimostranze di mia madre verso la suocera espresse in piemontese stretto, in modo che nessuno potesse capire tranne per quel «*mia maduna*» (mia suocera) detto un po' troppo spesso per non attirare la mia attenzione.

Nonna Ester aveva una sua stanza dove riceveva le vicine: tutto il giorno scambiava ricette di Cuneo con quelle dei dolci siciliani, disegni di ricami, schemi di maglioni, oppure si faceva accompagnare alla Vucciria dove contrattava sul pesce senza misericordia spuntandola sempre, per poi passare la sera in chiesa, contenta della sua giornata.

Faceva anche parte di un gruppo di "pie donne" – come le chiamava mia madre gelosa della loro confidenza – spesso in pellegrinaggio a casa per vedere un quadretto con dentro un quadrifoglio, appeso accanto all'immagine di padre Pio e alla foto di una bambina morta da piccola, mia zia Silvana, terza figlia sempre rimpianta da lei e dal nonno.

Tra poltrone, cuscini, una macchina da cucire, fette di salame al cioccolato e caffè, le "pie donne" ascoltavano una storia che nonna Ester ripeteva sempre uguale, mentre loro restavano mute (qualcuna si faceva il segno della croce) e io stavo a sentire con curiosità. Un racconto che l'intera famiglia etichettava come superstizione pura e che Ester anticipava sempre con un prudente «*Mi sai nen*» (non saprei) prima di iniziare la sua cronaca. Che poi era quella degli eventi che l'avevano portata in Sicilia dieci anni prima.

Nel 1946, a Milano, la vita si era fatta dura per lei e i suoi due figli, Maria e Lamberto, arrivati in Lombardia dal Piemonte dietro al nonno che aveva perso tutto in guerra e cercava lavoro. Sempre fuori di casa, sempre di pessimo umore, non riusciva a provvedere alla famiglia. Lavorava un po', poi spariva per giorni, senza dire nulla. La nonna vendeva un gioiello, lavorava di cucito, faceva iniezioni, si sforzava di risparmiare ma la situazione era nera. Casa di ringhiera, pochissimi soldi, cibo con le tessere, niente prospettive e un marito che sembrava perduto. Dietro ad altre donne o ai suoi pensieri, chissà. Anni neri.

«Cara Ester, non so proprio che consiglio darti – le diceva il fratello in una lettera, l'ultima, che conteneva consigli e un po' di contante – se non quello di ritirare i ragazzi dalla scuola. Maria potrebbe impiegarsi come segretaria, Lamberto lo possiamo mettere in fabbrica. Questo se la situazione non migliora, come mi auguro. Tieni intanto queste lire che ti mando, con cui tirare avanti. E per il tuo matrimonio si vedrà...»

Con quelle banconote in mano la nonna sentiva prendere corpo dentro di sé un'idea che le sembrava folle ma che – forse proprio per questo – le pareva l'unica percorribile. Voleva andare da un frate di cui si parlava molto, che viveva lontanissimo da Milano, a San Giovanni Rotondo. La ragione non le bastava più. Forse quel padre Pio poteva aiutarla, fare un miracolo. Fare rinsavire il marito, evitare la fine della sua famiglia. Ma bisognava organizzarsi in silenzio, per non essere presa per pazza da tutti, canzonata dai figli, ripresa dal parroco, sgridata dal fratello.

«Di slancio andai alla stazione, comprai il biglietto del treno e mi misi in viaggio. Ore nel freddo e nella calca, con quella speranza addosso che non sapevo da dove venisse ma c'era, assieme alla vergogna per non sapere fare altro per cambiare la mia vita. Non so quanto sono stata in treno, senza bere o dormire, digiuna, ma quando finalmente finì e scendemmo eravamo in tante, tutte distrutte, tutte con una supplica da invocare, un miracolo da chiedere a quello sconosciuto che ci aspettava dentro una cappella, alla fine di un terreno brullo, sterrato e pieno di fango. Voleva piovere. Io mi stringevo nei miei vestiti estivi mentre la paura di quel colpo di testa mi si ingigantiva addosso e la folla andava avanti, spingeva, urtava. Pregavamo.»

Il paesaggio le pareva enorme, inutile, senza redenzione. E follia quel viaggio, in una sensazione mista di ansia per i figli lasciati soli e di angoscia per quei pochi soldi spesi, forse sprecati, alla ricerca del nulla. L'ultima risorsa di una donna sola che aveva fatto un colpo di testa per la prima volta in vita sua e che adesso era spaventata a morte dalle conseguenze.

Le scarpe bagnate e i capelli umidi ingigantivano la sensazione di sgomento. Il golfino sulle spalle non bastava a ripararla o a darle una sensazione – anche solo lieve – di benessere, di riparo.

«"Ora tornerò a casa" mi dicevo mentre aspettavo con gli altri, "e avrò solo peggiorato le cose".»

Padre Pio la trovò stanca, sovrappensiero, la supplica sulle labbra, gli occhi disperati. Non disse nulla limitandosi a guardarla e quando lei aprì bocca le troncò la parola. «Tu hai molta paura e poche speranze. Torna a casa e andando guarda bene a terra: troverai qualcosa che ti aiuterà. Vivi tranquilla, io pregherò per te.» Poi la congedò, passando oltre.

«Mio Dio, solo pochi istanti, dopo tutte quelle ore di viaggio e quell'attesa! Avrei voluto dire ancora qualcosa, ma lui era andato via. La gente, la confusione, la vergogna. Non riuscii a seguirlo, a chiedere spiegazioni. Niente. Poi mentre camminavo verso i binari, ai binari lo vidi e capii tutto. C'era un quadrifoglio verde e intatto in quella distesa di fango senza un filo d'erba, sopravvissuto, non so come, ai passi di centinaia di persone. Se era sopravvissuto lui in quel deserto ci sarei riuscita anche io. Mi chinai e lo misi nel fazzoletto, finalmente serena. Era quello il segnale, il suo segnale. Almeno per me. Sentii addosso una grande pace, una grande calma e la speranza che tornava dentro il mio cuore.»

Il resto era sorprendente. A Milano, invece dei ragazzi soli e della cucina spenta, la nonna aveva trovato il marito finalmente sorridente e con buone notizie. Era stato assunto in Sicilia dove dopo i bombardamenti bisognava ricostruire Palermo. Doveva partire subito, moglie e figli lo avrebbero raggiunto in pochi mesi. Coi primi soldi aveva comprato una bottiglia per festeggiare. I ragazzi erano felici, Maria stava friggendo delle cotolette per cena. Il buonumore rendeva meno brutto l'ambiente: non c'era neanche troppo freddo. Il gatto ebbe qualche buon avanzo anche lui nella ciotola sbreccata sotto il lavandino.

Il giorno dopo Ester fece fare il quadretto e da allora si dedicò a Padre Pio senza mai più cambiare idea. È morta centenaria, sempre fedele al suo frate, poi diventato santo grazie a migliaia di fedeli come lei.

Quando finiva, le donne si segnavano per poi correre a riferire tutto al parroco. Mio zio e mia madre sghignazzavano (ma non poi tanto). Ester restava convinta fino in fondo di avere ricevuto una grazia che le aveva cambiato la vita e per la quale fu per sempre grata e riconoscente.

Il quadretto col quadrifoglio è ancora in famiglia e, ogni tanto, qualche anziana signora chiede di vederlo, dice una preghiera, lo bacia e se ne va.

Maria Corbi

Ancora io, ancora lei

Mi tornava in mente una frase che avevo sentito ripetere tante volte a mia nonna. «La beffa della vita è che si muore un po' ogni giorno.» Credo che l'avesse detta Albert Einstein. Mentre osservavo di nascosto mia madre, percepivo dal suo sguardo il travaglio, la lotta che si consumava dentro di lei. Tentava di aggrapparsi alla sua vita, quella di prima, piena e affollata di ricordi. Ma tutto le stava sfuggendo, e soprattutto lei si stava perdendo. Qualcosa moriva dentro di lei col passare dei giorni.

La giovinezza si perde quando la vita ti mette di fronte a una tragedia. E mentre mia madre perdeva i suoi ricordi io mi preparavo a dire addio alla mia vita da ragazza. Un tempo che è stato dilatato oltre misura grazie a lei, alla persona che mi ha cresciuto e che ha permesso che rimanessi una "ragazza" anche quando era passata la data di scadenza. Fino a quei giorni mi erano state risparmiate tutte le preoccupazioni possibili. E adesso con quell'avviso di pagamento in mano, arretrati del condominio, mi rendevo conto di non conoscere nemmeno il nome dell'amministratore.

«Mamma mi dai il contatto dell'amministratore?»

«Maria, per favore, lascia stare, ci penso io.»

Anche lei si attaccava disperatamente al suo ruolo di madre, come io a quello di figlia. Voleva continuare a occuparsi di tutti noi come aveva sempre fatto. Anche sbagliando, ritardando la nostra indipendenza. Ma poi qualcosa era successo. E mi rimproveravo di essere stata l'ultima ad accorgersene. Anche mio fratello lo aveva capito prima di me. Mamma era diversa, stava perdendo colpi.

Ebe, la nostra tata, mi chiamava in ufficio disperata chiedendomi di correre a casa perché qualche venditore a domicilio stava facendo affari d'oro. Io tornavo e a volte era tardi. Così abbiamo collezionato tre Folletti, diverse enciclopedie, creme di bellezza miracolose, abbonamenti a riviste e a club di teatro. E io mi arrabbiavo con lei, urlavo, dando sfogo a tutto il mio cattivo carattere ma soprattutto alla mia resistenza: «Perché fai così, perché butti i soldi?». Ma in realtà volevo dire: «Perché te ne stai andando? Perché mi lasci sola?». Non volevo capire. Mamma aveva già quasi ottant'anni quando tutto questo capitava. Ma era una forza della natura. Andava a ginnastica, si occupava dei miei figli, di quelli di mio fratello, di mia zia. Di tutti. Anche quando andando a prendere Caterina a ginnastica si perse sulla tangenziale mi rifiutai di comprendere. «Mamma ma è possibile che non conosci ancora le strade?» Lei si dispiaceva e minimizzava, ma i suoi occhi tradivano la preoccupazione. Aveva capito che qualcosa non andava. E per questo senza dirci niente era andata a farsi visitare in un centro neurologico specializzato nella cura dell'Alzheimer e delle demenze. Ma questo lo avrei saputo solo anni dopo quando, ordinando le sue carte, trovai una prescrizione di alcune analisi e di alcuni farmaci. C'era scritto CLINICA DELLA MEMORIA. Impossibile non capire a quel punto. E trovai anche le medicine. Le aveva comprate e se le era dimenticate. Ed erano ancora lì quelle scatole di pillole, ben chiuse. Mi chiedevo come mai dalla Clinica della Memoria non ci avessero avvertito. Capisco la privacy, ma come si fa a pensare che chi non ricorda le cose ricorderà di assumere una terapia? È tutta una questione di sensibilità, ma anche di fortuna, di incontri. E probabilmente mamma era inciampata nei medici sbagliati. E avevamo perso del tempo. Prezioso.

«Mamma il nome dell'amministratore, per favore. E il numero.» Cinquemila euro di arretrati di condominio. Per lei che non aveva mai pagato in ritardo una bolletta era un'onta terribile. Era mortificata. Mi dispiaceva insistere, ma ormai non c'era altra strada. Anche la commercialista si era approfittata di lei, non pagando le tasse di successione e intascando l'assegno, facendosi pagare parcelle degne di una società per azioni, non di un 730 di una pensionata.

Era tempo di crescere per me. E non era un'opzione che avevo previsto in questi tempi. Anzi non l'avevo prevista affatto. Perché il ruolo della mia vita che mi è venuto meglio e che ho sicuramente preferito, insieme a quello di madre, è stato quello di figlia. Ho avuto due genitori straordinari. Oggi li definirebbero in altro modo, sicuramente diseducativi. Sempre pronti ad aiutarti, a sollevarti, a perdonarti. A evitare che le grane della vita in qualche modo potessero sfiorarti. Una grande forza e insieme una grande debolezza. E adesso prevaleva quest'ultima. Annaspavo in un oceano sconosciuto: la vita reale. Ma a quarant'anni non potevo lamentarmi e dovevo trovare una soluzione, per lei prima di tutto, ma anche per i miei figli, mio fratello, la mia famiglia. Per me stessa. Ogni giorno mamma si allontanava da noi, e da se stessa.

Ogni pomeriggio alle tre precise chiamava la sua amica del cuore, Annamaria. E chiacchieravano a lungo, spesso senza dirsi niente. Erano rimaste vedove tutte e due ed era il loro modo di farsi compagnia. Annamaria a un certo punto mi chiamò per dirmi, con quel suo fare gentile e rispettoso, che vedeva mamma strana. Non si ricordava degli appuntamenti. Le diceva che sarebbe andata a trovarla nel pomeriggio. E non si faceva vedere. Ogni parola era una ferita. Ancora non riuscivo ad arrendermi a questa discesa infernale. Mamma si stava perdendo ma non in un paese delle meraviglie. Nel buio del non ricordo. Nel buio dell'assenza. Quante volte le ho urlato, sgridandola, sentendomi in colpa nel farlo. Oggi so che era un tentativo disperato di tenerla con me, come era, perfetta. Non potevo permetterle di lasciarmi, non ero pronta. Non lo sarò mai.

Mi chiedevo se esistesse una malattia più feroce. E quando portai mamma alla Clinica della Memoria del Gemelli, capii che non era ammessa quella domanda. Ma che dovevo iniziare il percorso di consapevolezza come tutte le persone in quella sala di aspetto.

La dottoressa fece fare i test a mamma e non c'erano dubbi. Si trattava di Alzheimer, o di demenza senile vista l'età. Non importa. Poco cambia. La strada era tracciata e il percorso di mia madre su quel sentiero buio si poteva solo rallentare. Forse. Ci spiegarono che mamma era malata da tempo, da molto prima che ce ne rendessimo conto. E che era normale visto che le persone come lei, culturalmente avanzate, laureate e attive intellettualmente, riescono a lungo a compensare le mancanze. E avrebbe continuato a farlo, anche se non per sempre. Una pillola (con un nome suggestivo: Memac) avrebbe aiutato a rallentare il processo. Forse. Insomma nessuno può dirti molto su questo nemico infido, l'Alzheimer. La dottoressa ci illustrò anche le possibilità che avevamo tra cui quella di ricoverare mamma in una struttura specializzata. Ma quella non è mai stata un'opzione accettabile. Dovevamo organizzare una nuova vita per tutti noi. Ci dicevano in molti che era difficile convivere con un malato di Alzheimer e le storie che ci hanno raccontato erano sempre terribili. Ma io volevo che mamma rimanesse a casa sua, circondata dai suoi affetti, dalle sue cose, dal suo giardino. Avevo iniziato senza esserne consapevole una guerra contro il nemico subdolo e maligno. E poiché sono competitiva non avevo intenzione di arrendermi. Gli avrei dato filo da torcere.

Il primo passo da fare era quello di fare pace con la diagnosi, e anche con la mia mamma. Non era colpa sua. E me lo ripetevo sempre quando mi veniva voglia di scuoterla da quel nuovo mondo che la stava inghiottendo. Capii presto che una carezza, un sorriso, un bacio, erano un ottimo antidoto. Lei allora sorrideva e ricambiava, svelando ancora la vecchia sé. Anche se era inutile cercare di trattenerla nel nostro mondo. Era più facile un incontro a metà strada e fare un passo verso quella dimensione sconosciuta.

Era una nuova mamma, ma sempre la mia mamma. Bisognava chiudere la porta a chiave per evitare che di notte uscisse a cercare il suo gatto bianco e nero, Pilo. Ma lei voleva uscire da sola, e per seminare la sua badante faceva di tutto. Così Mariana la seguiva a debita distanza. E interveniva solo quando era necessario. In questo periodo di interregno abbiamo scoperto onesti e mascalzoni. Il giornalaio che non dava mai il resto, anche a pezzi da cinquanta euro. E il mendicante che dopo aver guardato stupito la banconota che gli veniva offerta, la rimetteva nella mano di mia mamma. Aveva capito che era una donazione inconsapevole.

D'estate al mare la trovai che provava a fare una telefonata, cercando nell'elenco telefonico alcuni numeri. «Mamma che cosa stai facendo?» «Sto invitando gli Ajello al mio compleanno.» I suoi amici erano morti qualche mese prima. E l'avevamo portata al funerale della sua amica Giulia. Volevamo che continuasse a partecipare alla nostra e alla sua vita. In chiesa aveva salutato i suoi amici di sempre, con affetto. E in quelle occasioni sociali ancora riusciva a dissimulare il suo stato.

«Mamma ma gli Ajello sono morti all'inizio di questa estate...»

Lei recepì la notizia. Ma continuò a sfogliare la rubrica. «Mamma?»

«Sto chiamando la mia mamma in via Sardegna.» Voleva chiamare nonna Margherita, nella casa di via Sardegna dove era cresciuta. Io sapevo che dovevo controllarmi, ma non lo feci e le dissi bruscamente: «Mamma ma che dici, nonna è morta nel 1979!». Niente da fare, lei continuò nella sua ricerca dei numeri.

«Mamma che fai?» Alzò lo sguardo verso di me, con i suoi occhi verdi che lanciavano scintille. Arrabbiata con me che la stavo disturbando.

«Sto chiamando il portiere di via Sardegna. Ti va bene così? O è morto anche lui? Secondo te sono morti tutti...» E facendo le corna verso di me come per scacciare una menagramo terminò il discorso.

A quel punto il groppo alla gola si sciolse in una risata. Sorridevo. Sì, nonostante tutto. E in quel momento preciso ho iniziato ad accettare la malattia. Mamma aveva l'Alzheimer, ma era sempre lei. La sua ostinazione e la sua ironia erano sempre lì, dentro di lei, pronte a presentarsi al momento giusto anche se in maniera diversa. La mia mamma. Era cambiata... Certo, aveva bisogno di essere accudita, ma era sempre lei. Capii che ce l'avremmo fatta. In qualche modo.

Sono passati cinque anni da allora. Ci sono stati alti e bassi. Anche bassissimi. Ma le nostre vite hanno trovato un nuovo equilibrio. Anche i miei ragazzi hanno accettato la "nuova nonna", e quando tornano in Italia passano molto tempo con lei e ci parlano adeguandosi al nuovo linguaggio fatto di suoni e parole strane. In mezzo alle quali ogni tanto esce una frase compiuta. «Non mi va» lo sa dire benissimo. E anche «basta».

Abbiamo vissuto il periodo della "morta" e abbiamo superato anche quello. Anche se spesso interpreta ancora quel ruolo. Un giorno Cinzia, la sua affezionata aiutante, la trova riversa sulla poltrona, esanime. Le prende un colpo e chiama me e mio fratello. «Mamma sta malissimo.» Corriamo e nello stesso tempo chiamiamo il 118. Mamma respira a fatica, è senza forze. Siamo molto spaventati. Ma quando mio fratello si avvicina per darle un bacio lei gli dice all'orecchio: «Non ti preoccupare, sto benissimo, ma almeno così quella se ne va». "Quella" era la povera Cinzia che dopo aver accudito ai miei bambini con amore adesso si occupa di lei. Ma poiché mia madre anche nella malattia non ha nessuna intenzione di essere "badata" la sua missione è una sola: cacciarla. E quindi fa la morta. Come se questo potesse risolvere il problema. E la faceva a intervalli molto regolari. Un giorno sì e uno no. Adesso invece solo qualche volta.

Perché – mi hanno spiegato gli esperti di Alzheimer – uno dei sintomi della malattia è l'aggressività che i malati sfogano contro chi si occupa di loro. Mamma era indipendente da sana e lo voleva essere anche adesso. E infatti Cinzia continua a farle fare quasi tutto da sola, aiutandola con discrezione. E mamma continua a cercare strade per liberarsene. Ormai anche Cinzia si diverte in questo teatro quotidiano.

Ho passato ore a studiare la malattia sui libri, su internet, attraverso l'osservazione della "mia" malata. E volevo vincere o comunque non farmi stracciare. Il traguardo e il premio erano troppo importanti per tutti noi. E quanto all'inizio mi incazzavo per ogni cambiamento nel comportamento o nella capacità intellettiva di mamma, oggi mi entusiasmo per ogni piccolo successo.

D'estate, nella nostra casa a pochi metri dal mare, lei rifiorisce, va in spiaggia, e fa lunghi bagni. Nuota. Un'abilità che non ha perso. Cinzia si arrabbia quando noi non ci siamo e mamma tenta di andare al largo con un perfetto stile libero. E allora penso che tante sue amiche stanno benissimo con la testa ma non riescono più a godersi il sole e il mare. Non ce la fanno fisicamente. Lei invece sì. E allora io la guardo fiera, come se avesse vinto un'Olimpiade.

Una decisione importante è stata quella di trasferirmi insieme ai ragazzi (quando tornano) a casa sua. La abbiamo trasformata in modo che anche i miei figli si sentissero "a casa". Mi sono dedicata al giardino in modo che mamma potesse goderselo. Ha perso il linguaggio, almeno quello di senso compiuto, ma non il senso del bello. E quando guarda i fiori sorride. E lo fa, ogni mattina, riempiendosi gli occhi dei colori, del verde del prato. Sembra felice. Serena. Così adesso ha intorno un'allegra compagnia di persone a cui si è aggiunta anche sua cognata, mia zia, la sorella di mio padre, Eleonora, ottant'anni, senza figli. Mi chiedono tutti come faccio. Io non so bene cosa rispondere perché sono felice di questa famiglia allargata, mi dà gioia e mi rende tranquilla. Nessun laccio. Le mie nipoti "grandi" Letizia e Caterina vengono spesso e la più piccola, Margherita, tre anni, passa lunghe giornate con noi. Con mamma. I bambini percepiscono subito la malattia e all'inizio la piccoletta era guardinga nei confronti di questa "strana" nonna che parlava una lingua bizzarra e faceva cose strane, ma adesso anche lei ha trovato un modo di starle vicino. A volte la tratta come fossero coetanee, e la coinvolge in giochi infantili, o nell'"educazione" degli animali di casa. A volte la sgrida o la guarda pensosa. Alza gli occhi quando proprio non riesce a comprendere.

Chiamatela se volete “Pet Therapy”, il fatto è che in casa ci sono anche tre gatti e un cane, una beagle di nome Hope che di notte si accoccola ai piedi di mamma, sul letto. Sono tutti molto affettuosi con lei. La presenza degli amici pelosetti funziona. Mamma ci passa tanto tempo, li osserva, li accarezza. Anche se non come quando era “sana”. Ma questa malattia ti insegna l’arte di accontentarti. Piccole cose sembrano enormi quando si è prigionieri di un male che fa di tutto per isolarti e umiliarti.

Ecco, voi vi chiederete dove è la buona notizia in una malattia come l’Alzheimer. Visto che la cura è impossibile. E il decorso orribile. Ecco, me lo sono chiesta tanto anche io. E dopo questo racconto spero di essere riuscita a spiegare la risposta che mi sono data. Guarire non è un’opzione a questo stadio della ricerca. Ma si può continuare a vivere in maniera dignitosa e serena, almeno nelle forme meno aggressive. Ma i primi che devono “guarire” sono le persone vicine a chi sta male. Non si deve pretendere di riavere indietro la stessa persona di sempre, ma la si può ritrovare nell’anima, negli occhi, nello spirito. Siamo noi che dobbiamo tenerli sul sentiero giusto lanciando briciole di ricordi e di abitudini sul loro percorso. Quando torno a casa dopo qualche giorno cerco il sorriso di mamma, ansiosa di sapere se mi ha riconosciuta. E quando dice: «Maria» allargando le braccia allora so di essere a casa. E che anche lei è lì con me. L’Alzheimer non ha vinto. Almeno non ancora. E questa per me è la buona notizia.

Donatella Diamanti
Serenata

A Manuela che è tornata e ci ha rese felici

I'm counting on you, Lord, please don't let me down.
JANIS JOPLIN

È ancora buio. La sigaretta di papà di là dal vetro è un puntino che si fa incandescente ogni volta che aspira una boccata. Poi il puntino precipita al suolo e muore schiacciato dalla pressione del suo stivale texano. Papà e mamma hanno superato i cinquanta, ma si vestono ancora come quando si sono conosciuti. Tali e quali a quei due deficienti della *Casa nella prateria*, dice mio fratello Jim, che non li sopporta per questo e per un sacco di altri motivi. Mio fratello Jim non sopporta niente e nessuno a dire il vero.

Papà rientra attento a non fare rumore, anche se ormai siamo tutti quanti svegli. Come apre la porta finestra l'accompagnano una folata d'aria fresca e un cinguettio sguaiato di passerotti esasperati. Si vede che anche loro non ne possono più di aspettare l'alba.

Un'infermiera gentile non so più quante ore fa ci ha portato delle coperte. Ne aveva una decina. Oltre a noi, che siamo in dodici, ci sono una coppia di anziani e una ragazzina bellissima con una donna che non ha smesso di piangere un minuto e che nel sonno agitato si è lamentata spesso. Papà ha guardato le coperte e ha detto all'infermiera: «Prima le dia agli altri; noi ci arrangiamo con quelle che restano, tanto non fa freddo per niente» e poi ha aggiunto guardandoci come uno che sa quello che dice: «Negli ospedali il freddo non è mai un problema, ragazzi».

Insieme a mio padre e a me, ci sono mio fratello Jim, mia sorella Janis, zia Agnese, la sua compagna Monica e i suoi tre figli, Pietro, Paolo e Matteo che, pure se lavorano in una pelletteria in provincia di Firenze e hanno messo su casa da quelle parti, si sono subito precipitati con le rispettive fidanzate e non hanno intenzione di schiodarsi da qui fino a quando non sarà tutto risolto.

Nello sguardo di papà ho letto la paura che non si risolva un bel niente.

L'infermiera gentile guardandoci ha esclamato: «Accidenti, che bella famigliona!» poi, prima di tornarsene da dove è venuta, ha dato una scarruffata ai capelli di Jim, inamovibili per via delle tonnellate di gel e lacca che ci mette su ogni mattina e gli ha sussurrato: «Coraggio!».

Jim si è scostato scorbutico e appena l'infermiera ha voltato le spalle ha alzato il medio nella sua direzione. Janis gli ha assestato una gomitata di quelle che tolgono il fiato. Alla ragazzina bellissima è scappato un po' da ridere. I nostri sguardi si sono incrociati. Mi sono sentito rimescolare il sangue. Mio padre se n'è accorto e mi ha strizzato l'occhio.

Io e papà siamo gli unici a non aver mai chiuso occhio. Gli altri, chi più chi meno, hanno sonnecchiato tutti quanti. Zia Agnese, nonostante i caffè che si è sparata a getto continuo, è crollata per prima con la testa sulla spalla di Monica e la mano stretta nelle mani di lei. Prima di chiudere gli occhi e fare altrettanto, Monica l'ha baciata sui capelli. Jim allora ha fatto la faccia di chi sta per vomitare, è andato a piazzarsi di fronte a papà con le mani sui fianchi e gli ha detto: «Deve saperlo tutto l'ospedale che abbiamo una lesbica in famiglia?».

«Per piacere, Jim, non è il momento!» è sbottato papà e poi ha ripetuto sfinito: «Non è proprio il momento, credimi».

«Dovresti dirlo a quelle due che non è il momento!»

ha detto Jim tenendogli testa. Allora Janis, che considera Jim un vero idiota, l'ha preso per un braccio e l'ha tirato giù, sibilando: «Siediti e sta' zitto, stronzo!».

Secondo nostra madre Jim non è stronzo, è solo in piena rabbia adolescenziale e tutti noi, dice, abbiamo il dovere di aiutarlo e di farlo sentire amato. Ogni volta che nostra madre se ne esce con questi discorsi, Janis si innervosisce tantissimo e snocciola profezie tipo: «Quando la polizia l'avrà beccato ad annaffiare di benzina un barbone o un travestito per dargli fuoco ne riparleremo».

Janis ha diciannove anni, studia Lettere e stando a quel che dice il mio amico Davide è una gran bella gnocca. Jim di anni ne ha sedici, ha un carattere di merda e un principio di barba di cui va particolarmente fiero. Io sono l'ultimo della nidiata; mi chiamo Freddie, ho tredici anni e parlo come un orco, ma solo perché sto cambiando voce. Eravamo in due in origine, identici come gocce d'acqua a quel che dicono, ma il mio gemello Jimi a meno di ventiquattro ore dalla nascita ha deciso che questo mondo non faceva per lui e mi ha mollato.

Mamma ha paura che mi senta in colpa per essere sopravvissuto, così ogni volta che mi girano entra nella mia stanza, si siede sul letto, mi guarda e con una voce tutta ispirata mi dice: «Sono così contenta che ci sei, Freddie!» e allora io le rispondo: «Anch'io sono felice di esserci, mamma». A volte è vero e a volte no, dipende dalle ragioni per cui mi girano, ma lo dico lo stesso un po' per tranquillizzarla, un po' perché quando mi girano preferisco starmene per i fatti miei e so che prima la tranquillizzo, prima si leva di torno. Comunque in colpa non mi sento neanche un po', solo che, se è vero che eravamo uno la fotocopia dell'altro, mi domando come fanno a essere tutti quanti così sicuri che io sia Freddie e non Jimi.

Jim dice che solo a dei pazzi scriteriati come mamma e papà poteva venire in mente di mettere ai figli i nomi di due sfigati morti di eroina e di un finocchio stecchito dall'aids. Dice anche che appena sarà maggiorenne farà richiesta all'anagrafe e cambierà nome: si chiamerà Benito. Papà si sforza di non battere ciglio perché con mamma hanno stabilito di non cadere nella rete delle sue provocazioni. Quella di non cadere nella rete della provocazioni di Jim è una delle cose che rende mio padre particolarmente fiero di mia madre; secondo lui il fatto di averlo pensato, di riuscire a metterlo in pratica e di aver convinto anche lui a fare altrettanto è la prova provata che ha sposato la donna più in gamba che esista al mondo. Secondo mia sorella Janis nostra madre invece con Jim non ne imbrocca una e fra le centinaia di profezie che snocciola sulle future azioni di nostro fratello c'è anche quella secondo cui una notte verremo tutti sterminati nel sonno e lei, che è l'unica che gli tiene testa, sarà abbattuta per prima.

I nostri genitori, anche se si vestono come i due deficienti della *Casa nella prateria*, sono una gran bella coppia. Si sono incontrati durante un concorso alle Poste. Papà aveva vent'anni e mamma diciannove. Lei aveva una lunga gonna a fiori e una borsa militare di tela piena di spillette con le facce dei suoi cantanti preferiti: Jim Morrison, Janis Joplin, Jimi Hendrix, Freddie Mercury... Papà le si è avvicinato e ha attaccato la prima strofa di *Mercedes Benz*.

Oh Lord, won't you buy me a night on the town...

Invece di meravigliarsi mamma è andata avanti con la seconda e dopo l'hanno cantata insieme fino alla fine, strappando l'applauso dei presenti.

Da quel momento sono diventati inseparabili.

Il concorso l'hanno vinto entrambi. Papà dice che è perché erano i migliori. Mamma dice che non erano affatto i migliori e che devono ringraziare *Mercedez Benz* che fra le canzoni di Janis Joplin non è la sua preferita, ma a suo dire ha il potere di fare miracoli e c'è da crederle perché un paio di anni fa, anche se nessuno ci avrebbe scommesso un centesimo, abbiamo visto con i nostri occhi Monica tornare da zia Agnese un attimo dopo che mamma – stufa di tutto il piangere e strapparsi i capelli di sua sorella che comunque se l'era meritato di esser lasciata così su due piedi per via del fatto che era insopportabile – aveva detto a papà: «Sai che c'è? Io ci provo!» e si era messa a cantarla mentre lavava i piatti, con Jim che urlava che si era proprio stufato e che voleva cambiare famiglia.

Alle Poste mamma e papà li hanno assunti dopo due mesi dal concorso e ancora ci lavorano: papà alla sede centrale, mamma in un ufficio più piccolo e parecchio sfigato con un direttore rompiballe e maniaco depressivo, ma che ha il vantaggio di essere a trecento metri da casa.

È lì che mamma si è sentita male ieri.

I suoi colleghi ci hanno raccontato che è caduta giù di botto mentre pesava un pacco grosso come una casa, ma leggero, così leggero che subito anche loro che non s'intendono di malattie, ma di pacchi sì, hanno escluso che potesse essere stato lo sforzo a farla andar giù in quel modo. Tale e quale a un sacco di patate, ci hanno detto.

Una volta arrivati qua, un dottore ci ha spiegato che nella testa di mamma è esploso qualcosa; un affarino che non ricordo più come si chiama, piccolo come un granello di polvere e che stava lì da sempre, solo che lei non lo sapeva.

Durante l'intervento, che è durato un tempo infinito, anche zia Agnese è caduta giù di botto tale e quale a un sacco di patate. È caduta per la paura che mamma possa morire e per lo stress. Janis e Monica le hanno tirato su le gambe e papà ha preso a darle degli schiaffetti leggeri; quando ha riaperto gli occhi, quasi subito in verità, Monica le ha fatto bere un po' d'acqua e le ha detto, sicura: «Tua sorella ha un cervello troppo grande perché un granello di polvere possa far danni» e dopo ha aggiunto per farci ridere un po': «Fosse successo a te, allora sì che dovremmo preoccuparci!». E infatti, a parte Jim, abbiamo riso tutti, anche zia Agnese, che si è tirata su ed è andata avanti a scusarsi e scusarsi fino a che Monica non le ha detto che aveva rotto e di farla finita.

Lavorare alle Poste per mamma e papà non è il massimo, ma non mancano mai di dire che avrebbe potuto capitargli di peggio. Dicono anche che con una famiglia numerosa come la nostra un posto fisso è una manna e che bisogna tenerselo stretto. La loro passione però è la musica. Non esiste strumento che non strimpellino almeno un po' e non esiste canzone che non conoscano. Nei fine settimana spesso e volentieri cantano ai matrimoni; d'estate invece fanno il piano bar al Dixi, che è un locale sul mare davvero orrendo, pieno di vecchi marpioni e di strappone, ma a loro va bene così perché quando cantano, anche se non sempre cantano quello che vorrebbero, non vedono niente, solo la musica, dicono, e sono felici.

Da piccolo ci ho fatto certe dormite sui divanetti zozzi del Dixi.

Per questa faccenda di come si vestono e del fatto che gli piace cantare e anche per i nomi che mamma e papà ci hanno messo, i vicini di casa li chiamano "gli strani". È stata Janis a scoprirlo. L'ha scoperto da piccola, una volta che è caduta dalla bici e si è fatta parecchio male.

Intorno le si è formato un capannello di persone e qualcuno ha detto: «Io la conosco: è la figlia degli *strani*; vado chiamare sua madre...».

La porta si spalanca di colpo e tutti scattiamo sull'attenti con i visi trasfigurati dall'ansia; anche la coppia di anziani, la donna che non ha mai smesso di piangere e la ragazzina bellissima che alla faccia dell'ansia resta bellissima lo stesso scattano in piedi.

È l'infermiera gentile. Fruga la stanza con lo sguardo fino a che non trova papà. Janis si aggrappa al mio braccio. Sento le sue unghie conficcarsi nella carne, ma la paura mi fa molto più male. Jim ci viene vicino. Ho come l'impressione di avere nell'orecchio un ticchettio. Mi accorgo che sono i denti di mio fratello che battono e mi viene in mente che ho sempre creduto che quello del battere i denti fosse soltanto un modo di dire.

«Signor Longoni – dice l'infermiera gentile – il dottor Ferretti le vuole parlare.»

Papà resta immobile. Non respira neanche più. Zia Agnese fa per andare al posto suo, ma Monica la trattiene. La ragazzina bellissima mi guarda e incrocia le dita.

«Signor Longoni, venga...», lo sollecita l'infermiera. Ha la voce un po' troppo morbida. Mi pare che lo stia già consolando e questo fatto non mi piace per niente. Papà fa un passo. Poi un altro e un altro ancora. È così lento che sembra che ai piedi abbia scarpe di cemento.

Guardo fuori. Si comincia a intravedere un po' di luce. La ragazzina bellissima ha appoggiato la testa sulla spalla della donna che non smette di piangere. Non avevo mai passato una notte nella sala d'aspetto di un ospedale.

Il granello di polvere sarà anche piccolo, ma è un osso duro.

Il dottor Ferretti ha spiegato a papà che le cose non stanno andando per il verso giusto: occorre un nuovo intervento, ma non è detto che mamma ce la faccia. Jim dà un cazzotto alla porta, tira una mezza bestemmia e urla che in questo ospedale di merda i medici non capiscono un cazzo. Invece di dargli la solita gomitata, Janis lo attira a sé e lo stringe con tutte le sue forze. Senza mollarlo, allunga una mano, mi afferra per la manica e mi coinvolge nell'abbraccio. Si unisce anche papà; Zia Agnese lo segue a ruota, poi arriva Monica e uno alla volta tutti gli altri. Singhiozzi a parte, siamo tali e quali a una squadra di rugby in piena mischia. Di punto in bianco però papà dà uno strattone e rompe il gioco che non è affatto un gioco, ci ordina di scoprire su quale lato del parco affaccia la sala operatoria di neurochirurgia e di aspettarlo lì. Poi schizza via veloce ed è chiaro che ha in mente una cosa precisa.

Oh Lord, won't you buy me a night on the town...

Canto da non so quante ore, col sole tiepido che mi scalda la nuca. Con me canta papà, battendo forte il tempo sulla cassa della sua chitarra; canta Janis che ha la voce più bella che abbia mai sentito; canta Jim che, pure se è stonato come una campana, ci dà dentro di brutto tanto che c'è da aver paura che gli si strappino le corde vocali; canta zia Agnese, tale e quale a Janis, quella vera, stando a quel che le dice Monica; e canta Monica naturalmente, con Pietro, Paolo, Matteo e le loro fidanzate. Cantano tutti e sette con in mano una copia del testo che papà ha fotocopiato per tutti alla cartoleria sotto casa, così come cantano i colleghi di mamma venuti a darci man forte e il direttore, che biascica un inglese che fa davvero schifo, ma chi se ne frega. E poi cantano i Taddei del secondo piano e la mia professoressa di italiano Ceraglia, che visto che aveva il suo numero di cellulare papà ha avvertito anche lei.

Cantiamo tutti insieme, con le facce puntate verso la sala operatoria, la gola che brucia e senza più un briciolo di saliva. Cantiamo e non smetteremmo di farlo neppure se venissero a cacciarci con gli idranti, fregandocene della gente che passa e ci guarda come un branco di matti, perché ci serve un miracolo e ci serve ora.

È sera di nuovo.

Mamma è viva. L'abbiamo vista solo da lontano. Ha un enorme cerotto nella testa e un tubo in bocca. Papà ha detto che è bellissima anche così e che con quel tubo in bocca, a seconda di come la si guarda, pare una sassofonista e questo non è male visto che di tutti gli strumenti il sassofono è quello che a lei piace di più. Jim ha detto che a lui il sassofono fa schifo, ma l'ha detto senza troppa convinzione. Sarebbe logico tornare a casa, farci una doccia e riposare un po', ma di tornare a casa nessuno di noi ha voglia. C'è una pizzeria proprio davanti all'ospedale. Monica ha prenotato un tavolo per dodici perché qualcosa dobbiamo pur mangiare. Io prima però voglio fare una cosa che ho in mente e così dico: «Andate, vi raggiungo...» e mi piace che nessuno abbia niente da ridire.

Entro nella sala d'aspetto. La ragazzina bellissima è ancora lì.

Le siedo accanto nel posto vuoto lasciato dalla donna che non ha smesso di piangere un minuto e piange ancora, facendo avanti e indietro sul balcone, mentre parla al telefono: «Ciao» le dico «io sono Freddie».

«Tonya Nancy» fa lei. E poi aggiunge, indicando la donna con un cenno del capo: «Mamma ha la fissa del pattinaggio. Aveva due idoli e siccome non sapeva quale scegliere, alla fine mi ha affibbiato il nome di tutte e due».

«Capisco il problema. » le dico. Poi, mentre penso che

se un giorno io e Tonya Nancy avremo un figlio lo chiameremo Figlio fino a quando non sarà in grado di sceglliersi il nome che gli piace, tiro fuori dalla tasca un foglio stropicciato. Lo stiro un po', prima di metterglielo sulle ginocchia e le dico: «Canta».

«Perché?» mi chiede, ma non come se pensasse che sono matto, me lo chiede per sapere.

«Mamma dice che fa miracoli. Con lei ha funzionato.»

Tonya Nancy scorre il testo della canzone e mi dice: «Non la conosco, non l'ho mai sentita».

«Fa niente, guido io», le rispondo. E attacco a cantare e lei mi viene dietro.

Tiziana Ferrario

James

Il ragazzo senza casa e senza memoria

James era apparso all'improvviso una mattina di agosto davanti al portone del mio palazzo nell'Upper West Side. Se ne stava seduto sulla sottile cornice di metallo che protegge le aiuole dei marciapiedi dalla pipì dei cani nei ricchi quartieri di New York. Lo avevo notato perché mai nessuno si sognerebbe di sedersi su quei ferri, troppo bassi e troppo taglienti. Gli ero passata accanto frettolosa come al solito, probabilmente impegnata in qualche conversazione al cellulare, lo avevo notato ma non ne ero rimasta particolarmente colpita. La sera però rientrando dal lavoro mi ero stupita nel ritrovarlo ancora lí nella stessa posizione. L'avevo guardato, lui mi aveva sorriso, con lo sguardo perso nel suo mondo, io non l'avevo ricambiato e mi ero infilata dentro casa, incerta come al solito su quale comportamento avere con i tanti senzatetto che popolano le strade e gli angoli di Manhattan. Più tardi, quando ero uscita per andare a cena, James si stava preparando per trascorrere la notte, intento a sistemare un cartone per ripararsi dall'umidità dell'asfalto. Faceva ancora caldo e poteva bastare. Al mio ritorno lo avevo ritrovato seduto ma addormentato, il capo reclinato sul petto, questa volta appoggiato con la schiena al suo ferro, dal quale era sceso. Occupava quasi tutto il marciapiede e restava solo uno stretto passaggio per infilarsi nel portone del palazzo. Avrei voluto evitarlo, ma non c'era altro modo per entrare e così gli ero passata accanto guardinga, preoccupata che potesse avere qualche reazione violenta, ma lui non si era mosso. La mattina successiva era di nuovo seduto sul ferro tagliente dell'aiuola. Sulle gambe aveva un quaderno a quadretti, tra le mani una squadra, un righello e una penna. Era intento a disegnare qualcosa mentre parlava a bassa voce tra sé e sé, seguendo il filo dei suoi pensieri. Avrà avuto poco più di una trentina di anni e non sembrava aggressivo. L'unica cosa che possedeva era una piccola busta di plastica nella quale custodiva il quaderno e tutto quello che gli serviva per scrivere. Quel libretto doveva avere un gran valore per lui, perché non c'è stata mattina, in quei mesi che ha abitato sotto casa mia, che non fosse impegnato a scrivere su quei fogli.

I giorni passavano e James era sempre lì immobile, le giornate cadenzate dal niente. I disegni la mattina, il nulla il resto della giornata. Sorrideva, salutava, ogni tanto faceva una battuta incomprensibile. Qualcuno nel palazzo, un grattacielo di 55 piani con 550 appartamenti, aveva incominciato a lasciargli qualcosa da mangiare, una colazione presa al vicino Starbucks la mattina, un'insalata a pranzo, una pizza a cena. C'erano anche quelli che si occupavano dei suoi vestiti. Una maglietta nuova portata da una vacanza nel Grand Canyon, un paio di scarpe da ginnastica, un paio di scarponcini. Un giaccone e una coperta all'arrivo dei primi freddi. Lui accumulava tutto e pian piano accanto alla sua unica busta di plastica era incominciata a crescere una piccola montagna di altri sacchetti.

La nuova casa di James però non piaceva ad alcuni abitanti del palazzo. Avevano incominciato a lamentarsi, perché quel piccolo accampamento, che si ingrandiva giorno dopo giorno man mano che la temperatura scendeva, metteva a rischio, dicevano, il decoro della prestigiosa residenza. Con l'arrivo dell'autunno, dopo due mesi di convivenza forzata, con le foglie che cadevano e i primi freddi che si facevano pungenti, era così arrivata anche la prima mail dell'amministrazione condominiale che invitava tutti a non dare cibo e oggetti al giovane senzatetto. Nella missiva si spiegava che purtroppo, nonostante i reclami e le proteste, non era stato possibile allontanare James dalla sua aiuola, perché per pochi centimetri era fuori dalla proprietà del palazzo e diventava di competenza della vicina chiesa di Saint Paul che aveva aperto una mensa per i poveri nella strada accanto e se ne guardava bene dal cacciarlo via. E così, a novembre inoltrato, James era ancora lì e, per proteggersi dalla pioggia, si era solo spostato di qualche centimetro dall'aiuola verso il muro della chiesa, che aveva una tettoia per ripararsi. Negli ultimi mesi era ingrassato e non appariva preoccupato dell'inverno alle porte. Ormai passava le giornate seduto sulle sue innumerevoli buste sistemate in modo da formare un muro di protezione dalle rigide folate di vento che spazzavano le vie di New York e si infilavano taglienti tra i grattacieli. Non era ancora caduta la prima neve, ma vivere per strada incominciava a diventare difficile, soprattutto la notte. James però resisteva.

Un giorno aveva ricevuto una visita: accompagnato da una poliziotta locale era arrivato un giornalista del «New York Times» che stava realizzando un'inchiesta sugli *homeless* e sulla carenza di rifugi in città per i senza casa durante il duro inverno newyorchese, quando le temperature scendono anche a 20 gradi sotto zero. Il giovane non era stato in grado di raccontare al reporter la sua storia né di ricordare il suo nome. Un caso non così raro tra i tanti *homeless* che finiscono per strada nelle metropoli americane. Il giornalista aveva così scelto di pubblicare la foto di James sul suo quotidiano nella speranza che qualcuno lo riconoscesse. Gli aveva lasciato un cellulare con il suo numero di telefono spiegandogli come funzionasse e chiedendogli di chiamarlo se avesse avuto qualche altra informazione da dargli. All'alba, quando avevo visto la foto James in bella vista tra le pagine delle cronache metropolitane, ero sobbalzata. Nell'articolo si faceva un appello a chi potesse fornire notizie su quel giovane che non ricordava nulla della sua storia, non sapeva da dove venisse né che cosa volesse. Si lasciava cullare dal tempo che passava. Era difficile, avevo pensato che qualcuno potesse ritrovare tratti familiari di un parente o di un amico in quell'uomo sporco e con la barba troppo lunga seduto tra le sue buste di plastica. Eppure anche nella frettolosa New York c'erano spazi per gesti di solidarietà, come raccontava la cronaca quotidiana ricca non solo di tragici fatti di cronaca nera ma anche di belle storie di generosità. Nel profondo dell'animo dei suoi abitanti vive quel sentimento forte di riconoscenza chiamato "*to give back*", quel restituire agli altri che hanno meno una parte di ciò che si è avuto dalla vita.

L'articolo aveva avuto l'effetto di rendere James ancora più popolare tra alcuni inquilini del palazzo, che a quel punto si prodigavano molto più di prima per aiutarlo, irritando ulteriormente gli altri. Era evidente a tutti che, al di là delle tensioni tra condomini, una soluzione andava trovata, perché l'inverno era ormai arrivato e diventava pericoloso per James passare le notti all'addiaccio. Lui non aveva alcuna intenzione di spostarsi e provava a resistere. Quando rientravo a notte fonda lo ritrovavo al suo posto. Dormiva con indosso due piumini, avvolto nelle coperte e nelle trapunte che la gente gli lasciava, appoggiato al muro della chiesa, mai disteso, chissà perché. Era come se fosse sempre pronto ad alzarsi e ad andarsene. Lo guardavo con un senso di angoscia e impotenza, provavo un certo disagio, ma poi venivo travolta dal lavoro e non ci pensavo più.

Un giorno James è scomparso. Il suo posto era vuoto, le sue buste piene di vestiti e le sue coperte erano sparite. Il marciapiedi era tornato sgombro e pulito senza più i cartoni del cibo sparsi e i bicchieri di Starbucks abbandonati sull'asfalto. I cani erano tornati a essere i soli padroni di quel pezzetto di asfalto, il loro preferito per fare i bisogni a lungo trattenuti, proprio a pochi passi dall'uscita del palazzo.

Avevo chiesto notizie di James ai portieri, ma anche loro ignoravano che fine avesse fatto quel giovane *homeless* al quale ormai tutti ci eravamo abituati. Nessuno sapeva niente. Dopo qualche giorno, a metà gennaio, forse su insistenza di alcuni inquilini era arrivata una e-mail dalla proprietà del palazzo che ci augurava un buon anno e si rallegrava con noi per la soluzione trovata per il senzatetto. Il problema era stato risolto nel migliore dei modi, si spiegava, James era stato portato in un posto perfetto. Tutti dovevamo stare tranquilli per come la vicenda si fosse conclusa. C'erano anche i ringraziamenti per la pazienza che avevamo avuto nell'affrontare il disagio. Si lodava il grande lavoro svolto da una poliziotta, Vanessa, che in quei mesi era passata più volte a parlare con James. Era stata lei a trovare una sistemazione definita "*wonderful*", meravigliosa, che aveva posto fine all'accampamento. Non si spiegava però che cosa fosse successo. Da una parte ero sollevata, dall'altra incusiosita, ma come al solito i ritmi newyorchesi mi avevano riassorbita nella routine del lavoro e la storia di James era passata in secondo piano, anche se ogni volta che ritornavo a casa e vedevo quell' angolo vuoto, per pochi secondi il pensiero andava a quel giovane, al suo sorriso strano e a quello sguardo perso in un mondo lontano.

Il mistero si è risolto una mattina all'alba quando, leggendo il «New York Times», ho scoperto il grande miracolo che era avvenuto. Nella pagina centrale della cronaca metropolitana c'era una sua foto scattata nel salotto di una casa accogliente. Non lo avrei mai riconosciuto se non fosse stato per il titolo dell'articolo. «È tornato a casa l'*homeless* senza nome di Central Park.» James era ben vestito, pulito, con i capelli e la barba tagliati, un bel ragazzo sorridente, seduto accanto a una donna che gli teneva una mano sulla spalla in modo protettivo. Era la sorella, che viveva in un altro stato e lo stava cercando da tempo. I suoi occhi e il suo amore avevano visto oltre quella barba lunga e quei vestiti sporchi. Aveva riconosciuto in quella foto pubblicata nell'articolo sugli *homeless* di New York il fratello malato con il quale era cresciuta nello stato dello Utah. Un ragazzo brillante, bravo a scuola, sino a quando non c'era stata la prima crisi durante l'adolescenza, intorno ai diciassette anni. Era iniziato un cambiamento che aveva trasformato il fratello rendendolo incapace di badare a se stesso. Quando la loro madre era morta di cancro le aveva strappato la promessa di prendersi cura di lui che soffriva di schizofrenia. A un certo punto però la vita aveva messo la donna di fronte a delle prove molto dure. Aveva perso il lavoro e non era stata più in grado di occuparsi di James. In attesa di riorganizzarsi, lo aveva mandato temporaneamente dal padre che viveva a Brooklyn, uno dei grandi sobborghi di New York. L'uomo aveva accolto il figlio e per un certo periodo avevano vissuto insieme senza problemi, ma un giorno all'improvviso era morto di infarto e James, indifeso e incapace di prendere qualunque decisione, si era ritrovato senza più una casa in mezzo a una strada e senza più le sue medicine. Lentamente era precipitato nel baratro, aveva vagato per Brooklyn e alla fine era approdato chissà come sul marciapiede davanti a casa mia. L'amore della sorella e le cure giuste lo avevano restituito a una vita serena. Una storia a lieto fine che mi ha turbato. Non è facile decidere come comportarsi. È stata una lezione di vita e da allora ogni volta che incrocio un mendicante, che sia a New York o che sia a Roma o Milano, penso a quanti James potrebbero celarsi dietro quegli stracci. Ne avevo timore, acceleravo il passo per non rivolgergli la parola, tante volte quando il marciapiede era troppo sporco o lo vedevo fare i suoi bisogni a pochi passi da me provavo disgusto e il desiderio di cambiare strada per non avvicinarmi troppo alle sue buste, per non sentire i suoi odori. Per lui il miracolo si è compiuto grazie al lavoro serio di inchiesta di un grande giornale, ma per migliaia di altri disperati finiti su una strada, per le ragioni più diverse, non ci sono altro che i cartoni per proteggersi dal freddo delle dure notti newyorchesi. Forse avrei potuto fare di più.

Barbara Garlaschelli

Lei

La prima voce disse:
tu non sei sola.

La seconda voce disse:
tu non sei sola.

La terza voce disse:
tu non sei sola.

Allora lei si alzò dal divano
e andò in bagno
a truccare i suoi tanti occhi
e le sue tante bocche
e le sue tante ciglia.
Fissò lo specchio
che fissò tutta quella meraviglia di colori
e le sorrise.

La quarta voce disse:
sorridi.

E lei sorrise a quei tanti sorrisi.

La quinta voce disse:
portaci a ballare.

La sesta voce disse:
portaci al mare.

La settima voce disse:
portaci su una nuvola.

Allora lei aprì l'armadio
e scelse il suo vestito più bello
quello che mamma le aveva strappato
anni prima,
prima delle voci,
prima della notte.

Il vestito
aveva ancora lo strappo
ma attorno luccicava di paillettes
e finti diamanti.

Lei indossò l'abito e si rimirò allo specchio,
tutti i sorrisi le sorrisero
e tante mani le chiusero la lampo.

Lei fece un volteggio
e le voci risero tutte insieme, allegre.
Girò su se stessa di nuovo
per sentire ancora tutte le voci ridere.

L'ottava voce disse:
sei solo una puttana.

E lei si bloccò.
Conosceva quella voce.

La nona voce disse: taci tu,
vecchia megera.

E lei rise, solo lei questa volta.
Perché aveva riconosciuto anche quella voce:
era la sua.

La decima voce disse:
sei bellissima.

La quinta voce disse:
portaci a ballare.

La settima voce disse:
portaci su una nuvola.

No, a ballare.
No, su una montagna.
No, sulla luna.
No, lungo un fiume.
No, al mare.

Lei si portò le mani alle orecchie e urlò:
zitte, state zitte.

Le voci sbuffarono
e le sollevarono i capelli
come fossero di vento.

Lei rise e poi fece una nuova giravolta.

Guardò la finestra.
Si avvicinò al vetro e fissò in su.
Tutte quelle nuvole.
Erano più numerose delle voci.
E tacevano.

Si sfiorò il vestito.
Passò un dito sullo strappo.
Ma il vestito era come nuovo,
luccicante e perfetto.

Avvicinò una sedia alla finestra,
sollevò l'abito che frusciò,
salì coi piedi nudi sulla sedia
e poi sul parapetto.
Sentì il freddo su tutti quei volti.

Le voci le cantavano una canzone
che lei non riconobbe.
Sorrise tutti i suoi sorrisi
e si lanciò nel vento.

Dalla strada tante teste
alzarono gli occhi al cielo
e tanti occhi videro
una farfalla luccicante
salire verso le nuvole.

Ci fu chi disse
che, no, non era una farfalla.
Ci fu chi disse che fu
un lampo d'estate.
Chi una stella cadente.

Però nessuno la vide cadere
ma volare.

Laura Laurenzi
L'americana

Mia madre non era come le altre madri: era americana.

Sì, aveva origini italiane e un cognome italiano, ma era nata in America.

Era nata a New York, si era laureata alla Columbia University, allieva di Prezzolini, e aveva lavorato con Fiorello La Guardia, lo storico sindaco di New York.

Durante la Seconda guerra mondiale mia madre era un ufficiale dell'esercito degli Stati Uniti d'America. Ho ancora, piccolissime e in bianco e nero, con il bordo zigrinato, le fotografie di lei in uniforme, con i gradi cuciti sulla giacca e la bustina militare in testa.

Da qualche parte in soffitta, assieme all'elmetto di metallo verde, mia nonna ha custodito a lungo la sua maschera antigas. Con mio fratello, che ha due anni più di me, ogni tanto ci giocavamo. Lui se la metteva e io ricordo che avevo paura: sembrava un insetto gigante, minaccioso e cattivo, per questo ridevo e scappavo.

Mia madre parlava l'italiano molto bene. Aveva giusto qualche minuscola incertezza quando si trattava di scrivere una parola con le doppie, soprattutto se le doppie erano doppie: «Come si scrive parrucca? Quante erre, quante ci? E cappello? Come si scrive?» Conosceva il significato di tutti i vocaboli, anche quelli meno comuni; ogni tanto, ma in maniera appena percettibile, ne modificava inconsapevolmente qualcuno: per esempio "soffice" diventava sofflice. Con la semplice aggiunta di una elle, ciò che già era morbido diventava ancora più *sofflice*.

Mia madre venne in Italia alla fine della guerra, con gli alleati. Quando il giorno prima della partenza le comunicarono quale sarebbe stata la sua destinazione, le dissero anche che le era formalmente proibito parlarne con chicchessia, per nessun motivo. Non poteva parlarne con anima viva, non poteva rivelare a nessuno, neppure ai suoi genitori, dove l'avrebbero sbarcata: era un segreto militare. Me l'ha raccontato molte volte, tanti anni dopo, mia nonna: «Io quella sera continuavo a chiedere: "Elma, ma dove ti mandano? A me puoi dirlo". Ma lei scuoteva la testa e mi guardava con gli occhi lucidi». Aveva più o meno 25 anni e non era mai venuta meno alla parola data.

Non sarebbe mai più tornata a vivere negli Stati Uniti; per qualche viaggio di lavoro sì, di tanto in tanto ci andava. Partiva dall'aeroporto di Ciampino perché quello di Fiumicino ancora non esisteva. Non c'erano misure di sicurezza in quegli anni, nessun controllo. I finestrini degli aerei erano molto grandi e dalla terrazza si potevano vedere i passeggeri seduti nelle loro poltrone. Le signore erano tutte molto eleganti, e non ce n'era nemmeno una che non avesse il cappello e i guanti.

La prima volta che mia madre mi portò con sé negli Stati Uniti però prendemmo la nave, anzi il transatlantico, che mia nonna chiamava ancora "il bastimento". Ci imbarcammo a Napoli fra una selva di stelle filanti e il viaggio durò una settimana. Ogni giorno rimettevamo l'orologio indietro di un'ora. Mare calmo, molte feste a bordo e molte cacce al tesoro per bambini e ragazzi; e per gli adulti, ricordo, anche un ballo in maschera ispirato ai Roaring Twenties, ai ruggenti anni Venti. La nave era la *Constitution*, la stessa a bordo della quale qualche anno prima, nella primavera del 1956, Grace Kelly era arrivata a Montecarlo scortata dai genitori, dal nunzio di Philadelphia che era il suo parroco e dalle otto amiche scelte per fare le damigelle al suo matrimonio con il principe Ranieri. Sempre sulla *Constitution*, ma due anni più tardi, nell'estate del 1958, solcò l'Atlantico l'ex presidente degli Stati Uniti Harry Truman in compagnia della moglie Bess, come ci raccontò il comandante la sera che cenammo al suo tavolo. Ci disse pure che l'anno prima, a bordo di quella stessa nave, era stato girato il film *Un amore splendido*, con Cary Grant e Deborah Kerr. È proprio su quella nave che i due protagonisti si incontrano per la prima volta e si innamorano.

Ma torniamo a mia madre. Fu a Roma, forse all'ambasciata americana – però non ne sono sicura e oggi davvero non saprei a chi chiederlo – che incontrò il suo futuro marito, toscano dell'isola d'Elba: era un uomo inquieto e di grande fascino. Per anni ho pensato che mio padre fosse l'uomo più bello del mondo. Una sera alla stazione Termini, mentre saliva sul vagone letto, fu scambiato per Henry Fonda: un paparazzo gli fece anche delle fotografie e qualcuno gli chiese l'autografo. Aveva una cultura umanistica impressionante, una memoria mostruosa, e la capacità di poetare in latino senza nessuno sforzo. Oltre a tutto questo, o nonostante tutto questo, possedeva un grande senso dell'umorismo, virato però sul cinico. Indro Montanelli infatti lo chiamava di soprannome Petrus (questo successe anni dopo). Perché Petrus? «Petrus: l'amarissimo che fa benissimo» spiegava Montanelli.

Mio padre faceva parte del Partito d'azione; il direttore dell'«Italia libera», organo di quel partito, era Carlo Levi. Carlo Levi fece un bellissimo ritratto a mia madre: bellissimo non nel senso che lei è bella nel quadro, semmai l'opposto. Un po', con le dovute proporzioni, come il ritratto che Picasso fece a Gertrude Stein: «Questa non sei tu adesso» le spiegò il pittore «ma sei tu come diventerai». E difatti, per intensità, per maturità dello sguardo, per avere colto alcuni presagi, qualcosa di simile accadde anche con il ritratto di mia madre, che Carlo Levi dipinse nella penombra.

Per molti anni quel quadro rimase nascosto in fondo a un armadio nella casa di mia nonna, che lo trovava orribile. La stessa casa in Romagna nella quale, al piano di sopra, in soffitta, era custodita la maschera antigas. Mio fratello lo recuperò e me lo regalò, facendomi una sorpresa totale, il giorno in cui io compivo cinquant'anni. È il regalo più bello che io abbia mai ricevuto, ed è l'unico quadro che io tengo appeso nella mia camera da letto, proprio sopra la scrivania.

Mia madre era una donna profondamente buona e altruista e il lavoro cui si consacrò sembrava fatto su misura per la sua generosità. Era il maggio del 1947 quando il Foster Parents Plan, un programma internazionale di sostegno economico riservato ai bambini, la prima ONG a inventare la formula delle adozioni a distanza, aprì la sua sede italiana a Roma affidando la direzione a lei, che lo guidò per ventidue anni, fino a quando l'ufficio non chiuse i battenti nella primavera del 1969.

La Seconda guerra mondiale aveva lasciato il nostro paese in ginocchio. Quasi tre milioni di italiani vivevano in condizioni di povertà, i senzatetto erano decine di migliaia, migliaia anche gli orfani di guerra e i bambini mutilati dai bombardamenti. La gente aveva fame.

Sull'onda del piano Marshall il Foster Parents Plan intervenne con misure concrete. In una prima fase si concentrò sui centri di accoglienza per i minori mutilati o sfigurati dalle ustioni ai quali, grazie a singoli benefattori americani, furono impiantate gambe e braccia artificiali, protesi oculari e furono praticati interventi di plastica ricostruttiva, spesso eseguiti negli Stati Uniti. Riservato ai piccoli mutilati di guerra, il Foster istituì a Milano un centro dotato di sala operatoria attrezzata, reso possibile grazie a una congrua donazione da parte di Arturo Toscanini.

Nel 1952, quando il governo italiano cominciò a stanziare per questi bambini e ragazzi pensioni di invalidità, mia madre ritenne che fosse venuto il momento di concentrare gli interventi umanitari del Foster nelle zone più disagiate e più povere della penisola: quindi nel meridione.

Mia madre non era una madre come le altre: non stava a casa a occuparsi dei figli, non l'ho mai vista giocare a carte, non portava i bracciali d'oro con tanti ciondoli appesi, non prendeva il tè con le signore; lei faceva un lavoro a tempo pieno che la impegnava nel profondo, sia fisicamente che emotivamente. Eppure non ho mai sentito la sua mancanza fra le mura domestiche: è più importante la qualità del tempo che si dedica ai propri figli che non la quantità e il numero di ore trascorse insieme. E io posso dire di essere cresciuta in un clima molto caldo e affettuoso, con una madre che mi ha sempre stimolato e che ho sempre sentito vicina. Ci parlava spesso in inglese; forse per pigrizia io e mio fratello rispondevamo in italiano.

Le chiedevo: «Dove vai?». E lei mi rispondeva: «Vado in ufficio». Io ero molto piccola e non mi era ben chiaro in che cosa consistesse esattamente il suo lavoro. "Se va tutti i giorni in ufficio sarà un'ufficiale" ricordo di aver pensato. Sicché quando qualcuno mi chiedeva cosa vuoi fare da grande, rispondevo invariabilmente: «L'ufficiale». Ero anche molto colpita dal fatto che la nostra bambinaia Ebe, originaria di Roccabianca, un nome da racconto delle fate, vicino a Brescello, il paese di Peppone e don Camillo, si rivolgesse a mia madre chiamandola "dottoressa", e non "signora". Dottori e dottoresse, secondo la mia logica di bambina, erano titoli che spettavano esclusivamente ai medici, e nessuno dei miei genitori era medico.

Mamma qualche volta ci filmava con la cinepresa, ogni tanto in casa, ma soprattutto all'aperto. Ci filmava nel cortile di Villa Lieta, la piccola scuola Montessori che frequentavo con mio fratello, ci filmava al Parco dei Daini, ma soprattutto ci filmava al giardino zoologico dove, emozionati e con il cuore che batteva forte, davamo le noccioline all'orango e anche alla giraffa, che tirava fuori una lingua lunghissima e accartocciata.

A Turbamento invece (così si chiamava l'ippopotamo dello zoo di Roma, un nome che gli stava alla perfezione), sempre solo e un po' malinconico, davamo certe mele e certe pere troppo mature, mentre ai somarelli del Giardino del Lago portavamo una volta alla settimana il pane secco avanzato. Non si poteva dare nessun cibo invece a Marco, che prendeva ancora il latte dal biberon: era un cucciolo di leone accanto al quale la domenica i bambini potevano posare per le fotografie a pagamento, rigorosamente in bianco e nero. Marco aspettava i visitatori in braccio a uno dei custodi dello zoo su una panchina di legno accanto al chiosco, vicino ai cancelli di ingresso. Chi era alto meno di un metro – vedi la tacca sul muro – aveva diritto a entrare gratis.

Ogni tanto mia madre montava un proiettore in salotto, faceva buio chiudendo gli scuri delle porte finestre, staccava un quadro dalla parete e proiettava i nostri filmini. Filmini muti naturalmente, alcuni però già a colori. Ognuno durava pochissimo, anche sotto i due minuti. Mi piaceva guardare e riguardare sempre le stesse sequenze: il mio battesimo nella basilica di San Pietro, mio fratello che impara ad andare in bicicletta, io sulla spiaggia di Focene con il mio salvagente a forma di cigno.

Focene, poco distante da Fregene, era in quegli anni Cinquanta un borgo di pescatori, oggi irriconoscibile, devastato com'è dalla cementificazione. Per arrivarci si transitava attraverso un passaggio a livello che spesso era chiuso; potevamo sentire il rumore della campanella da lontano, mentre le sbarre si abbassavano a scatti; sapevamo che avremmo dovuto aspettare almeno un quarto d'ora, che a me sembrava un tempo infinito. Uscivo dalla macchina e respiravo l'odore lontano del mare, un po' intontita dalla Xamamina. Ero una di quelle bambine che soffrono di mal d'auto anche quando non ci sono le curve. Se al volante c'era mio padre, che cambiava le marce a strappo ed era specializzato in accelerate improvvise, stavo male di sicuro; con mia madre invece, che aveva una guida molto più dolce e pacata, le cose andavano meglio.

A Focene c'era un solo negozio, uno spaccio noto come la Dispensa, sull'unica strada, che ovviamente non era asfaltata. Vendeva francobolli, sigarette, pane non sempre di giornata, affettati. Accanto alla ghiacciaia, che dietro le ante trasparenti custodiva bottigliette di birra Peroni, latte della centrale, qualche mezzo cocomero e una bacinella con vongole e telline, era appiccicato un foglio con una filastrocca autocelebrativa: «Ecco qua questa è Focene / se volemo tutti bene / Quattro case, 'na stradaccia / un po' de pesca, un po' de caccia».

Non ricordo le altre rime, ricordo però che ci fu un'estate in cui io e la mia ciambella gonfiabile bianca e blu con il collo di cigno fummo inseparabili. La tenevo sempre addosso, infilata attorno alla vita, anche a tavola. Ci dormivo la notte, con il cuore pieno di speranza. Quell'anno si parlava molto di fine del mondo imminente e io consideravo che, in caso di inondazioni bibliche e straripamento degli oceani, e anche nell'eventualità di qualche colata lavica che dal Vesuvio avrebbe potuto raggiungere il Lazio, perlomeno avrei affrontato l'apocalisse galleggiando. E forse, chissà, mi sarei salvata. «Sei veramente stupida» mi diceva mio fratello. Dal suo tono di voce capivo che mi voleva molto bene.

Da piccoli in estate, dopo una lunga mattinata di mare, finito il pasto, venivamo mandati a riposare una mezz'ora, cosa che facevamo molto malvolentieri. Nella nostra infanzia, non ho mai capito perché, le regole ci venivano spesso enunciate con le rime, modello «Corriere dei Piccoli», forse perché le ricordassimo meglio. «Dopo mangiato riposo sdraiato, dopo bevuto riposo seduto» in effetti mi si è scolpito nella memoria.

Mettere in rima cose anche prosaiche è un'abitudine che abbiamo ereditato da mio padre e che c'è rimasta addosso fino agli anni dell'università. Ricordo che mio fratello, laureando in medicina, pregandomi di svegliarlo l'indomani a una certa ora, non prima né dopo, mi lasciò un biglietto con scritto: «Se mi svegli troppo presto io ti faccio un occhio pesto, se mi svegli troppo tardi ti trafiggo con i dardi». Le rime migliori erano quelle un po' antiquate, spesso legate ai pasti, tipo: «Che delizia, che sconquasso, ci mangiamo l'ananasso!».

Tornando alle beate estati di Focene, i bambini con cui giocavamo sulla spiaggia e con i quali facevamo lunghi bagni uscendo dall'acqua con le cosiddette "dita di morto" erano Nadina e Paulino, due fratelli più o meno della nostra età, figli di amici di nostra madre, metà italiani e metà scozzesi. Lei viveva in simbiosi con uno scimmiotto di peluche che non lasciava mai di nome Monkyno: rammendato, ricucito, reimbottito, lavato, suturato, smacchiato, pettinato, se lo trascinò dietro fino alla laurea. Era scozzese anche la loro bambinaia che, non lo dimenticherò mai, aveva l'abitudine di catturare i granchi, bucare non so come la corazza e succhiarli vivi, un sushi *ante litteram*. Non avevo particolare simpatia per i granchi ma vederli morire così, con la *nanny* britannica che se ne cibava uno a uno esclamando «*Delicious!*» mi pareva inutilmente crudele.

Torniamo ai filmini. Ogni tanto la pellicola si strappava, o si bruciava, o si bloccava. Mi pare ancora di sentire il rumore. Quasi nessuna mamma italiana in quegli anni Cinquanta aveva la cinepresa. La tata Ebe era stupefatta dal prodigio tecnologico; rimase a bocca aperta; non se ne capacitava. «Ve'! Ma sono proprio loro!» sussurrò con un fil di voce indicando me e mio fratello. La prima volta pensò che mia madre, essendo americana, conoscesse l'indirizzo di certi speciali negozi per stranieri (anzi, la parola usata era "forestieri") dove poteva comprare dei filmini in superotto già con le immagini dei suoi bambini. «Certo dottoressa lei è davvero fortunata a trovare già belli e fatti i film con dentro proprio i suoi figli!» esclamò. E non fu facile spiegarle.

Ebe si stupiva in continuazione. Un altro giorno, mentre era seduta al tavolo di marmo a pulire i fagiolini, sobbalzò quando mia madre entrò in cucina facendo da sola i rumori, il fragore, la musica di un'intera orchestra. Altro prodigio, altro stupore, altro spavento, e fu così che le punte dei fagiolini, uno sciame, volarono a terra. Mia madre indossava un vestito estivo di cotone stretto in vita con due grandi tasche applicate sulla sottana, e in uno dei due tasconi aveva fatto scivolare una radio transistor accesa a tutto volume. La radiolina l'aveva appena comprata in America; da noi non si erano ancora viste.

Nel 1960 Ebe, forse un po' troppo espansiva con gli amici di mio padre, era già andata via e al suo posto si era insediata Gina, tuttofare umbra di Amelia, formidabile cuoca, che a noi bambini preparò una volta certi controversi maccheroni al cioccolato, peccato fosse segretamente un po' manesca. Era la mattina del 3 febbraio e mi stava accompagnando a scuola. Stavamo risalendo viale Rossini e avremmo girato a destra come ogni giorno quando all'improvviso ci bloccammo di colpo, pietrificate. Una mano di Gina, forte e ruvida, scese sui miei occhi a impedirmi di vedere: «Non guarda' ni' che ti impressioni».

Ma io riuscii per qualche secondo a divincolarmi e vidi a pochi metri da me, dall'altra parte della carreggiata, proprio davanti ai cancelli di Villa Taverna, residenza dell'ambasciatore USA, uno spettacolo che mi lasciò sgomenta: una lussuosa auto sportiva, una Ford Thunderbird che a me parve immensa, di un soave color lilla, era ferma semi accartocciata in mezzo all'incrocio; un fianco sembrava disintegrato. Le era entrato dentro con tutto il muso, divorandole il cofano, un grosso camion carico di ghiaia, e lo scontro era stato mortale. Nessuno sarebbe potuto uscire vivo da quelle lamiere, da quel rudere. Mi sembra nel ricordo che le macerie di quella macchina hollywoodiana sbalzata contromano stessero ancora fumando. In effetti l'impatto risaliva a poco tempo prima, alle 6.20 del mattino. Era passata solo un'ora e mezzo.

Gina chiese informazioni a una guardia. Al volante c'era Fred Buscaglione che stava rincasando: forse aveva bevuto, o forse era semplicemente molto stanco, con i riflessi allentati, e non aveva visto lo stop. Avevo sette anni ma sapevo benissimo chi era Fred Buscaglione. Mi piaceva molto più del Mago Zurlì e di quel suo festival di canzoni per bambini che era cominciato l'anno prima, lo Zecchino d'Oro o qualcosa del genere. Buscaglione era tutta un'altra cosa: era divertente e non era melenso. Conoscevo a memoria – sarà stato il fascino delle rime – almeno un paio di sue canzoni. Una diceva: «Che notte, che notte quella notte, se ci penso mi sento le ossa rotte» e assieme alla musica dal ritmo sincopato si sentiva nel sottofondo l'urlo di una sirena. Un'altra sua canzone che sapevo a memoria si intitolava *Eri piccola così* in cui alla fine lui sfida lei implorandola per scherzo di spararagli e lei gli spara veramente. «T'ho viziata, coccolata, latte, burro, marmellata.» Ma la strofa che mi piaceva di più era quella che diceva: «Tu fumavi mille sigarette, io facevo il grano col tressette». Credevo confusamente che fare il grano volesse dire raccogliere le spighe nei campi o qualcosa del genere. Quanto al tressette forse era un attrezzo agricolo.

Come ho scritto, correva l'anno 1960. Eravamo in piena dolce vita, cosa di cui nessuno di noi che la stavamo vivendo aveva il benché minimo sospetto, la più lontana avvisaglia. Abitando in via Guido d'Arezzo eravamo a dieci minuti a piedi da via Veneto, al massimo un quarto d'ora. Facevi via Paisiello, tagliavi per il Parco dei Daini ed eri arrivato.

Via Veneto: «strada antipatica e senza storia» la definì Cardarelli, che trascorreva interminabili ore seduto al vecchio Strega con il cappotto e la sciarpa di lana anche in agosto. Via Veneto era quella vetrina incantata e un po' pacchiana dove Farouk, il re d'Egitto in esilio, giocava a poker barando, dove Orson Welles buttava giù sei Blody Mary uno dopo l'altro, dove Flaiano prendeva rapidamente congedo dagli amici annunciando: «Vado a letto perché domattina mi devo alzare tardi».

Erano gli anni in cui Roma veniva ribattezzata dai rotocalchi "Hollywood sul Tevere", e in effetti via Veneto, al calar della notte, era solcata da coppie leggendarie, inseguite da mute di paparazzi: non più Linda Christian e Tyrone Power ma Rossellini e la Bergman, Ava Gardner e Walter Chiari, Humphrey Bogart e Lauren Bacall, Liz

Taylor e Richard Burton e, qualche anno prima, Soraya e lo scià di Persia in fuga dal colpo di stato di Mossadeq. Lei era planata a Roma con il solo vestito che aveva indosso, e Schuberth le fece in una notte un guardaroba da imperatrice: trenta abiti, trenta vulcani di tulle, solo per cominciare. «Chi sarà la bellissima donna che mostra guance di magnolia e occhi di smeraldo: Ava o Soraya, l'imperatrice o la diva?» si interrogava Irene Brin in una delle sue cronache mondane. Questa era la capitale d'Italia, o meglio il suo avamposto edonista e creativo. Come scrisse un quotidiano, «Roma? Venti minuti a San Pietro, venti al Colosseo e almeno due giorni nell'atelier delle Sorelle Fontana!».

Però via Veneto e dintorni non era solo quell'epicentro di mondanità sconsiderata che ci hanno raccontato, ma molto altro. Era anche una zona di uffici, non solo di caffè all'aperto. A due passi dall'Open Gate, il numero 6 di via Lucullo ospitava il quartier generale del Foster Parents Plan, l'ufficio diretto da mia madre. L'appartamento, un luminoso ultimo piano oggi sede della UIL, consisteva in una mezza dozzina di stanze tutte comunicanti fra loro, una d'infilata all'altra in rettilineo, e a mia madre piaceva tenere le porte sempre spalancate. C'era anche un bel terrazzo piuttosto ampio, con un tavolo bianco di ferro battuto cui, un pomeriggio che ero salita da mia madre, vidi seduto Perry Mason. Era lui, non ancora corpulento, in giacca e cravatta, vestito proprio come quando faceva le sue arringhe in tribunale e si rivolgeva al giudice dicendo: «Vostro onore».

Mia madre, che senza troppa fantasia veniva chiamata di soprannome "l'americana", soprintendeva equanime a un piccolo staff di una dozzina di impiegate, fra cui ricordo Egle, che si occupava di contabilità e ogni tanto mi dava qualche tormentosa lezione di aritmetica, e Lea, signora altoborghese che lavorava per hobby ed era stata lasciata dal marito, cosa cui davanti a noi bambini mia madre non ha mai fatto cenno.

Al gineceo delle impiegate si aggiungevano i due uomini dell'ufficio: uno era il magazziniere, sempre con l'immancabile grembiule marrone; essendosene alternati vari, non rammento con precisione i loro nomi e nemmeno le facce, con l'eccezione di un certo Gualtiero. Il secondo uomo invece lo ricordo benissimo perché in tutti quegli anni è rimasto sempre lo stesso, non è mai cambiato: l'autista Mario Marrapodi, piccolo di statura, calabrese, vivace, affidabile, con l'occhio lungo sulle ragazze.

Perché un autista? Non certo per motivi di rappresentanza. Il lavoro di mia madre non consisteva soltanto in un banale lavoro di ufficio. Ogni quindici giorni circa mamma faceva un sopralluogo sul campo, o meglio una spedizione. E quando dico "spedizione" non uso una parola a caso.

La loro era una spedizione perché andavano molto lontano, perché percorrevano strade pericolose e spesso interrotte, perché l'autostrada Roma-Napoli ancora non esisteva, perché partivano con qualunque tempo, anche con la bufera, su un'automobile che somigliava molto più a un furgone che a una berlina, carica fino all'inverosimile di pacchi, scatoloni, sacchi, beni di consumo, coperte, scarpe, medicinali e dolciumi. La macchina era una vecchia station wagon della Ford con le pareti esterne di legno tipo Fiat Giardinetta, ma sembrava grande il doppio.

Mia madre si metteva in strada sempre molto presto la mattina, d'inverno era ancora buio. Io e mio fratello facevamo colazione in silenzio, seduti al tavolo di marmo della cucina, spezzettando e inzuppando decine di Oro Saiwa nelle nostre ciotole colme di orzo fumante, e poi ci preparavamo per andare a scuola. Ci interrogavamo muti su che tipo di bambini, in che tipo di case o di orfanotrofi o di ospedali, con che tipo di famiglia, di scuola, di prospettive future nostra madre avrebbe incontrato quel giorno. Incontrato e aiutato, soccorso, incoraggiato. Anche amato. Perché l'amore non si divide, l'amore si moltiplica, e dunque non aveva senso per noi essere gelosi dell'americana.

Quando penso che i bambini italiani assistiti dal Foster, fra mutilati e orfani di guerra o semplicemente bisognosi, sono stati in quasi un quarto di secolo 11.385 mi coglie una sorta di capogiro. Provo a immaginarli in fila, uno dietro l' altro: Santino, Antonia, Giuseppe, Carmela... Sono davvero un esercito. Sapendo quanto mia madre non delegasse, mi domando quanti di quei bambini e di quei ragazzi lei abbia avuto modo di conoscere personalmente. Quanti ne abbia incontrati, a quanti abbia portato aiuti materiali. Quanti di quei ragazzi, ognuno dei quali era l'oggetto di una scheda scritta in inglese contenuta in certi classificatori di ferro girevoli nell'ufficio di via Lucullo, lei abbia visitato, curato, fatto tornare a scuola.

Quanti alla fine ne potesse ricordare senza confonderli e sovrapporli: facce, nomi, età, condizioni. Quanti di quei protagonisti di storie fatte di dolore, analfabetismo, lavoro minorile, ma anche di speranza fossero intercambiabili. O all'opposto no: quanto ognuno di loro – a Cassino, a Secondigliano, a Palestrina – fosse diverso dall'altro, ma alla fine fossero tutti uguali, figli di un Dio minore.

Pensavo ai loro giorni pieni di privazioni e di miseria in case umide, senza luce, senza gabinetto, a volte anche senz'acqua corrente a poche centinaia di chilometri da una capitale euforica in preda appunto alla cosiddetta dolce vita e ai suoi lussi e ai suoi scandali provinciali.

Quando mia madre tornava dalle sue missioni raramente, anzi mai, ci parlava di quello che aveva visto. Aveva però uno sguardo diverso: più che stanco velato, e un tono di malinconia nella voce. Ma si riprendeva rapidamente. «A tutto c'è rimedio tranne che alla morte» sussurrava, una frase che mi sarebbe tornata in mente molto presto. Di quei suoi viaggi ci raccontava qualcosa solo nel caso ci fosse un risvolto comico, come quella volta in cui, in un piccolo paese in provincia di Benevento, la zia di una bambina assistita dal Foster, vedendo mia madre scendere dalla macchina carica di pacchi, le disse festosamente: «Signora, quando vediamo a voi ci sembra di vedere alla Befana!».

Il sistema di adozioni a distanza del Foster aveva ben poco di paternalista e di burocratico macchinoso e molto di operativo, americano, pragmatico. L'unica cosa che era richiesta ai bambini era, con l'aiuto di un famigliare o più spesso della maestra o del parroco, scrivere periodicamente – ma non più di un paio di volte l'anno – una lettera ai propri genitori adottivi negli Stati Uniti tenendoli informati sui propri progressi, allegando se possibile una fotografia, il che era spesso un ostacolo tecnico insormontabile, oltre che un lusso sibaritico. Così era mia madre, durante i suoi sopralluoghi, a fotografare i bambini. E spesso a tradurre in inglese le loro lettere. E in italiano quelle che i genitori americani scrivevano ai piccoli.

Dal punto di vista economico ogni entrata e uscita era documentata scrupolosamente. Mi è capitata tra le mani copia di una lettera datata 27 gennaio 1962 che mia madre scrisse all'ambasciatore degli Stati Uniti in Italia riferita all'anno appena concluso. Non solo specificava quanti erano i minori, 4.500, in carico al Foster nel 1961, ma anche quante miglia aveva viaggiato lo staff dell'ufficio in quell'anno per raggiungerli: 37.360. E poi le spese, voce per voce, riportate al centesimo: per le cure mediche, soprattutto vaccini e vitamine, per i libri di testo, per le scarpe, per i vestiti, eventualmente per le biciclette.

In un articolo commemorativo uscito molti anni dopo, nel novembre 2012, leggo: «A guidare il Foster Plan International c'era allora Elma Baccanelli Laurenzi, donna forte e indipendente che ebbe la felice intuizione di coinvolgere anche i divi di Hollywood in queste adozioni a distanza. Al suo progetto aderirono, oltre a Gary Cooper, Raymond Burr, Peter Ustinov e Harry Belafonte».

Ora: non è esattamente così. Mia madre non era, né sinceramente voleva essere, quella volpe delle pubbliche relazioni che si adopera a radunare vip, divi e celebrità per il lancio in grande stile di una nuova organizzazione benefica. Mondanità & *charity*: non gliene importava assolutamente niente, anche perché aveva molto da fare. La guerra era troppo vicina per ragionare in quei termini. Semplicemente è successo. È successo cioè che fra i molti americani che sponsorizzarono il Foster ci fossero anche dei nomi noti, il che divertiva molto la direttrice, senza per questo metterla minimamente in agitazione.

Nessuno o quasi, per esempio, sapeva in Italia chi fosse Raymond Burr, ma vedendolo di persona prendere l'ascensore di via Lucullo e salire all'ultimo piano era impossibile non riconoscere Perry Mason, il protagonista dell'omonima serie che andò in onda in tv per ben nove anni, dal 1957 al 1966. E nessuno sapeva – lui certo non lo sbandierava – che era un virtuoso della filantropia, donava a piene mani, devolveva a ospedali, università, centri di ricerca cifre imponenti. Insomma, era il più generoso di Hollywood: fra il Foster e Save the Children aveva concretamente aiutato a uscire dalla miseria ben 26 bambini, un numero record.

Ne scelse una soltanto Gary Cooper, invece, ma la seguì personalmente per lungo tempo con affetto sincero.

Raffaella Gravina aveva 13 anni quando, il 25 giugno del 1953, poco dopo avere vinto l'Oscar per *Mezzogiorno di fuoco* Gary Cooper bussò alla sua porta. Il paese, tremila anime, così piccolo quasi da non comparire sulle carte geografiche, era Mignano Monte Lungo, nel casertano, insignito della medaglia d'oro al valor militare perché teatro nella Seconda guerra mondiale di due sanguinose battaglie, di deportazioni, atti di eroismo, torture, rappresaglie, uccisioni.

Uno dei caduti, il maniscalco, ammazzato dalle ultime cannonate dei tedeschi in fuga, era il padre di Raffaella, la più piccola di otto fratelli tutti maschi: «Eravamo poverissimi. La guerra ci aveva rubato tutto. Mia madre si arrangiava vendendo angurie al mercato. Grazie al vaglia di ottomila lire che Gary Cooper ci mandava ogni mese io ho potuto studiare e finire la quinta elementare» ha raccontato Raffaella. Ogni pacco che arrivava dall'America era una festa: «Felicità pura: dentro c'erano vestiti, giubbotti, coperte, una volta anche un bracciale con i ciondoli e un pigiama giallo a fiorellini. C'era carne in scatola, c'era tacchino conservato, c'erano caramelle e altri cibi sconosciuti».

Incontrare Gary Cooper di persona è stata un'emozione che Raffaella non ha dimenticato: «Era bello, bellissimo, aveva un abito principe di Galles e una camicia azzurra come i suoi occhi. Era anche tanto alto, così alto che quando mi ha abbracciato sollevandomi in aria e dicendomi "sono il tuo secondo papà" io mi sentivo in cielo. Con lui c'era la moglie, la figlia di 16 anni e la suocera. Parlavano solo inglese e anche se c'era l'interprete io non capivo nulla. Si fermarono per tre ore e mia madre gli offrì una forma di pane casareccio che aveva cotto nel forno a legna assieme a salame locale e vino rosso. Dopo, quando andarono via, lei mi ha detto con le lacrime agli occhi: "È stato tuo padre dall'aldilà, pace all'anima sua, ad affidarti alle mani di una persona così buona, e anche così ricca e famosa"».

Non ho racconti particolari né dettagli inediti di quel viaggio: ciò che riporto è preso da ritagli di giornali. Mia madre è sempre stata una donna riservata. Non era il tipo da dire: «Oggi ho pranzato con Perry Mason» e neppure: «Vado a Napoli con Gary Cooper». Non si è mai vantata di niente. Di quella visita mi resta, incorniciata d'argento, una fotografia in bianco e nero di lei in tailleur chiaro, i capelli appena sollevati dal vento, in compagnia di Gary Cooper e di sua moglie mentre visitano gli scavi di Pompei.

Il Foster chiuse la sua sede italiana nel marzo del 1969: sulle ali del boom economico il nostro era diventato, se non un paese ricco, certamente un paese uscito dall'emergenza, e il terzo mondo andava cercato altrove. «Adesso mi riposerò un po', mi sento stanca» disse mia madre. Non era stanca, era gravemente ammalata. A luglio, quattro mesi dopo aver chiuso l'ufficio, è morta. Aveva 50 anni. Ho voluto raccontare la sua storia perché mi sembra molto bella: la storia di una donna buona e generosa che ha aiutato 11.385 bambini italiani a vivere con dignità e a credere in un domani migliore.

Elena Mora

La crociera

La grande nave lascia una scia che muta ogni istante, visione rasserenante e ipnotica. Vorrei godermi il mio libro e le condizioni sono ideali: il niente intorno, nessuno sul balcone, lontano dalla folla e dalla musica delle piscine e dei ponti stipati e rumorosi d'agosto. Non capisco perché tanta gente consideri con assoluto snobismo le crociere: un mio amico le ha definite una Disneyland con il pubblico di *Domenica in*. Io, invece, le trovo un ottimo modo di riposarsi, con la possibilità di leggere sul proprio balconcino – o su quello di poppa come ora – e tuffarsi fra la gente solo se e quando se ne ha voglia. Un bagno di folla che può essere anche divertente, visto che si può decidere quando inizia e quando finisce. Niente valigie da fare e disfare, posti interessanti da vedere nelle escursioni. Tra l'altro la crociera è una soluzione praticamente perfetta per chi, come me e Giò, ha una figlia adolescente: si può lasciarla girare in (quasi) tutta tranquillità, felicemente impegnata nelle attività di animazione, chiedendole solo di farsi viva ogni tanto e quando è ora di andare a tavola. Contenta lei, contenti noi, contenti tutti, come ogni genitore di teenager sa più che bene. Chi non ha figli può pensare che sia una diseducativa delega all'educazione e una gestione leggera e noncurante di una ragazzina: provino a stare con una tredicenne per una settimana e ne parliamo. Poi, comunque, sulla nave si incontra gente. Tanta gente. E, per la legge dei grandi numeri, a volte persino gente interessante. Con storie curiose, come quella su cui sono qui ora a pensare, fissando la scia che sfoggia tutte le sfumature di azzurro, cambiando a ogni istante. A riflettere sulla vita e sulla morte, su casualità e destino, su libero arbitrio e fattori ereditari. Roba pesante, vero? Ma, per quanto possa sembrare incredibile, tutta questa storia inizia da... una infradito di gomma. Rotta.

Sara era arrivata in cabina fuori orario: segno certo che qualcosa non andasse. Il fatto che zoppicasse vistosamente, poi, ci aveva preoccupato. Ma solo per un attimo.

«Mamma, mi si sono rotte le infradito!»

Non "ho rotto" ma "mi si sono rotte". Con un dativo di svantaggio in aggiunta. A suo vantaggio invece un ragazzino, più o meno della stessa età, che da garbato cavalier servente la segue come un ombra. Lui è Pietro. Di Torino. Pietro-di-Torino garbatamente saluta e ancor più garbatamente chiede: «Se lei permette, signora, io potrei provare ad aggiustare le infradito. Ha per caso una penna biro?».

«Sì, certo» rispondo a tutte e due le domande mentre fra me e me mi chiedo da dove esca un adolescente di questo tipo. Gentile, educato, garbato. Certo, Pietro-da-Torino già la dice lunga sulla rigorosa educazione sabauda, ma credevo che ragazzini così si fossero estinti da un secolo sulla faccia della terra. Comunque. La mia unica alternativa è quella di buttare le infradito rotte e dare a Sara i soldi per acquistarne un nuovo paio. E i negozi a bordo, si sa, non sono proprio economicissimi. Quindi. Gli porgo una bic qualsiasi, e lo guardo incuriosita. Prende il cappuccio della penna, rompe quella piccola freccia che si allunga verso il basso, afferra la infradito infortunata e conficca la piccola freccia sotto la suola, a fermare il perno della ciabattina di plastica, in sostituzione del fermo piatto e tondo irreparabilmente perduto. La porge a Sara come se fosse la scarpina di cristallo di Cenerentola e lei la indossa quasi con la stessa cura. Una curiosa scenetta che si svolge sotto i miei occhi increduli, quasi al rallentatore. Ma subito i due riprendono la velocità consueta. La suola morbida ammortizza lo spessore della riparazione fai da te e lei può ritornare in pista, sia metaforicamente che in concreto, verso il suo corso di danza indiana, sari compreso. Io al mio libro. Felice dello scampato pericolo.

La sera, in teatro, rivedo Pietro-di-Torino. Lo saluto, saluto la madre o quella che immagino che sia la madre, una signora elegante, dal profilo importante, seduta accanto a lui.

«Suo figlio è un genio» esordisco.

Una cosa che ho imparato nella vita (una delle poche) è che i complimenti per i figli fanno sempre piacere ai genitori, e di solito esagero un po': ma in questo caso non potrei essere più sincera.

«Non sarei riuscita a trovare una soluzione di quel tipo nemmeno in una successiva reincarnazione.» Lo dico e, questa volta, davvero lo penso.

«Come gli sarà venuto in mente quel modo di aggiustare la ciabatta?»

Non mi aspetto ovviamente una risposta specifica, ma una reazione di legittimo orgoglio. Che non arriva. Al suo posto un sorriso sottile. Un luccichio ironico – o triste? – degli occhi azzurri. E, in attesa dello spettacolo, una storia. Che la mamma del mio genio inizia a raccontare senza enfasi, senza toni drammatici. Rendendola, in questo modo, ancor più toccante.

«Mio padre era un avvocato. Come me. Siamo avvocati da tre generazioni. E siamo ebrei. Levi. Ma prima ancora che per il nome, come può vedere, ci si riconosce per il profilo. Mio padre era anche docente di Diritto, molto ben inserito nella società torinese. Con qualche simpatia per la dottrina fascista. La legge e l'ordine, i treni in orario, quelle cose lì. In assoluta buona fede. Così non si era mai preoccupato davvero delle leggi razziali. Credeva che in Italia sarebbero state prese alla leggera, come sempre, come tutto. Il rastrellamento dei nazisti lo aveva colto assolutamente di sorpresa, mentre studiava un caso con un collega, ex compagno di studi, il suo migliore amico. Era stato preso insieme a decine di altri, trascinato fuori città e messo a scavare una buca grande e profonda. Alla fine un ufficiale ha chiesto con assoluta noncuranza se tra loro c'erano un sarto e un calzolaio. Prima ancora che il suo amico potesse capire la domanda mio padre ha fatto un passo avanti, trascinando il collega e sfoggiando tutto il suo tedesco scolastico per dichiarare: "Io sono un bravo calzolaio e il mio amico è un ottimo sarto!". Un passo avanti e una menzogna. Una reazione quasi istintiva, sicuramente irrazionale. Un passo avanti che lo ha salvato dalla scarica di mitragliatrici che ha buttato tutti gli altri indietro, vivi, morti e feriti, nella grande buca poi coperta con la terra da una ruspa.

La sera, nella cella, erano rimasti solo loro due. Sotto choc, devastati, ma vivi. Nel silenzio spaventoso le domande ansiose del suo amico. "Sei pazzo? Questi non sono mica spiritosi! Quando capiranno che noi non siamo né un sarto né un calzolaio saranno dei bei guai! E rimpiangeremo le pallottole delle mitragliatrici..." Mio padre è sempre stato un uomo molto concreto. Non ha perso un secondo a piangere o compiangersi. Del resto, di tempo non ce n'era molto. Senza dir nulla ha preso la sua giacca e una sua scarpa, ha steso la prima alla bell'e meglio sulla brandina e ha consegnato la seconda al suo amico. Insieme, silenziosamente, accuratamente, hanno scucito e ricucito giacca e scarpa, scarpa e giacca per tutta la notte, come se ne andasse della loro vita. La loro vita, in effetti, era appesa a quel filo sottile che richiudeva il bavero, a quella stringa infilata nel modo giusto, a quei pezzi di tessuto e pelle che, di fatto, hanno salvato la loro, di pelle. Fingendosi, e diventando nel tempo, un ottimo calzolaio, mio padre è riuscito a sopravvivere fino alla liberazione. E anche dopo, dopo che la normalità era ritornata a coprire come un sudario la follia di quegli anni, dopo essere tornato a fare l'avvocato come se niente fosse successo, ha continuato ad aggiustare le scarpe. Quasi fosse un segno di riconoscenza per quello che le scarpe avevano fatto per lui, nessuno di casa ha mai dovuto portare un sandalo a ricucire, una calzatura a risuolare, un tacco a rifare. Era il suo passatempo, il suo modo di placare l'ansia, di far tacere ricordi terribili di cui non ha voluto mai parlare. Curiosamente non ha mai voluto insegnare a Pietro, né lui bambino era interessato a quello strano passatempo del nonno. Ma, in qualche misterioso modo, quella pratica imparata nel corso di mesi così tragici è passata a Pietro. Non mi chieda come o perché...»

Non che avessi modo di domandare: da una parte stupefatta dal suo incredibile racconto, dall'altra zittita dall'inizio dello spettacolo. Ma questa curiosa storia ha continuato a lavorare dentro di me. Forse per il contrasto fra la luce del mare e il buio di quegli anni. Forse perché a volte, guardando i propri figli e riconoscendo in loro un gesto, un tic, una intonazione della voce, ci si domanda che cosa davvero si insegna e che cosa si trasmette e come.

E ora sono qui, davanti alla scia della nave, a chiedermi come le conoscenze possano passare da un nonno a un nipote, in qualche piega nascosta del dna o in qualche occhiata distratta al nonno impegnato nel suo bizzarro passatempo. Mentre sul palcoscenico Sara danza avvolta nel suo sari, seguendo una musica ipnotica, muovendosi con grazia sulle sue ciabattine. Ignara del fatto che quella riparazione è carica di storia. Di una storia recente e drammatica che tanti – troppi – vogliono negare.

1938-2018: 80° anniversario delle leggi razziali in Italia. Questa è vera Storia, e questa è una storia vera.

Paola Nappi
Scrivere è un po' rinascere

MALORE AL GIGLIO. GRAVE GIORNALISTA DEL TG3

Grosseto, 15 febbraio 2012
La collega, 45 anni, era inviata per la Rai sull'isola. Operata nella notte è ricoverata all'ospedale di Siena.
"Un giramento di testa mentre era sulle scale della chiesa del Giglio in attesa di assistere alla messa in memoria delle vittime del naufragio della Costa Concordia, *poi il trasferimento in elicottero prima all'ospedale di Grosseto e poi d'urgenza al policlinico Le Scotte di Siena dov'è stata operata d'urgenza l'altra notte a causa di un aneurisma cerebrale. Il bollettino medico dell'ospedale senese che riguarda la giornalista livornese del Tg3 Toscana Paola Nappi è preoccupante.* [...] *Sarà tenuta in coma farmacologico per alcuni giorni. Le sue condizioni rimangono molto gravi: lotta per la vita."*

Era solo l'inizio di un lungo calvario, un secondo aneurisma un'altro intervento e poi un altro e un altro ancora... I medici che in alcune occasioni le avevano dato le ore contate non si pronunciavano più: quando tutto sembrava perso lei si riprendeva.

Mi chiamo Paola. Sono nata sul mare, a Livorno. Una città toscana.

Da ragazzina studiavo al liceo. La mattina scuola, il pomeriggio a casa facevo i compiti. Compiti oggi, compiti domani, andava sempre a finire che saccheggiavo il frigo di casa. Fisicamente reggevo ma mi distraevo troppo. Così decisi di andare a studiare il pomeriggio fuori casa: nella sala della biblioteca Fabbricotti. In tanti facevano così allora. La sala grande della biblioteca aveva sì e no una ventina di tavoli, ognuno assicurava quattro posti. Tutti i giorni dopo pranzo prendevo i miei libri e andavo in biblioteca a studiare per il giorno dopo. Insomma sono una gran curiosa e gran chiacchierona, così mi bastarono pochi giorni e conobbi tutti. Non mangiavo ma chiacchieravo. Studiavo anche ed ero contenta. Non mi sentivo più sola. Ecco, fu proprio lì fra quei tavoli verdi e i libri che conobbi Paolo Virzì. Era diversissimo da tutti i ragazzi che avevo conosciuto fino ad allora. Si capiva subito che era un cervellone ed era destinato a distinguersi fra la massa. Parlava bene e rideva molto. Con lui c'era Francesco Bruni. Un altro ragazzo che mi colpì moltissimo. Erano tutti e due talmente diversi dai ragazzi che avevo frequentato fino ad allora che mi incuriosirono tantissimo e gli volli subito bene. Scoprii presto che avevamo un sogno in comune: ANDARE VIA DA LIVORNO, andare via da quella città di provincia, che sentivamo come una sabbia mobile. Andare fuori e realizzare fuori i nostri sogni. Francesco e Paolo volevano fare cinema, io sognavo di diventare una giornalista.

Francesco viveva con la mamma Laura e il fratello Alessandro, il papà viveva a Milano e tornava il fine settimana. Paolo viveva con la mamma, la sorella della mamma e il fratello Carlo. Conobbi presto la famiglia Virzì. Il papà era stato carabiniere ed era morto giovanissimo. Così la mamma chiamò la sorella a vivere con lei, prese le redini della famiglia e, senza piangersi addosso, divenne la capofamiglia. Era una donna di polso ma dolce. L'amai subito, capivo che era "una gran donna". Assomigliava tantissimo a Paolo: aveva un sorriso grande grande e si capiva che era una persona molto intelligente. Una mia amica diceva che era come Paolo ma con la parrucca, e forse aveva ragione. Sua sorella era dolce e allegra, rideva spesso. Una zia strepitosa, quella di Paolo, che da allora divenne anche la mia zia. Le ho voluto un gran bene e sono sicura che, anche se l'ho vista pochissimo. sono stata ricambiata da lei. La simpatia è una cosa reciproca. Fra noi è arrivata subito. La rividi tanti anni dopo. Alla prima di un film di Paolo. Lui era diventato un bravissimo giovane regista. Io una giornalista della Rai. La zia mi saltò al collo. Mi trattò come la "*special guest*" della serata. Mi disse che ogni sera mi vedeva al Tg ed era contenta di vedermi perché ero cresciuta in casa da lei. Era di un'allegria contagiosa.

Anche di Francesco si vedeva che era di grande intelligenza. Andai a casa sua e capii subito che mamma Laura, la sua mamma, era l'intellettuale di famiglia. Ecco perché era cresciuto così fuori dagli schemi livornesi. Andai a trovare Francesco a casa con la mia amca inseparabile di allora, Valeria, e mamma Laura trovò subito una gran somiglianza della mia amica con Virginia Woolf. Ecco, io allora non sapevo proprio chi fosse Virginia Woolf, ma mi documentai, e devo dire che aveva ragione. E fu così che conobbi la grande scrittrice inglese. La mia amica Valeria però non fu soddisfatta del paragone. Virginia aveva un naso "importante". E la mia amica non era da meno, solo che non lo voleva ammettere. Come non voleva ammettere di portare il numero 39 di scarpe.

Durante la settimana studiavo e nel weekend giravo come una trottola fra le sagre con i miei nuovi amici. Insomma mi divertivo un sacco. Ricordo le grandi risate di Paolo, era un osservatore sopraffino, non gli sfuggiva niente. Aveva sedici anni ma ne dimostrava molti di più. Non perché fosse "vecchio" no, anzi, era molto molto brillante, ma perché era un "intelligentone".

Una sera di settembre andammo agli stabilimenti balneari Pancaldi, c'era la serata che avrebbe chiuso l'anno e avrebbe incoronato miss Pancaldi. Una serata attesissima quanto la miss. Il regolamento non voleva sfilate, costumi e schiere di contendenti. Ai bagni Pancaldi c'era una triade di ragazzi che sceglieva in silenzio chi poteva concorrere per l'ambitissimo titolo. Nessuna poteva iscriversi. Le "possibili miss" sarebbero state scelte fra le frequentatrici durante l'estate. Le tre vincitrici sarebbero state nominate a "grande sorpresa" durante la serata. Inutile dire che, in fondo in fondo, ogni ragazza sperava di essere chiamata sul palco fino all'ultimo momento, ma non lo avrebbe mai dichiarato. Durante l'estate si vociferava, si facevano ipotesi su ipotesi…

Ecco, la miss Pancaldi a sorpresa l'ho rivista uguale uguale in *La prima cosa bella*, un film di Paolo che ha preso in prestito la serata e la formula originale di quel concorso dell'età giovanile.

Ricordo l'eleganza dei modi di Francesco. Sì, lo sentivo, erano proprio diversi da tutti i ragazzi che ero abituata a frequentare. Avevano letto una mole incredibile di libri e io, che credevo di essere una forte lettrice, capii che in confronto a loro non conoscevo proprio niente.

In un batter d'occhio mi ritrovai all'università. Ho fatto Giurisprudenza, poi ho buttato il codice alle ortiche, e sono andata dove mi portava il cuore: all'ISEF, l'Istituto Superiore di Educazione Fisica. Buttai via il codice e infilai le scarpe da ginnastica. Il mio sogno era insegnare ginnastica a scuola. Ma non mi riuscì perché l'insegnamento era chiuso e per troppi anni non ci furono concorsi per essere abilitati all'insegnamento ed entrare a scuola. Mi guardai intorno, dovevo trovare una strada alternativa. Amavo lo sport e poi che altro? Adoravo scrivere e mi riusciva piuttosto bene. Un dono di famiglia. Sarà che mio padre era giornalista di carta stampata, e io ero cresciuta fra inchiostro e menabò. Sarà che gli amici di mio padre erano tutti giornalisti come lui e io avevo respirato l'aria di inchieste e cronaca da quando ero nata. La mia prima foto da bebè mi era stata fatta dal fotografo del giornale. E poi ero curiosa come una scimmia.

In Italia è molto difficile fare il giornalista se non sei figlio e figlio e poi figlio di giornalisti. È una casta che si autoalimenta. Ma vi assicuro che, anche per chi ci è nato, fra i giornalisti, è molto, molto difficile diventarlo, farsi prendere sul serio e poi farsi assumere da un editore. Non bisogna essere i più bravi ma i più pericolosi. Ovvero bisogna fargli paura. Nel senso che, da collaboratore, bisogna avere al proprio attivo tante ma tante carte da giocare per lasciare l'editore in mutande (si fa per dire) in caso di causa per farsi assumere. Oppure essere raccomandati politici. Ma questa è un'altra storia.

Mi venne naturale cominciare a collaborare con il quotidiano della mia città: «Il Tirreno». Con me c'era una ragazza bionda, il padre era un giudice (Berlusconi avrebbe detto "una toga rossa"), la madre era spagnola e si chiamava Concia. La biondina era Concita De Gregorio. Ed era brava davvero. Più che altro aveva un gran carattere e una grande fantasia. Abitava come me ad Antignano, la parte sud della città di Livorno. La parte sul mare, chi abita lì odora di salmastro e di libeccio. Apre le finestre ed è già sul mare. Quando porta la spesa a casa, esce dalla macchina, prende i sacchetti di plastica e respira aria di mare. La notte si addormenta con il sonoro delle onde.

Guadagnavo pochi spiccioli ad articolo. L'assunzione vera era ancora lontana.

Insomma, gli anni degli studi passarono in fretta. Troppo in fretta. Poca gloria e pochi soldi.

Paolo Virzì e Francesco Bruni dopo la scuola provarono a entrare al Centro Sperimentale di Cinematografia a Roma e ci riuscirono alla prima. Io collaboravo con il giornale «Il Telegrafo». Mi ricordo che su loro due e il Centro Sperimentale ci scrissi una pagina intera e li intervistai per telefono. Ero felice, matta, come se a entrare al Centro Sperimentale di Cinematografia fossi stata io. Nessuno li conosceva allora.

Mi mandarono a fare esperienza alla redazione dell'Isola d'Elba. A Portoferraio. Mi dissero: «Lontano dagli occhi, lontano dal cuore» e mi consigliarono di farmi le ossa. Più che le ossa mi feci coraggio. La redazione era situata in via del Falcone, noi dicevamo «dove arrivano solo le aquile». Poco sopra c'era la casa dove era stato messo al confino Napoleone e sopra ancora il Forte Stella. Lì avevo trovato un monolocale, proprio sulla punta dell'isola, dove c'era il faro. Un posto affascinantissimo. La casa mi era stata affittata da una signora del Nord. La contessa Flores D'Arcais. Lei aveva una casa dentro il Forte Stella proprio a strapiombo sugli scogli. Io non ho più visto niente di così bello e affascinante nella vita.

Nell'isola c'era un carcere dove stavano chiusi i carcerati "fine pena mai".

Non so come mai, quando arrivai io lasciarono uscire Cavallero. Negli anni Sessanta la banda Cavallero aveva messo a ferro e a fuoco Torino. Quando arrivai a Portoferraio, Cavallero usciva. Non aveva finito la pena. Gli era stata commutata per buona condotta.

Quando lo rilasciarono lo accompagnarono sul traghetto e io con loro. Imparai una cosa che mi sarebbe tornata utile anni dopo per intervistare i reduci della *Concordia* che erano tornati al Giglio: il traghetto è il posto migliore per fare un'intervista.

Su un traghetto non si può scappare né al mal di mare né ai giornalisti. Le domande arrivano sempre prima della terraferma e può succedere di tutto, anche di riuscire a strappare un'intervista che mai saresti riuscita ad avere.

Provai a intervistarlo e non so perché il famoso bandito Pietro Cavallero, il terrore degli anni Sessanta, mi disse di sì. Aveva deciso di ricominciare e ricominciava da me.

Ero una ragazzina bionda che aveva ancora negli occhi la fiducia nel futuro ed era certa che doveva ancora correre parecchio perché il direttore si accorgesse di lei.

Tornai a Portoferraio con il mio "tesoro" stretto stretto fra le mani e con un sorrisetto ebete stampato sulla faccia: ce l'avevo fatta. Il grande bandito mi aveva guardata negli occhi e mi aveva detto di sì. Non avevo chiesto al ministero di Grazia e Giustizia l'autorizzazione, ma l'avevo fatto ugualmente. E lui mi aveva detto di sì.

Per una volta nella vita si era fidato. Forse voleva ricominciare davvero. E aveva ricominciato da me. Feci finta di niente ma alla fine ero così contenta e così emozionata che gli avrei stampato un bacio in fronte. In quel momento un sì del bandito Pietro Cavallero per me valeva più di cento sì di George Clooney.

E quell'articolo mi portò fortuna, fui chiamata a Roma dalla Rai, da *La vita in diretta*, cercavano cronisti locali per raccontare le storie in tv nel lungo pomeriggio invernale.

Via da Livorno come Paolo Virzì come Francesco Bruni… per poi rincontrarli ancora una volta nella nostra città, in occasione delle presentazioni dei loro film.

È di pochi mesi fa l'abbraccio con Francesco che, con grande affetto, mi è venuto incontro e mi ha baciato nella sala... Presentavano il suo capolavoro, *Tutto quello che vuoi.*

P.s. Ho scritto questo racconto in poco tempo. L'ho buttato giù di getto. Cosa ho scritto, se è brutto o bello, non importa. Importa che l'ho fatto. Che c'è.

È la prima cosa che scrivo da quando ho avuto un incidente all'Isola del Giglio. Da allora non cammino più, e non lavoro più. La mia vita è tanto cambiata.

Sono stata tanti mesi in coma. Quando mi sono "svegliata" ho conosciuto nell'ingresso dell'ospedale di Siena una signora che come me era della Rai. Ci siamo attaccate l'una all'altra e ci siamo fatte coraggio nel periodo più brutto della nostra vita. E poi ci siamo fatte mettere in camera insieme. Era una vera donna Rai: conosceva tutti i ristoranti. E da quello migliore ci faceva portare le cose più buone, direttamente in camera. Il menù ospedaliero non faceva per lei. Quando ho detto che volevo stare in camera con lei avevo visto delle "facce storte". E non capivo perché. Era fantastica, la mia nuova amica. Ma loro sapevano qualcosa che io non sapevo e che avrei scoperto appena arrivata a casa, digitando in internet il nome della mia nuova amica: era stata la segretaria particolare, alcune fonti dicevano l'amante, di Gelli: il grande sacerdote della loggia massonica P2. Toscano di Pistoia lui, toscana di Pisa lei. Avevano tutti e due la casa al mare a Tirrenia, e lì si erano conosciuti. Lui l'aveva messa al personale Rai. Ecco perché quando arrivai a Roma qualche anno dopo l'intervista a Cavallero, i miei colleghi della *Vita in diretta* pensarono subito che fossi della "squadra". Anche se non era così. Però il destino ha voluto che questa donna la conoscessi ora che in Rai non lavora più.

Dopo gli anni della *Vita in diretta*, bellissimi e duri, ho lavorato al Tg2, al Tg ragazzi al Tg3 e poi venni assunta al Tgr della Toscana. Quasi trent'anni di giornalismo.

Sono intervenuta al Giglio dopo il naufragio della *Costa Concordia*, per raccontare in tv di capitan Schettino e dei naufraghi. Ho lavorato notte e giorno. Con la neve e con il freddo. Ricordo che la mattina già dalle cinque accendevo i riflettori che avrei spento solo a notte inoltrata, e con me il collega di Canale 5. Il corrispondente da Genova. Ci salutavamo e dopo il primo collegamento facevamo colazione al bar in piazza, e aspettavamo che aprisse il negozio che vendeva i giornali. Lui era partito prima di me e aveva comprato una bambola per farsi scusare dalla figlia di essere mancato per così tanto tempo. E l'aveva chiamata Gigliola. È una delle ultime cose che ricordo prima di accasciarmi sulle scale della chiesa di Giglio Porto cercando di raggiungere il montatore per attaccare al mio pezzo le interviste ai parenti delle vittime.

Aneurisma cerebrale il verdetto dei medici di Siena, dove arrivai con l'elicottero del 118.

Il neurochirurgo temeva che non potessi più scrivere. E invece no. Ecco. Questo racconto è il mio miracolo. Ho dimostrato, perché ancora non lo sapevo neppure io, che scrivere mi appartiene e che mi viene naturale come respirare. Ecco!

Valeria Palumbo

Non ho camminato sull'acqua. Ma è stato lo stesso un miracolo

Ritmo. Se fai distanze lunghe, l'importante è tenere il ritmo. Lento ma sempre uguale. Me lo diceva il mio allenatore a Damasco. Me l'ha ripetuto il mio coach a Berlino. Ma io sono una velocista. A Rio, me lo ripetevo solo per vincere l'emozione: non mollare, non rallentare, non perdere il passo. E poi, in vasca, sono partita a razzo e ho vinto la mia batteria dei cento farfalla. Le Olimpiadi! Non potevo crederci. È il mondo che ha perso il ritmo. Ha preso a girare, a girare... Io alle Olimpiadi?! A Tokyo, nel 2020, chissà se ci arrivo. Ma intanto dicono che faranno un film sulla mia vita. Sulla mia vita?! Io e il coach ci scherzavamo sempre: «Vedrai» diceva lui, «che faranno un film sulla tua vita!». E io ridevo: «Quella di prima o quella di adesso?». E, ridendo, ricordavo. Già, su quale delle mie vite val la pena fare un film? Su Yusra che incontra il papa e il presidente degli Stati Uniti o su Yusra che nuota, nuota in una notte d'inchiostro per salvarsi la vita e salvare quella dei suoi compagni? O su Yusra di prima ancora, che andava a scuola e nuotava e la guerra non sapeva neanche che cosa fosse?

Io gareggio sui 200 metri, velocità. Ma di tenere il ritmo me lo sono ripetuta tutto il tempo in cui ho nuotato per salvare i miei compagni, il mio barcone, la vita, quella notte nell'Egeo. Accanto, mia sorella Sarah. La mia sorella maggiore. E anche lei teneva quel ritmo. Nessuno stupore, ci eravamo sempre allenate insieme. Ma quella donna che si era buttata in acqua quando si era rotto il motore e nuotava con noi e con noi tirava il gommone, no. Lei non la conoscevamo. Non aveva neanche l'età di una che sa nuotare così. Ma nuotava al nostro ritmo. Non c'era stato bisogno di dirsi nulla. Nella notte, in quel gelido mare greco, che sembrava una lastra nera, io sentivo le nostre braccia andare insieme. Uno, due, uno due, uno due.

Sempre uguale. E gli altri tacevano. Tante persone, e non un sospiro. Perché fare il tifo sarebbe stato surreale. Ma sentivo che, nella loro mente, contavano con noi: uno due, uno due, dai dai, uno due, uno due, dai dai. In acqua non senti neanche l'odore della paura. Perché io quell'odore lo conosco. A Damasco l'ho sentito tante volte. Si appiccica, passa da uno all'altro. L'ho sentito a Damasco e lungo la strada, durante la fuga. Ce lo passavamo nei momenti in cui meno te l'aspetti. Un rumore, un grido. Ce lo siamo tirati dietro fino in Turchia, fino a quando ci hanno messi su una barca e hanno fatto un cenno con la mano: di là, dritti, è l'Europa. Era come guardare nell'inchiostro: nero il mare e nero il cielo. E dire che da noi e in Turchia ci sono così tante stelle. Ma quella notte era inchiostro. E la barca puzzava di petrolio. E io e Sarah ci stringevamo l'una all'altra e un po' tremavamo. Dai, dai, che tra un po' è tutto finito. Tra un po' è l'Europa. L'Europa. Io e Sarah ce la immaginavamo: l'avevamo vista tante volte in tv. E non era così diversa da Damasco prima. Prima. Prima di tutto.

Eravamo partiti in venti su quel gommone: dalla Turchia verso Lesbo. Neanche mezz'ora e il motore si è rotto. Forse 35 minuti. Per un atleta essere preciso sui tempi è fondamentale. Sì, forse erano 35 minuti. Non che il viaggio dovesse durare molto di più.

Ho perso tutto. Non che portassi chissà che bagaglio. Ma c'erano le mie t-shirt, le scarpe, una giacca. Voglio dire, quando hai tutto in una sacca, come fai a perderla? "Yusra," mi ero detta "tienila stretta la tua sacca." Me l'aveva detto anche mamma. Ovvio. Non faceva che ripetere raccomandazioni quando siamo partite. Mica poteva piangere. Allora parlava. E ricordati questo, e non fare questo, e stai attenta. Come se fosse dipeso da noi.

Alla fine è dipeso tutto da noi. Ma io, nel momento in cui il motore si è rotto, mica l'ho capito subito. Non c'è stato il tempo. Ci siamo guardate in faccia, io e Sarah, e non ci siamo dette nulla: in acqua e nuotare, tenendo il gommone con una corda. Neanche a pensarci di lasciare lì gli altri. E con noi si è buttata quella donna. Ma dove aveva imparato? Quando mi hanno intervistato in tv, in vista delle Olimpiadi di Rio, ma questa è un'altra storia, ho detto: «Voglio che nessuno rinunci ai suoi sogni. Voglio che tutti realizzino ciò che sentono di essere, anche se sembra impossibile». L'ho detto in un ottimo inglese. Merito dei miei genitori. Come tutto. Il nuoto, le scuole, l'educazione.

Poi viene la guerra. Ed è come se prima non fosse esistito nulla. In un attimo ti abitui a pensare che, prima di uscire di casa, non devi controllare come sei vestita e se hai preso il borsone per la piscina, ma qual è il percorso migliore per evitare i cecchini, le bombe e per trovare da mangiare. Non che la guerra ti piombi addosso in un giorno.

In Siria almeno non è stato così. Io, poi, di tutto quello che era successo prima, la guerra contro Israele nel 1973, l'intervento in Libano, la strage dei Fratelli Musulmani, nel 1982, a Hama, non ho visto nulla. Quando sono nata, 18 anni fa, il presidente Hafiz al-Asad era già alleato agli occidentali. Quando elessero suo figlio Bashar, anche se lo sapevamo che un presidente non si elegge così, che non è bene che sia il figlio del suo predecessore e vinca con oltre il 97% dei voti, sentivamo che ci eravamo lasciati il peggio alle spalle. Poi l'11 settembre 2001. Siamo tornati a essere uno "Stato canaglia". Quando nel 2011 è scoppiata la guerra civile, ero ormai abbastanza grande per capire che non sarebbe andata bene.

Non è andata bene. Ma ci abbiamo provato. All'inizio. Ci abbiamo provato a fare la vita di sempre. E poi Damasco sembrava al sicuro. E i ribelli erano lontani e il governo era il nostro governo. «Passerà» ci ripetevamo. «E tutto tornerà come prima.» E i vecchi dicevano: «Eh, ne abbiamo visti di momenti brutti, ma sono passati. Le guerre ci sono sempre state. E siamo rimasti. E tutto è tornato come prima». Così ci dicevano i vecchi. Poi qualcuno di loro è partito. Poi abbiamo voluto partire tutti. Comunque non si poteva restare. Non che se ne sia parlato molto. Anche se in famiglia parlavamo di tutto. E poi mica uno può lasciare la scuola così all'improvviso, e per andare dove? E in che lingua? E il nuoto? E tutto? Tutto, tutto. Perché in Turchia mica puoi portarti più di una sacca. E ci passi i giorni a pensare: "Che ci metto in quella sacca?". Ma sembra ancora così lontano. Poi un giorno mamma ti dice: «È il momento». Ed è davvero il momento e tu pensi che fino a un secondo prima avevi tutto e, anche se non ti sembrava, eri felice. L'ultimo istante di inconsapevolezza. Ce l'hanno quelli che vivono in guerra. Stendi i panni e dici: «Chissà se si asciugano». Un attimo dopo bombardano e non ci sono più i panni, né la casa, né tua madre anziana che non è scesa al rifugio. Ma, dopo, ho pensato che anche in Europa avevano quegli ultimi momenti di inconsapevolezza. Un incidente, un attentato, un infarto. Chissà che non sia l'unica cosa che abbiamo davvero. Noi esseri umani, voglio dire: la felicità dell'ultimo istante in cui non sappiamo ancora.

Era l'estate del 2015. Siamo andate a Beirut, in Libano, io e Sarah. Da sole. Di più non si poteva. Con papà e mamma non si poteva. Poi siamo arrivate fino a Istanbul e infine a Smirne. E lì abbiamo deciso di tentare, io e Sarah: l'Europa. Siamo partite e la barca si è rotta. Ma in Grecia ci siamo arrivate. Lesbo. A nuoto. Tirando il gommone. Io, mia sorella Sarah e quella donna. E non è vero che vorrei conoscerla meglio. Che altro avrei dovuto sapere di lei dopo quello che abbiamo fatto insieme?

Ma la Grecia era solo un'altra tappa. Poi la Macedonia, la Serbia, l'Ungheria, l'Austria. Di nuovo la puzza della paura che ti assale. E quando ti guardi intorno, in quel fiume di gente, pensi che non vivrai un minuto di più. Che non vuoi vivere un minuto di più. Perché dopo che hai visto tutto quello, quel fango e quella gente, e quella stanchezza e quei pianti e quella paura non c'è nient'altro che vuoi o puoi vedere. Non vuoi neanche ricordarti di com'era, come fanno tanti. Perché quello, ripensare casa e la tua vita di prima, ti uccide di più.

Ma poi mi hanno detto: «È finita, sei al sicuro». Non ho risposto nulla. L'importante era che ci fosse Sarah. Ci siamo guardate. Anche questa volta non ci siamo dette nulla. La nuova casa si chiamava Berlino.

All'inizio non era nulla. Solo quella frase: «Adesso siamo al sicuro». Sarebbe stato tutto da reinventare. «Sei giovane» ti dicono. Ma dove la trovi la forza? Invece un traduttore, lì tra i rifugiati, ha capito: il nuoto. Ed è stato il secondo miracolo. Perché sono arrivati anche mamma e papà. E io ho ricominciato a nuotare. Ho nuotato per vivere, ancora una volta. Diverso. Ma per vivere. E ho nuotato come quella notte nell'Egeo. Ho nuotato. Erano tutti stupiti. Solo Sarah sapeva. Quattro settimane dopo il mio allenatore mi ha detto: «Ora il nostro obiettivo sono le Olimpiadi di Tokyo 2020». E io ho capito che non era Tokyo: era avere un obiettivo che significava vivere.

Ora gareggio con la Wasserfreunde Spandau 04. Qualche giornalista mi ha chiesto se non ho paura degli integralisti, a girare così in costume, in mezzo ai maschi. Paura? Non sanno di che cosa parlano. La paura è quell'odore lungo la strada per Beirut o in Ungheria. Ma non è perché vesto come loro che sono uguale alle altre nuotatrici della mia squadra. Perché io non sono uguale. E ricordo tutto. E quando mi hanno proposto di far parte della squadra dei rifugiati alle Olimpiadi di Rio ho riflettuto. Perché non si dice subito sì in queste cose. Neanche se sono le Olimpiadi. Neanche se puoi nuotare. Neanche se sei davvero una rifugiata. Poi ho detto sì: siamo andati in 43, non ci aspettavamo niente. Era già troppo. Ho vinto la mia batteria. Farfalla. Che altro? Ma non era come volare. Perché è faticoso nuotare. E girava, aveva preso a girare il mondo. Era tutto nuovo. Ed era di nuovo tutto da inventare.

Adesso sono "ambasciatrice" di pace e ho anche una mia fanpage ufficiale su Facebook: oltre 100.000 like. «Come una modella» mi hanno detto. Di che cosa? Tutti hanno saputo che facevo parte della squadra dei rifugiati alle Olimpiadi di Rio de Janeiro. Un mucchio di ragazzi con la paura nelle gambe, ancora incollata lì. Con la bandiera dei Giochi. Hanno scritto articoli su di me in tutto il mondo. «Sei una diva» mi dice Sarah. «Adesso anche il film» dicono. A volte ci rido. Non solo del film. Una squadra di rifugiati. Non sembrava una cosa seria. Invece alla fine ho capito che lo era. Che era vero. Ero alle Olimpiadi e stavo vincendo la mia batteria. Farfalla. Ma devo ripetermelo. Perché ti abitui a essere chiamata "rifugiata". Ma poi non lo sei più. E non lo eri prima. Così mi chiedo: nel film lo spiegheranno? Spiegheranno che siamo stati una squadra, a Rio, perché siamo atleti, non rifugiati. Ogni tanto ce lo chiedevamo: che razza di tifosi avremo? E per chi corriamo? Per chi vinciamo?

Una cosa la so. Io tornerò a casa. Io ci tornerò. Anche se finora è andato tutto sempre peggio. E la guerra è diventata un massacro, di tutti, anche da parte di chi voleva salvarci. «Perché non hanno nuotato con noi» dice Sarah. Ma un giorno finirà. E io tornerò. E insegnerò quello che ho imparato. La prima cosa è tenere il ritmo, anche quando tutto si fa buio e fa freddo, e le gambe si fanno di pietra e vorresti mollare. La seconda è che bisogna tornare. Perché in fondo è per questo che si va via: per salvarsi e tornare. E raccontarla. E farlo sapere. Voglio tornare a casa. Anche se sembra impossibile, ora. Sarà questo il mio vero miracolo.

Bianca Pitzorno

La storia del mio nome

Matilde non era, specie in quei primi anni del Novecento, un nome molto originale. E neppure il cognome Peretti. Ma nella piccola città di provincia dove era nata e viveva mia nonna Matilde, di altri Peretti non ce n'erano; lei quindi era l'unica a chiamarsi così. E di questa unicità era orgogliosissima, sebbene nessuno ne avesse capito il motivo. Anche sua sorella Speranza avrebbe potuto rivendicare la stessa caratteristica, ma a lei che ci fossero o no in giro per il mondo altre donne sue omonime non importava affatto.

Per il resto Matilde Peretti non era una ragazza stravagante né originale, né si distingueva per qualità fuori della norma. Graziosa ma non bellissima, cortese senza smancerie, rispettosa dei genitori e delle persone più anziane, cordiale con le coetanee a cui non dava però troppa confidenza, riservata con i giovanotti. Educate in casa come le altre figlie dei borghesi cittadini, Matilde e Speranza sapevano suonare passabilmente il pianoforte e cantare le ultime romanze di moda senza ferire le orecchie di chi ascoltava. Sapevano rammendare e ricamare, cucinare i piatti preferiti dal padre, sorvegliare e dirigere le domestiche in modo che l'appartamento dove vivevano i Peretti fosse sempre pulito e ordinato. Insomma, due ragazze da marito del ceto medio come tante altre.

La famiglia non poteva dirsi ricchissima, ma era piuttosto benestante. Il padre possedeva una azienda ben avviata che produceva e commerciava olio. Suoi erano i molti ettari di terra a oliveto, i frantoi per la macina, i magazzini per lo stoccaggio, gli uffici per la vendita e le spedizioni. Appena Matilde e Speranza si avvicinarono ai diciott'anni il cavalier Peretti loro padre (e mio bisnonno) ricevette diverse richieste di matrimonio per le figlie. Cinque per Speranza e quattro per Matilde. Poiché era un uomo di idee moderne, non si impegnò con nessuno dei pretendenti ma, dopo una prima scrematura fatta consultandosi con la moglie, riferì delle proposte alle due ragazze e le lasciò libere di scegliere. Matilde e Speranza conoscevano sia pur superficialmente i giovanotti che aspiravano alla loro mano. Li avevano incontrati ai balli mascherati del carnevale, ai concerti che d'estate radunavano il bel mondo cittadino attorno alla rotonda dei giardini pubblici, a qualche festicciola familiare per compleanni o battesimi... Li avevano visti passeggiare lungo il corso, loro due affacciate al balcone a prendere il fresco della sera sorvegliate dalla madre e i giovani scapoli della buona borghesia a fare su e giù sfoggiando abiti, cappelli e bastoncini all'ultima moda sapendosi guardati ma senza mai alzare lo sguardo verso l'alto. Le due sorelle erano informate, dalle chiacchiere delle amiche, di quale fosse il carattere di questo e di quello, quale il suo "passato" di libertino e giocatore d'azzardo o di figlio devoto e integerrimo. Sui relativi patrimoni e sulle parentele le aveva informate il padre. Adesso la scelta toccava a loro. Che provassero per l'uno o per l'altro qualche "inclinazione", come si diceva a quei tempi, non era previsto.

Speranza però una inclinazione l'aveva. Durante una scampagnata in occasione del compleanno di una zia che villeggiava fuori città aveva scambiato poche parole e molti sguardi con un giovane ingegnere dell'acquedotto che era arrivato guidando personalmente il suo calessino all'inglese e che sfoggiava un bel paio di baffi folti e ben incerati. L'aveva poi rivisto al concerto in piazza offerto dalla banda cittadina per l'inaugurazione del monumento di Garibaldi, e in quella occasione l'ingegnere le aveva raccolto e restituito il fazzoletto che lei aveva lasciato cadere, non prima di esserselo portato alle labbra e averne aspirato il profumo. Qualche sera più tardi durante il passeggio Speranza aveva staccato una rosa dal rampicante che decorava il balcone e senza farsi accorgere dalla madre l'aveva gettata nella strada giusto al passaggio del giovanotto. Il quale l'aveva prontamente raccolta e infilata con gesto allusivo nell'occhiello della giacca.

Quando dunque il padre elencando i pretendenti fece il nome del giovane ingegnere, Speranza non ebbe dubbi. Per quanto dipendeva da lei, quello era il prescelto. «Ma ti rendi conto?» le chiese Matilde incredula. «Di cognome fa Leonardi. E in città ci sono già ben tre Speranze Leonardi. Tu saresti la quarta.»

«E allora?» rispose noncurante la sorella. «Fossi anche la decima, è lui quello che amo.»

«Io non potrei mai accettare una cosa simile» disse Matilde. «Io morirei piuttosto.»

«Non dire stupidaggini» fecero a una voce la madre e la sorella. «Pensa alle qualità della persona, piuttosto.»

Matilde però era una ragazza testarda. Il fatto di aver pronunciato la frase «io morirei» si radicò immediatamente nella sua testa non come un modo di dire, ma come una realtà, un destino, una profezia, una condanna. Fino a quel momento non era stata particolarmente superstiziosa. Da allora in poi lo divenne in modo irragionevole, almeno per quanto riguardava quell'argomento.

Sistemata Speranza con reciproca soddisfazione il padre passò all'elenco di coloro che avevano chiesto la mano di Matilde. Ma, orrore, tutti e quattro avevano cognomi molto diffusi in città e fra le loro parenti più o meno strette c'erano diverse Matilde. E altre potevano aggiungersi per nascita o per matrimonio.

«Piuttosto rimango zitella» dichiarò Matilde Peretti.

«Non dire stupidaggini» ripeterono i genitori, la sorella e una zia che in qualità di sua madrina era stata consultata in merito.

Matilde però si era convinta che, quando in città o nei dintorni ci fosse stata un'altra donna col suo nome e cognome, lei entro brevissimo tempo sarebbe morta. Rifiutò quindi i quattro pretendenti senza neppure considerare tutte le altre loro caratteristiche e come previsto rimase zitella. Ma non per molti anni. Ne aveva venticinque quando comparve in città uno scapolo forestiero, un Intendente di finanza arrivato dalla capitale del regno, che oltre a essere giovane, di bell'aspetto, istruito ed elegante, aveva un cognome di origine francese, Dexart. Sul fatto che cercasse moglie si fecero tante chiacchiere. Mia nonna aspettava zitta e ferma come un ragno nella sua tela. Le altre giovani donne da marito della città sfoderarono tutte le loro arti. Camillo Dexart venne invitato a pranzo e alle feste delle migliori famiglie. Nel ridotto del teatro era circondato da padri inguainati nella marsina che spingevano avanti figlie adolescenti o mature inguainate a loro volta in abiti da sera scollatissimi. Ai veglioni di carnevale flessuose figure femminili nascoste dal domino nero lo circondavano e provocavano con i loro scherzi. Il prefetto lo convocò per parlargli molto seriamente della figlia ventenne di un suo amico che portava in dote un grande patrimonio, inusuale per quella regione d'Italia. Ma il giovane Dexart si sottraeva a tutte queste proposte; senza dirlo apertamente faceva capire che era sua intenzione rimanere scapolo.

Matilde Peretti intanto aveva organizzato una rete di spie che dovevano verificare l'assenza, nella famiglia di Camillo e in tutta Torino, di donne – vecchie, mature, giovani o bambine – chiamate Matilde. Non ce n'erano. Il nome femminile più diffuso nella famiglia Dexart era Clarice. Così si chiamavano zie e cugine. Così si chiamava l'unica sorella di Camillo, appena adolescente, orfana come lui di entrambi i genitori, che per questo motivo il fratello aveva sistemato a proprie spese in un pensionato di damigelle aristocratiche a Vercelli. Non che una Matilde Dexart a Torino, Biella o Vercelli costituisse per mia nonna un vero problema, ma Camillo avrebbe potuto considerarlo un nome di famiglia e volerlo dare a una figlia anche altrove, anche nella nostra città.

Matilde Peretti non fece niente per attirare a sé Camillo Dexart. Era sicura che il destino le avrebbe portato il giovane intendente su un piatto d'argento. Ne informò la sorella che nel frattempo aveva già messo al mondo tre bambini.

«Non dire stupidaggini» commentò divertita Speranza.

Eppure circa due mesi dopo il suo arrivo in città il giovane intendente domandò di essere ricevuto dal cavalier Peretti e gli chiese la mano di Matilde. L'aveva vista da lontano a un concerto sotto i tigli dei giardini pubblici e n'era rimasto straordinariamente colpito. Aveva chiesto chi fosse e gli avevano detto che era uno dei migliori partiti della città ancora disponibili. Si era informato sulla posizione, a teatro, del palco dei Peretti e aveva cercato un posto in platea da cui poterlo vedere bene col binocolo. Si era procurato un invito da parte della famiglia che abitava al corso proprio dirimpetto alla casa di Matilde e dopo aver preso il tè aveva addotto la scusa del caldo per uscire sul balcone. Mia nonna come al solito era affacciata a guardare il passeggio, con le belle braccia nude appoggiate a un cuscino di velluto sistemato sulla ringhiera. Camillo aspettò di incrociare il suo sguardo e quando ciò avvenne si portò una mano sul cuore, lei nascose la parte inferiore del viso dietro al ventaglio, ma lasciò che gli occhi rispondessero in modo incoraggiante.

Poi ci fu un incontro, alla festa che il sindaco dava ogni anno in occasione del compleanno della regina per i notabili della città e le loro famiglie. A Matilde fu chiesto di suonare e cantare al pianoforte una romanza augurale composta dal maestro Delrio. Camillo si offrì di accompagnarla col suo violino e unì a quella della ragazza la sua bella voce da tenore. Poi, gustando il gelato, i due giovani si scambiarono qualche frase di circostanza. Mia nonna fu molto colpita dal forte accento piemontese del giovanotto. Non le piaceva, lo trovava ridicolo, le faceva temere che Camillo intendesse fermarsi in città solo per qualche anno per poi tornare a Torino. Perciò quando il mese successivo suo padre le riferì della inaspettata proposta di matrimonio da parte del giovane intendente, Matilde disse: «Riferiscigli che accolgo la sua richiesta solo a patto che lasci il suo impiego e venga a lavorare con te all'oleificio».

«Ma figurati se quello accetta! Un funzionario del regno che sta facendo carriera...» osservò Speranza che era presente al colloquio.

E invece, con grande stupore dell'intera città, Camillo Dexart accettò. Diede le dimissioni, aspettò l'arrivo del nuovo intendente che doveva sostituirlo, e andò a lavorare negli uffici del mio bisnonno dove rimase per tutta la vita, senza mai tornare in Piemonte, se non un'unica volta per il matrimonio della sorella.

Quello tra Matilde e Camillo fu un matrimonio felice. Se nasceva qualche contrasto, erano entrambi troppo educati per litigare. Mia nonna era orgogliosa del suo nuovo nome, sicura che non ci fosse in giro per la regione nessun'altra Matilde Dexart. Si augurava di mettere al mondo soltanto figlie femmine, che sposandosi avrebbero assunto il cognome del marito, in modo che, se fosse saltato loro in testa di chiamare una figlia Matilde come lei, la nipote non sarebbe stata una Dexart.

Il desiderio di una figlia femmina diventò un'idea fissa, uguale alla superstizione sul nome. Prima ancora di restare incinta preparò un corredino tutto pizzi e nastri, facendo arrivare i capi più eleganti addirittura dai Magazzini Printemps di Parigi. Però quando, a meno di un anno dalle nozze, nacque il suo primogenito, si trattava di un maschio che il padre volle chiamare Carlo Alberto. Una femmina l'avrebbe chiamata Clarice, ma di femmine non ne volevano nascere. Inseguendo il sogno di una bambina i due sposi, nei successivi quindici anni, misero al mondo altri nove figli, tutti maschi, i miei amatissimi zii Emanuele, Ferdinando, Aimone, Umberto, Amedeo, Vittorio Felice, Filiberto Ugo, Edoardo. Il secondogenito, mio padre, era stato chiamato Sigismondo come il nonno Peretti. A ogni nascita la scoperta che neppure questa volta si trattava di una bambina gettava Matilde nella più nera disperazione. Tanto più che Speranza non le nascondeva di andare orgogliosa delle sue due coppiette, due maschi e due bambine, che venivano tutti i pomeriggi a giocare con i cuginetti.

Diciott'anni dopo le nozze Camillo Dexart morì. Di un colpo, come si diceva allora; se al cuore o al cervello, se infarto o sincope, non si possedevano strumenti per diagnosticarlo. Matilde lo pianse a lungo, soprattutto perché con quella morte finiva la speranza di mettere finalmente al mondo una femminuccia, una piccola Clarice.

A parte il fatto di vestire ogni volta i due più piccoli, fino ai quattro anni, con sottanelle ricamate – usanza d'altronde piuttosto diffusa in città, lo aveva fatto anche Speranza con i suoi due maschi – mia nonna fu per i figli un'ottima madre, indulgente, generosa e affettuosa. I ragazzi l'adoravano. Crebbero senza troppi sacrifici. Il patrimonio del nonno Peretti soddisfaceva ogni loro esigenza e anche qualche piccolo lusso. Studiarono tutti con successo. I tre maggiori andarono a lavorare nell'industria del nonno, apportandovi vantaggiose innovazioni. Gli altri trovarono ciascuno un impiego che soddisfaceva le loro inclinazioni e i loro desideri. Erano tutti alti e belli, una squadra di granatieri degni di far parte della guardia del re. Però in Piemonte non vollero mai andarci. Piacevano alle ragazze da marito, e a loro piacevano le ragazze. Uno dopo l'altro, appena sistemati col lavoro, cercarono e trovarono una fidanzata.

Il primo a sposarsi fu mio zio Ferdinando. Sposò un'ereditiera ventenne, mia zia Ottavia, che aggiunse a quelli di famiglia ettari ed ettari di oliveti e frutteti. Un paio di mesi dopo le nozze, la giovane coppia andò a trovare mia nonna per darle la bella notizia che c'era il primo nipotino in arrivo. «Se è un maschio si chiamerà Camillo» disse Ferdinando. «E se è una bambina la chiameremo Matilde» disse zia Ottavia abbracciando con affetto la suocera. Non l'avevano avvertita dell'idiosincrasia di mia nonna, la quale ebbe un mancamento e dovette essere soccorsa con i sali. Quando si fu ripresa convocò tutti i figli e ripeté loro solennemente la profezia che pure conoscevano da sempre: «Se volete vedermi morta all'istante, dovete mettere al mondo una seconda Matilde Dexart».

Zia Ottavia non riusciva a capire. Era tradizione in tutta Italia che la prima nipote ricevesse il nome della nonna paterna. Cos'era questa stravaganza? Il marito e i cognati però, anche se non credevano alla profezia, non avevano intenzione di dare un dispiacere alla madre solo per rispettare la tradizione. Perciò quando sei mesi dopo nacque la figlia di Ferdinando e di Ottavia, la prima delle mie cugine, venne chiamata Isabella come la nonna materna. Matilde adorava questa bambina. Rinfrescò per lei il corredino di Parigi che aveva aspettato tutti quegli anni conservato con cura nel canterano tra spighe sempre rinnovate di lavanda. Rinfrescò anche il *porte-enfant* di pizzo sul quale tutti i suoi figli erano stati presentati al fonte battesimale. Naturalmente cambiò i nastri azzurri, sostituendoli con nastri rosa. Volle essere madrina di battesimo della neonata. Sembrava ringiovanita di vent'anni. Quando sedici mesi dopo Isabella ebbe un fratello, mio cugino Camillo, la nonna non lo accolse con lo stesso entusiasmo. Era contenta, sì, ma come per un evento normale. Cambiò ancora una volta i nastri del *porte-enfant* rimettendoci con un sospiro quegli azzurri.

Negli anni successivi si sposarono i miei zii Aimone, Emanuele, Amedeo e Carlo Felice. E misero al mondo diversi bambini. Otto per la precisione, *otto maschi*. I quattro primogeniti vennero chiamati tutti Camillo, producendo una grande confusione in chi doveva distinguerli. Isabella continuava a restare l'unica, la preferita, la principessina amatissima. Inevitabilmente faceva giochi da maschio con dispiacere della nonna (che per sua fortuna non verrà mai a sapere del *coming out* della principessina che a diciott'anni informò genitori e parenti tutti di essere felicemente lesbica, ma ebbe l'accortezza di risparmiare la nonna).

Poi, nel 1940, la moglie di Filiberto Ugo mise al mondo una seconda bambina, mia cugina... No, non posso ancora dirvi come si chiama la mia undicesima cugina in ordine di nascita.

Rispettando la volontà della madre, Filiberto Ugo aveva deciso con poca fantasia di chiamarla Camilla. Nonna Matilde felicissima richiese indietro a Ottavia il corredino di Parigi che ormai a Isabella non serviva più e lo mandò a rinfrescare. I nastri rosa del *porte-enfant* erano andati smarriti, così Matilde uscì per andare a comprarne personalmente degli altri dalla merciaia. Tornò a casa, dispose sul tavolo il *porte-enfant* che nel frattempo la domestica aveva lavato e stirato, e cominciò a sfilare dall'*entredeux* i nastri celesti. Sentì una grande, felice stanchezza, poggiò la testa sulle braccia incrociate sul tavolo e svenne. Né sali né compresse fredde riuscirono a farla riprendere. Il battito del cuore era sempre più debole. I figli che ancora vivevano con lei spaventatissimi chiamarono l'ambulanza e l'accompagnarono all'ospedale. I medici diagnosticarono un infarto e si dichiararono subito pessimisti. «Probabilmente non arriva a domattina» pronosticarono. «Avvertite gli altri fratelli.»

Si radunarono tutti e dieci, gli sposati con le mogli, attorno al letto della moribonda. La moglie di Filiberto Ugo, zia Grazia, naturalmente era rimasta a casa, nel letto del parto insieme alla levatrice e alla neonata, che il padre nella confusione non era andato ancora a denunciare all'anagrafe.

Verso l'alba nonna Matilde riprese coscienza per un attimo. Girò attorno lo sguardo cercando Filiberto Ugo e gli chiese con voce debolissima: «Non mi avrai ingannata? Non l'avrai chiamata...?» ma non poté dire il proprio nome, perché subito perse di nuovo i sensi.

Non morì prima dell'indomani come previsto, ma neppure migliorò. I medici avvertirono i figli che non si allontanassero troppo, perché qualsiasi momento poteva essere quello fatale. Passarono i giorni. Venne il parroco a dare all'ammalata l'estrema unzione. Ci fu un lievissimo miglioramento seguito da una ricaduta. I figli erano disperati. Qualcuno riusciva a controllarsi ed era tornato al lavoro sia pure col cuore in gola a ogni squillo del telefono, altri avevano completamente perso la testa, non si allontanavano dall'ospedale e facevano i turni per vegliarla. Tra questi Filiberto Ugo, che per stare accanto alla madre trascurava la moglie e la neonata ancora senza nome. Zia Grazia all'inizio si era sforzata di capirlo, ma poi si era risentita. Per fortuna la bambina era sana e vitale, ma grazie a questo disinteresse del padre non avevano potuto nemmeno fissare il giorno del battesimo. In quei tempi le puerpere non potevano lasciare il letto per i nove giorni successivi al parto, altrimenti Grazia avrebbe raggiunto il marito e gli avrebbe fatto una bella scenata.

Poi, una notte, poco prima dell'alba, nonna Matilde smise di respirare. Zio Aimone che le stava seduto accanto vide che il petto non le si sollevava più e corse a chiamare zio Filiberto Ugo che aspettava in corridoio parlando sottovoce con l'infermiera. Questa lo seguì nella stanza, mise uno specchio davanti alla bocca della nonna e disse: «È andata.» I due figli scoppiarono in lacrime. «Avvertite i vostri fratelli» disse l'infermiera che in quei giorni aveva conosciuto tutta la famiglia.

«Vai tu?»

«Vado io» si offrì Filiberto Ugo che non sopportava di vedere il corpo della madre immobile, il viso più bianco delle lenzuola.

Il telefono era da basso, nell'atrio dell'ospedale. Mio zio scese, chiamò il maggiore dei fratelli, Carlo Felice, e con la voce rotta dai singhiozzi lo pregò di informare gli altri. «Io non ce la faccio.»

«A tua moglie però devi dirlo tu.»

Rassegnato Filiberto Ugo chiamò casa. Gli rispose la levatrice. «Non glielo dico… È fuori di sé perché la bambina ha le convulsioni, vomita. E non è neppure battezzata. Lo farei io; in caso di pericolo grave si può fare. Ma che nome le metto, Camilla?»

Filiberto Ugo pensò al viso marmoreo della madre, a quegli occhi chiusi per sempre, respirò profondamente. Matilde Dexart non c'era più. Nessuna Matilde Dexart né Peretti in tutta la regione.

«No. Chiamatela Matilde» sospirò. «Fra poco arrivo.»

E provò un amaro senso di colpa per quella figliolina rimasta tanto tempo senza un nome che rischiava per la sua storditezza di andarsene nel limbo invece che in paradiso. Aveva bisogno di respirare un po' d'aria fresca. Uscì dall'ospedale. La piazza era deserta. Stavano arrivando i primi vetturini con le carrozze intabarrati nei cappotti. Qualche bar alzava la saracinesca. "Vado a prendere un caffè" pensò mio zio, sperando di schiarirsi le idee. Attraversò la strada e gli venne in mente che gli uffici dell'Anagrafe distavano solo un isolato. Spinto dal rimorso si precipitò in quella direzione. Anche lì stavano aprendo. Mio zio acchiappò due facchini che rientravano a casa barcollando dopo una notte di bisboccia. «Se mi fate da testimoni vi do trenta lire a testa» propose.

Di regola i bambini andavano denunciati all'anagrafe entro tre giorni dalla nascita. Ma gli impiegati non erano fiscali, specie in quegli anni di guerra. Così mia cugina, che di giorni ne aveva nove, venne iscritta nei registri col nome di Matilde Dexart. Matilde Grande, l'abbiamo sempre chiamata. L'impiegato segnò con diligenza non solo la data, ma anche l'ora in cui il padre aveva fatto la sua dichiarazione. Ore 8.20 del mattino.

Mentre gli altri fratelli accorrevano in ospedale, Filiberto Ugo tornò a casa col cuore in gola. Sulla porta lo accolse la levatrice con un gran sorriso. «Matildina si è ripresa. Il battesimo le ha fatto bene. Ha mangiato. È di là con la signora. Vada a vederle.»

Anche Grazia sorrideva, cullando piano la bambina che girava attorno tranquilla gli occhietti scuri. «Mi dispiace tanto per tua madre» disse impietosita davanti agli occhi gonfi di pianto del marito. «Ma la nostra bambina è guarita. È stato un miracolo.»

La levatrice aveva segnato su un foglio l'ora in cui aveva versato l'acqua sul capo della neonata per informarne il parroco. Ore 8.20 del mattino.

Mio zio Filiberto Ugo andò a lavarsi, si fece la barba, si cambiò, mise una cravatta nera e tornò all'ospedale. Nell'atrio trovò Carlo Felice e Sigismondo, mio padre, che ridevano. «Ma vi si era fuso il cervello stamattina, tu Aimone e quella stordita dell'infermiera!? Ci avete fatto prendere uno spavento...»

Filiberto Ugo li guardò stordito, non capiva. Fece di corsa le scale. Nel corridoio alcuni dei suoi fratelli chiacchieravano tranquilli. Edoardo, Fernando e Aimone erano nella camera della madre. La quale, seduta sul letto, mangiava da un vassoio poggiato sulle ginocchia dei maccheroni freddi avanzati dalla cena della sera prima che le avevano portato dalla cucina.

C'era anche il medico. Davanti al viso stravolto del nuovo arrivato gli sorrise rassicurante. «Tra qualche giorno ve la potrete riportare a casa. È fuori pericolo.»

«Ma... ma... era... l'abbiamo vista con i nostri occhi, vero Aimone?»

«Il dottore ha detto che era un caso di apnea» spiegò il fratello.

«Che apnea e apnea. Una apnea non dura così a lungo.» borbottò scontrosa l'infermiera che si era ritirata in un angolo. «Io c'ero e l'ho vista. Ho preso il tempo. Quando la signora ha riaperto gli occhi e ha parlato era passato più di un quarto d'ora. Il dottore non lo ammetterà mai, ma è stato un miracolo.»

Una resurrezione. Da non credersi! «A che ora ha riaperto gli occhi mia madre?» chiese Filiberto Ugo.

«Alle 8.20 precise» rispose l'infermiera.

Nonna Matilde si pulì col tovagliolo la bocca sporca di sugo e disse al figlio: «Perché hai quella faccia? Non hai dormito stanotte? Camillina ha fatto i capricci? Come sta la mia nipotina?».

Quando le dissero che la nuova nipotina si chiamava invece Matilde a mia nonna quasi venne un altro colpo. «E io non sono morta! Non è possibile» protestava. Poi ci rifletté su e arrivò a questa conclusione: «In realtà ero morta perché l'avevate chiamata Camilla. Poi le avete dato il mio nome e sono resuscitata».

Forse vi sembrerà strano, ma da quel momento in casa Dexart non nacque più un maschio; in compenso arrivarono altre sette bambine e tutte, me compresa, vennero chiamate Matilde. Per distinguerci l'una dall'altra fu necessario darci dei soprannomi. Io sono sempre stata Matilde di Sigismondo. Solo a Isabella era stato risparmiato di chiamarsi Matilde. Il *porte-enfant* conservò i suoi nastri rosa e non fu mai più necessario sostituirli con dei celesti. Il corredino di Parigi passò da una famiglia all'altra, finché i singoli abitini si consumarono e caddero in pezzi. Le Matilde più piccole non ebbero l'onore di indossarne neppure una camicina.

Nonna Matilde visse abbastanza da vedermi laureare. Quasi trent'anni dopo la resurrezione. La sua principessina adorata era sempre Isabella. Anche a me piacerebbe chiamarmi Isabella. Matilde lo trovo un nome proprio stupido, scipito, antiquato, e mi chiedo se c'era bisogno di costruirgli attorno tante storie. Invece, secondo Matilde Grande, anche lei miracolata, è il nome più bello del mondo.

Lidia Ravera
Il bambino

L'aereo era in ritardo, la sala vip della Air France era rumorosa, senza bagni privati per un misterioso problema di miglioramenti da apportare ai servizi. C'era una donna che rideva forte facendo tintinnare cubetti di ghiaccio nel whisky, benché fosse, secondo il meridiano di Parigi, l'ora del caffè del mattino. C'erano due donne velate che giocavano muovendo pedine minuscole su una scacchiera magnetica e perfino un bambino coreano che correva dal banco del bar al divano dove era seduto lui agitando uno spadino di plastica e urlando qualcosa nella sua lingua. La coppia coreana, che l'aveva presumibilmente prodotto, non pareva nemmeno rendersi conto del possibile disagio provocato agli altri viaggiatori.

Pensò: "Tanto vale viaggiare in turistica".

Pensò: "Possibile che non siano in grado di garantire un volo diretto da Houston a Roma. Si tratta della quarta città degli Stati Uniti, si tratta della capitale dell'Italia. Roma, cazzo!".

Guardò con repulsione il bambino coreano.

I bambini lo irritavano. Lo irritava l'automatismo sentimentale con cui venivano protetti, consolati, lodati.

Bastava che non ti incendiassero casa ed erano subito dei tesorini d'oro.

Guardò con intenzione il bambino coreano, aggrottando le sopracciglia in una maschera di severità. Sentì male alla pelle della fronte.

Si tastò, improvvisamente preoccupato, il bozzetto, grande quanto una nocciola, che si era formato già da quarantotto ore, poco sotto l'attaccatura dei capelli.

Quarantotto ore. Due giorni.

Forse era presto per preoccuparsi davvero.

Si sentiva carico di un nervosismo senza sbocco, una voglia fiacca di attaccare briga col mondo.

Si avvicinò al banco dell'accoglienza, dove una hostess con una macchia marrone su una guancia fissava lo schermo del computer senza esprimere altro che una noia imperturbabile.

Pensò di accusarla di qualcosa.

Il ritardo nella coincidenza fra il volo Houston-Parigi e il volo Parigi-Roma.

La presenza di una viaggiatrice alcolizzata e di un bambino maleducato, in quella che doveva essere una sala di ricovero a disposizione di chi pagava un biglietto aereo 4.000 dollari invece che 800.

Pensò che le hostess erano diventate bruttine, non le sceglievano più valutandone l'avvenenza.

Oppure le lasciavano invecchiare, lì, nei posti di rappresentanza, invece di spostarle negli uffici appena oltrepassavano i quaranta.

Pensò che avrebbe potuto chiederle quanti anni aveva, «*Excusez-moi, mademoiselle, quel âge avez-vous?*»

La hostess spostò lentamente lo sguardo dal computer a quell'uomo dai riccioli grigi, con il viso annerito per la mancata rasatura e un bozzetto sulla fronte, grande quanto una nocciola.

Non sorrise, lo fissò con una sorta di tranquilla ripugnanza.

«*E vous, monsieur?*» chiese, mentre gli zigomi si animavano di una imprevista sfumatura di porpora.

L'uomo rise.

«Cinquanta sei» disse, in italiano.

Si sentiva già meglio.

Aggiunse: «Mi chiamo Mike».

Poi uscì dalla saletta riservata, verso le toelette al servizio di tutti i viaggiatori.

Davanti allo specchio, mentre uomini frettolosi in pantaloni al ginocchio entravano e uscivano dai bagni lasciando aperte le porte, si guardò per un tempo che gli parve eccessivo, ma non patologico.

Il bozzetto, a fissarlo con equanimità, poteva essere giudicato stazionario.

Non cresceva e non diminuiva.

Nel corrugare la fronte, sentì un leggero dolore – nemmeno un dolore, un fastidio – mentre la pelle increspata ad arte spingeva contro i confini dell'escrescenza.

"Se è un tumore," pensò "ho fatto bene a tornare in Italia."

Accomiatarsi dal natio borgo selvaggio finchè hai la forza di farlo.

"Se è un ricciolino di grasso, come sostiene Annie, avrei fatto bene a restare a Houston e andare a farmelo incidere."

L'altoparlante annunciò l'imbarco del volo per Roma.

Fece appena in tempo a tornare nella saletta e recuperare il trolley.

La hostess gli sorrise.

La trovò graziosa, pensò che era stato troppo severo con lei, anche la voglia color ruggine poteva essere un difetto di nascita, non necessariamente un segnale di quella resa della melatonina che macchiava la pelle delle donne mature quando stavano al sole.

«*Trente-neuf. J'ai trente-neuf ans*» disse una voce squillante, alle sue spalle.

Mike tornò indietro e le porse il suo biglietto da visita. «*Voila ma card.*»

Non restò ad aspettare un segnale di riconoscimento.

Non aveva tempo, e forse nemmeno voglia, per quanto gli piacesse molto valutare, nei casuali rapporti quotidiani, quanto il suo nome fosse noto.

Mike Benedetti.

Al secolo Michele.

Scrittore.

Sul volo da Parigi gradì le uova strapazzate, il budino, la spremuta.

Durante l'unica turbolenza durevole chiuse gli occhi e provò a pensare intensamente alla sua morte. Lo faceva per dieci minuti ogni giorno, sia che ne prendesse occasione da qualche evento esterno (volando sopra le Alpi i pretesti non mancavano) sia che si trovasse nel bel mezzo della sua solida vita quotidiana.

Al ranch. A scrivere di fronte al lago, guardando la vetrata che ne catturava la luce. Oppure a letto, mentre Annie si affannava attorno al suo corpo, procurandogli un piacere così puntuale da sfidare le leggi del desiderio.

Pensava alla sua morte come antidoto a una sorta di ipocondria ricorrente, non grave, ma ostinata, raffiche di paura che lo colpivano a tradimento, e che cercava di prevenire, immaginando in ogni dettaglio la fine della sua esperienza su questa terra. Fra i vivi.

Questa volta si vide disteso sul letto di un resort dove era stato con Alexandra (o era Penelope?) in Giamaica, un bungalow di legno dall'apparenza essenziale, con tende di lino a schermare la violenza del sole. Si dipinse molto pallido ma dignitoso, le labbra secche, le ossa che tendevano, drammatiche, la pelle del viso, gli occhi stinti, come se il colore si stesse ritirando dall'iride.

Sarebbe stato solo, con un badante mascolino al seguito. No, senza badante. Si sarebbe imbarcato per la Giamaica con le sue ultime forze.

Si sarebbe spento sotto lo sguardo curioso di una cameriera, la direzione del trapasso l'avrebbe assunta il medico dell'albergo o del paese più vicino.

E magari sarebbe stata una donna, grassa e nera, con un seno prorompente e cento treccine attorcigliate attorno al cranio.

Immaginare un dottore donna lo risospinse, immediatamente, nel suo immaginario standard, quello che regolava la sua esistenza di dongiovanni compulsivo.

Scansò l'immagine con un sorriso, prima di imporre, al cadavere che sarebbe diventato, l'ineleganza di un'erezione.

Quando riaprì gli occhi si sentiva più forte e conciliato con se stesso.

Aveva fatto bene ad accettare l'invito. Aveva fatto bene a occuparsi della traduzione, personalmente («È pur sempre la mia madrelingua, l'italiano» aveva detto all'editor), benché gli fosse costato, revisionarla, un dolore intermittente, alla coscia sinistra, come una frustata di fuoco.

E aveva fatto bene a partire da solo, con quella studiata leggerezza.

Annie gli aveva tenuto il muso.

«Hai sempre detto che detesti Roma, che non hai radici, che i primi vent'anni della tua vita sono stati l'inferno.»

In realtà, come sapevano benissimo tutti e due, voleva soltanto essere invitata ad andare con lui.

Erano stati insieme altre volte, per l'uscita europea dei suoi romanzi, a Parigi, a Francoforte, a Madrid. Ed era stato bello.

O almeno, Annie credeva che fosse stato bello e Mike non l'aveva disillusa.

Ma quanto a riportarsela dietro, questo proprio no.

Tornare a Roma da celebrità, essendone partito a vent'anni, da sconosciuto, in fuga da una storia finita male, gli avrebbe aperto la possibilità di incontrare giovani donne, di sedurle, di giocare con loro.

Avrebbe incontrato anche Antonia, Roberto, Piero. Era passato tanto tempo.

Avrebbero potuto parlare del passato con la leggerezza degli adulti quando mettono in scena quegli eroi dismessi che sono gli ego delle loro giovinezze.

Lui non soffriva certo di nostalgia, si sarebbe goduto l'invidia di chi era rimasto lì, a Roma, a intraprendere carriere banali.

Si sarebbe lasciato credere felice. Anche se non lo era. Non lo era mai stato.

Il tempo si depositava su ogni cosa. Rovinava ogni cosa.

E non c'era successo, premio, gratificazione che potesse sconfiggere quel senso di pena che gli provocava la consapevolezza del limite.

Era lui, era Mike Benedetti, era unico, eppure sarebbe invecchiato e poi invecchiato ancora e poi morto come tutti.

Si toccò la fronte, gli parve che il bozzetto fosse aumentato di dimensione e fosse, a palparlo, un po' più duro. Quanto gli restava ancora da vivere?

Nella migliore dell'ipotesi quarant'anni, nella peggiore pochi mesi.

Poteva stare un quarto d'ora in fila per prendere un taxi?

Assolutamente no.

Schiumando una fretta rabbiosa si avvicinò a una macchina a noleggio con conducente.

Aprì la portiera con troppa energia e, dimenticando di parlare italiano, annunciò all'autista che lui aveva un appuntamento di fondamentale importanza e doveva essere all'hotel de Russie entro massimo venti minuti: de Russie, Grand Hotel, via del Babuino, a uno sputo da piazza del Popolo.

Quando si accorse di aver parlato in inglese si scusò e stava per ripetere tutta la sua elaborata bugia (non aveva nessun appuntamento fino alle sette di sera) quando una vocina infantile, dal sedile accanto al guidatore, gli rispose: «È andato a fare la pipì».

Mike si sporse dal sedile posteriore e vide un bambino magro, con i capelli biondi bruciati dal sole e i calzoncini corti. La sua gracilità faceva risaltare l'ampiezza del sedile.

Effettivamente, il posto del guidatore era vacante.

«È il tuo papà, l'autista?» chiese Mike, pensando che avrebbe raccontato quell'aneddoto a cena. Titolo: quanto sono familisti gli italiani, si portano il pupo sul lavoro.

A New York sarebbe impensabile.

«No» disse il bambino.

Mike lo guardò meglio.

Indossava una maglietta stinta, ai piedi aveva dei sandali di plastica.

«Ho capito, la macchina è occupata dai tuoi genitori. Ora scendo, il fatto è che sei piccolo e non ti avevo visto.»

Mentre Mike stava scendendo, il bambino disse: «Non sono piccolo».

«D'accordo,» disse Mike «non sei piccolo.»

Fece attenzione a non sbattere la portiera, e si diresse verso la fila dei taxi che nel frattempo si era parecchio accorciata.

Salì su Gaeta32, notò che al volante c'era una donna di taglia forte, placida e allegra.

Flirtò con lei un po' per abitudine e un po' per non addormentarsi.

Flirtò nel solito modo, parlando di sé, fornendo notizie non richieste sulla sua vita privata e professionale, e, di tanto in tanto, facendo domande intime all'interlocutrice. Quanti anni hai? Ma ti piace guidare o ti hanno costretta? Alle magre chiedeva spesso se avevano odiato il corpo morbido delle loro madri, se erano state allattate a sufficienza, alle corpulente chiedeva che cosa provavano esattamente affondando il cucchiaio in un chilo di gelato...

Nessuna si offendeva perché non mancava mai di chiudere con complimento.

«Comunque non mi preoccuperei, hai degli occhi talmente belli!» disse, quando il taxi si fermò davanti al Grand Hotel. La conducente rise gettando la testa indietro.

E incassò la generosa mancia.

Non erano molti quelli che lasciavano una mancia, dopo aver pagato una tariffa giudicata perlopiù esosa.

Ma Mike usava i suoi soldi come parte integrante del fascino virile.

La hall del de Russie lo accolse con il suo lusso calcolato.

Mike si sentì, improvvisamente, stanco, avrebbe voluto essere già disteso nella vasca da bagno, le pratiche del check-in gli parvero lunghissime, stava per protestare (davanti a lui c'era una famiglia di iraniani che storpiavano l'inglese in modo abominevole) quando lo vide.

Era seduto su una delle poltrone, i piedini calzati di plastica non arrivavano a toccare il pavimento di marmo.

Il bambino dell'auto a noleggio.

Mike si chiese se, nonostante i vestiti logori e dozzinali, fosse figlio di persone di rango. Forse apparteneva a quel mondo internazionale che lui stesso frequentava, viaggiando in business, scendendo negli alberghi a cinque stelle, cenando in certi ristoranti.

Quando incrociò il suo sguardo, il bambino sorrise, saltò giù dalla poltrona e gli si fece incontro.

Aveva occhi verde acqua e denti bianchissimi.

Infilò, con una naturalezza estrema, la manina nella sua mano e lo guardò, dal basso verso l'alto.

«Sono venuto» disse, poiché Mike, dopo il sorriso iniziale, non aveva fatto altro che fissarlo in silenzio.

«Sei sceso qui con i tuoi genitori? Ti sei dimenticato il numero della tua stanza?»

Il bambino scosse la testa e sbadigliò con una certa selvaggia voluttà.

«Anch'io ho sonno» disse. E prese a trascinare Mike verso gli ascensori.

Fu quell'"anch'io", preposto alla dichiarazione d'aver sonno, a fargli scegliere di non liberare la mano dalla mano del bambino.

Mentre l'ascensore saliva, vedendosi rispecchiato con quell'esserino minuscolo nelle pareti della cabina, a Mike parve di essere diverso.

Non aveva mai voluto figli, evitava di corteggiare donne non troppo distanti dal limite della menopausa, per evitare che gli rifilassero una gravidanza.

Insomma, sapeva difendersi e si era sempre difeso.

Entrò nella suite che l'editore gli aveva riservato.

C'era una bottiglia di spumante in un secchiello da ghiaccio, un'alzata di frutta fresca, un cestino pieno di cioccolatini. Il letto era enorme e coperto di raso.

Il bambino prese un grappolo d'uva e incominciò a mangiarlo con tranquilla concentrazione. Si era seduto per terra a gambe incrociate, guardava ogni acino prima di metterselo in bocca.

Mike si sedette accanto a lui, sul pavimento di legno lucido.

«Mi dici chi sei e perché sei qui? Sei un minore, io non posso tenerti con me senza il permesso dei tuoi genitori.»

Il bambino finì l'uva, in silenzio.

«Sei venuto con la macchina a noleggio?»

Il bambino prese una mela e incominciò a morderla.

Mike sentì che qualcosa, in lui, stava cedendo. Ebbe paura di arrabbiarsi, cercò un tono gentile.

«Senti, se vuoi che siamo amici devi rispondermi.»

Il bambino posò la mela e lo guardò.

Aveva uno sguardo grave, e quegli occhi del colore del vetro sembravano soppesare l'interlocutore.

«Come sei arrivato fino qui?»

Il bambino disse: «Con la macchina grande».

«Con la macchina grande, bravo. E chi la guidava?»

«Giampiero.»

«Giampiero, l'autista, benissimo. E chi ha pagato per la corsa? Il tuo papà? La tua mamma?»

Il bambino scosse la testa.

«Nessuno? Ma tu non li hai i soldini.» Si sentì stupido, per quella parolina diminuita. Stupido, stanco e a disagio.

Il bambino gli guardava la fronte; a un tratto, con la manina sporca di frutta, toccò quel bozzetto, grande quanto una nocciola, al quale, nell'ultima mezz'ora, Mike non aveva pensato.

Si innervosì.

«Che fai?»

Approfittò di quel momento di irritazione per sortire dall'incantesimo.

«Senti bambino, non so chi sei, non sono un pedofilo e ho sonno, adesso chiamo...»

Il bambino gli toccò di nuovo la fronte. Mike gli afferrò il polso, sentendo ulna e radio come grissini fra le dita

«Ti ho detto di smetterla!» disse, forte.

Il bambino si alzò e uscì dalla stanza.

«Aspetta...» disse Mike, pentito.

Gli dispiaceva d'essersi lasciato andare, era tale la sproporzione fra loro, si sentiva un gigante e un vecchio, per quanto il bambino fosse nuovo e piccolo.

«Aspetta, vieni qui» disse ancora.

Ma il bambino era già andato via.

Va bene, disse a se stesso, meglio così.

Entrò nella stanza da bagno, incominciò a far scorrere l'acqua nella vasca, si spogliò, prese lo spazzolino, il dentifricio e, nel sistemarli nel bicchiere, si guardò nello specchio.

Il bozzetto era scomparso, la pelle sulla fronte era intonsa.

Non lo rivide più.

Nonostante, per tutta la sera, scrutando in ogni salone, nei bagni, al bar, in giardino, l'avesse cercato.

Nonostante avesse provato a interrogare tutto il personale dell'albergo.

Non raccontò a nessuno quell'episodio inspiegabile, lui, che raccontava sempre tutto, che viveva per raccontare.

Sentì crescere, da qualche parte, una specie di stupore, sì, una sorpresa.

Non poteva essersi sognato tutto.

Aveva trovato la mela rosicchiata e il grappolo d'uva nudo. Li aveva conservati, infilandoli in valigia perché la cameriera non li buttasse via.

Per tutta la settimana, tanto aveva deciso di fermarsi a Roma, si rese conto di aspettare il bambino, di desiderare che comparisse.

Fece anche una piccola inchiesta, fra le macchine a noleggio, se ci fosse un autista che si chiamava Giampiero, che si era trovato all'aeroporto il 17 di giugno alle 11 del mattino.

Nessuno fu in grado di aiutarlo a riportare sul terreno del razionale, del visibile, l'incontro con il bambino.

Quando tornò all'aeroporto, quando atterrò a Parigi e poi a Houston, quando salì sulla macchina di Annie e mentre Annie guidava chiacchierando amabilmente del nulla fino al ranch, Mike non disse che poche parole.

Anche durante la festa di benvenuto organizzata per lui, mentre si muoveva fra gli invitati con il consueto bicchiere in mano, sentì se stesso tacere.

Era un altro quello che parlava, era un altro quello che provocava le ragazze, che corteggiava, che raccontava.

Era uno che aveva paura di morire.

Uno che credeva soltanto nelle evidenze.

Uno che si fidava soltanto di se stesso.

Ed era scomparso.

Mike, sempre più spesso, se ne stava zitto alle cene, alle feste... Si guardava attorno con attenzione e una nuova timidezza.

Aveva preso l'abitudine di passeggiare da solo. Vedeva cose mai viste, dettagli che non aveva mai colto, sfumature, piccole incongruenze, le vedeva, le guardava.

Era come se gli si fosse liberata la visuale, qualcosa che ostruiva il godimento del panorama del mondo (il panorama umano fondamentalmente, ma in fondo anche quello naturale) era stato spostato.

La sua salute non lo preoccupava più.

Il bozzetto sulla fronte non era mai più ritornato. E neppure la frustata bruciante alla gamba.

Si sentiva intero e vulnerabile.

Fragile e robusto.

Non aveva più avuto bisogno di immaginare la propria morte e non controllava l'effetto della sua fama sugli altri.

Tutte le volte che si ritrovava a pensare a se stesso, tutte le volte che provava a elaborare qualche nuova strategia per affermare la sua potenza (conquistare una donna molto giovane, costruire un romanzo con l'intenzione di vincere il Booker Prize, allenarsi per arrivare fra i primi dieci della sua categoria al traguardo della maratona di New York...), senza alcun nesso logico, gli compariva davanti agli occhi il bambino.

Con il trascorrere del tempo era sempre più pallido e immateriale, certe volte aveva una luce attorno ai capelli spettinati e bruciati dal sole, come un'aureola.

Certe volte gli faceva segno di seguirlo. Certe volte gli strizzava l'occhio o gli sorrideva.

Non ne fece mai parola con nessuno, di quella che, dopo anni, aveva archiviato come una visione.

Qualcosa che non era mai davvero accaduto.

Eppure, più delle cose che accadono, degli avvenimenti, degli incidenti, dei proponimenti, aveva cambiato la sua vita.

Non superficialmente, ma profondamente.

Aveva spostato il baricentro dei suoi pensieri, d'un minuscolo, apparentemente ininfluente millimetro più in là, verso ciò che non sai, ciò che non conosci.

Quando me ne parlò, del bambino, eravamo in Giamaica, in un bungalow di legno dall'apparenza essenziale, con tende di lino a schermare la violenza del sole.

Mike era steso sul letto king-size, e io ero stesa accanto a lui.

Benché avesse ormai quasi novantotto anni, mi chiese di carezzarlo dove mi andava, dove potevo, dove avevo voglia.

Lo feci.

Gli carezzai la testa fra i capelli sottili e bianchi, ma ancora folti.

Poi il petto magro e le caviglie, su cui indugiai, per finire massaggiandogli i piedi.

Mi sorrise grato, chiudendo gli occhi. Con gli occhi chiusi, con un filo di voce aggiunse: «Gli ultimi 34 anni della mia vita sono stati i migliori. Prima ero un testa di c...»

Non disse più nulla.

E non gli dissi più nulla.

Ma sono certa che lo vedeva anche lui, il bambino.

Si stava togliendo i sandali di plastica, per sdraiarsi in mezzo a noi, senza sporcare il lenzuolo bianco.

Nicoletta Sipos

Il Campo

«Stai zitta ragazzina, e ascolta.»

Le dà della ragazzina ostentando sicurezza, ma anche lui è solo un ragazzo, alto e magrissimo, con capelli neri rasati quasi a zero. Gli occhi blu sono seri, le labbra si muovono appena. Per un attimo lei pensa a un gioco, ma lui ha la faccia tirata, senza l'ombra di un sorriso, e lei si adegua in un attimo all'umore cupo del compagno.

«*Hör gut zu, sage ich*, ascolta bene» insiste il ragazzo. «Se vuoi vivere, dovrai seguire le mie istruzioni senza commettere errori.»

Se vuoi vivere. Le parole arrivano in volata, si capisce che gli escono dal cuore, di sicuro ci ha pensato a lungo. La giacca della sua uniforme è leggermente stropicciata, sulla manica c'è una piccola macchia scura. Pare caffè, ma potrebbe essere sangue. Le stringe la mano così forte che pare voglia stritolarla, e comincia a calmarsi solo quando capisce di avere agganciato l'attenzione della ragazza. Sembrano coetanei, anche se in verità non lo sono: Michael ha diciotto anni, però ne dimostra almeno due di meno. Bekka ne ha compiuti da poco quattordici, ma la vita l'ha fatta crescere in fretta da quando è arrivata al Campo sette mesi fa. Era un giorno pieno di sole, lo ricorda bene, anche se ha qualche incertezza sulla data esatta. Veniva da Szeged, nel cuore della pianura ungherese, e indossava il cappotto di cammello che aveva ricevuto il 15 maggio per il compleanno, scarpe di vernice e un nastro di raso bianco sui capelli. Aveva l'aria di andare in vacanza anche se i genitori l'avevano preparata a un periodo di lavoro. Non c'era da avere paura, le avevano spiegato, un po' di fatica non avrebbe fatto male a nessuno. Per lei, così giovane e forte, sarebbe stato un prezioso insegnamento. Poi sarebbero tornati a casa. Insieme. Avendo fatto il loro dovere. Liberi. Non per nulla la scritta sul cancello d'ingresso annunciava ARBEIT MACHT FREI.

Bekka aveva protestato molto per il cappotto. Avrebbe preferito lasciarlo a casa. Era troppo pesante per la stagione estiva e comunque aveva paura di rovinarlo. Ma la madre aveva insistito. Era convinta, Dio sa su quali basi, che quel paltò caldo e morbido le avrebbe fatto comodo. Senza contare che, sempre secondo la mamma, quel capo elegante l'avrebbe distinta in mezzo alla folla garantendole un trattamento di favore. Peccato per la stella gialla che spiccava da lontano. Era una nota stonata, anche se Jutka – la sarta di fiducia – l'aveva cucita con grande cura, però non si poteva farne a meno e dunque conveniva rassegnarsi.

Durante il lungo viaggio in treno il mantello si era rivelato un impaccio facendola sudare e al suo arrivo al Campo – era l'ultimo giorno di giugno, dopo tutto questo tempo ne è quasi sicura – la stoffa aveva preso un odore di muffa che mozzava il respiro. All'arrivo, comunque, Bekka non si curava del puzzo di stantio. Pensava solo a ritrovare la valigetta nella quale aveva impaccato alcuni oggetti essenziali come la spazzola per i capelli, il libro che stava leggendo, le scarpe e qualche abito di ricambio. «Cerca i nostri bagagli, tu che sai il tedesco» le aveva detto la mamma. «Avremo bisogno di cibo e vestiti di ricambio».

Tutt'intorno c'era una tremenda confusione di famiglie che si cercavano sotto gli occhi impazienti di troppi soldati con il fucile in mano. C'erano donne che gridavano, bambini che piangevano, uomini ridotti ad automi. Piagnucolavano anche i fratelli di Bekka – del resto erano piccoli, Rafael aveva dieci anni e Szami doveva compierne sei il 14 ottobre – ma i genitori non avevano perso la calma. «Andrà tutto bene» dicevano e sembravano convinti. Lei, comunque, non era rimasta ferma ad ascoltarli: doveva ritrovare la sua valigia nel mucchio di valigie, borse e scatole gettate alla rinfusa lungo il binario. Un incarico quasi impossibile, in tutto quel caos. Esasperata, aveva chiesto aiuto a una giovane guardia dall'aria mansueta. Lui aveva prima cercato di spingerla via, poi però si era fermato a guardarla stupito perché, pur essendo arrivata in un treno pieno di ungheresi, quella strana ragazza parlava il tedesco con l'accento di Berlino. Lei aveva cominciato a dire che era merito della sua tata che veniva da Potsdam e che assieme alla lingua le aveva insegnato i capisaldi della cultura tedesca, ma lui si era girato senza lasciarla finire, aveva scambiato qualche parola con un ufficiale alto e robusto che aveva sull'uniforme quattro medaglie di colori diversi. Dopo pochi minuti era tornato da lei con un ordine: «D'ora in poi lavorerai per il comando. Sarai tu a spiegare agli ungheresi le regole del Campo». Parlava a scatti, guardandola negli occhi. «Dirai ai tuoi di obbedire senza perdere un attimo. Le cose che chiediamo sono semplici, non c'è bisogno di chissà quali doti per eseguirle, ma loro dovranno muoversi in fretta. Abbiamo molto da fare e il tempo a nostra disposizione è poco, va usato bene.»

Era diventata interprete per caso, e quasi senza rendersi conto di aver ricevuto un primo, piccolo miracolo che le avrebbe dato un minimo di protezione nei mesi a seguire. «Mi chiamo Michael e vengo dalla Sassonia» le aveva detto il ragazzo. «Io sono Rebecca Fischer, però gli amici mi chiamano Bekka» aveva risposto lei sorridendo. Non sapeva ancora cosa sarebbe successo di lì a poco. Non sospettava di avere perduto per sempre la valigetta cui teneva tanto. E non solo quella.

Quando comprese che l'avevano separata dai genitori e dai fratelli si ritrovò con il cuore in gola e una gran voglia di piangere, perché non era mai rimasta lontana dalla famiglia. Ma il soldato che l'aveva scelta, sempre lui, la guardò con occhi di ghiaccio. «Non hai bisogno dei tuoi» le disse. «Qui dovrai cavartela da sola, loro non potrebbero aiutarti neanche se lo volessero.» Subito dopo troncò il suo timido tentativo di protesta: «Forza, non perdiamo tempo, qui c'è molto da fare».

Quella sera Bekka si scoprì sola in una baracca troppo affollata, schiacciata in mezzo a una quarantina di donne robuste e profumate che fingevano di non vederla. Donne russe, polacche, ceche. Nessuna ungherese. Non sarebbe stato facile capirsi in quel caos di lingue, ma le sue compagne non provarono nemmeno a comunicare, si limitarono a ignorarla dopo averla messa all'angolo con occhiate di ghiaccio. E così la voglia di piangere le passò per sempre. Che senso avrebbe avuto mostrarsi debole davanti a quelle sconosciute che non si curavano di nasconderle il loro odio?

Imparò a poco a poco il comportamento da tenere per schivare botte e punizioni. La prima cena però l'aveva colta di sorpresa, la notte pianse tutte le sue lacrime mentre sperava di afferrare un brandello di sonno. E ci furono altri momenti di batticuore con il primo appello del mattino, il primo temporale che gettava scrosci d'acqua sul tetto della baracca, le urla strozzate che continuavano giorno e notte portando minacce e dolore. Di notte non riusciva a dormire, di giorno faticava a stare sveglia. Perdeva peso e il rosato delle sue guance si era tinto di cenere. Faticava a liberare l'intestino e perdeva ciuffi di capelli. Per altro, quello di restare calva non era il suo unico timore. Aveva paura di tutto e pur seguendo le regole del Campo sognava impossibili evasioni. Odiava sentirsi complice dei suoi aguzzini – perché di fatto li aiutava nei loro turpi piani – e sognava un modo per ribellarsi. «Se ti tiri indietro, loro ti uccideranno» le aveva detto il ragazzo quando si erano ritrovati nello spiazzo centrale per un caso che non era veramente un caso perché lui aveva pilotato l'incontro con cura, e lei gli aveva confessato di non poterne più. In realtà non aveva dato peso alle sue parole. Nessuna persona in possesso di un briciolo di cervello si sarebbe azzardata a disobbedire alle regole del Campo, e lei non ci sarebbe riuscita di certo. «Povera Bekka» aveva sussurrato il ragazzo. Era molto triste per lei, ma non troppo preoccupato. Sapeva che la sua protetta avrebbe rigato diritto. Quella poveretta gli somigliava. Non aveva coraggio a sufficienza per ribellarsi, proprio come non ne aveva lui.

Le ci era voluto qualche giorno per capire che le donne della sua baracca la consideravano una spia dei tedeschi. Era una ragazza ingenua, di buona famiglia, con un cappotto nuovo di cammello, ma non era sciocca. Ci mise poco anche a capire cosa succedeva intorno a lei, quando le sue compagne sparivano dalla baracca notte dopo notte. E scoprì altrettanto presto che il Campo era solo una tappa, serviva come punto di smistamento verso mete lontane e più spaventose. Il suo lavoro di interprete le lasciava un po' di libertà e lei ne approfittò per cercare la sua famiglia. Venne a sapere da una polacca addetta alle cucine che il convoglio di Szeged era finito ad Auschwitz e una slovena che sembrava sapere sempre tutto aveva aggiunto che quella era una delle soluzioni peggiori. Bekka le ascoltò senza dire una parola. Il dolore aveva trasformato il suo cuore in pietra, e non aveva nemmeno più la forza di piangere. Di notte, quando restava sola nella baracca perché le uscite notturne delle sue compagne continuavano, sfogava il dolore mugolando come una bestia ferita. A questo si era ridotta, a guaire come una cagna.

Le sue compagne uscivano dalla baracca mostrandosi rassegnate e perfino serene. Lei, invece, l'avevano lasciata in pace. Era solo una ragazzina, ed era l'interprete del Campo. Aveva un ruolo, una missione. «Sei fortunata» le disse la donna che dormiva nel letto a castello di fronte al suo, quella che pareva odiarla meno delle altre. Lei, però, non si sentiva fortunata. Aveva alle spalle un passato dorato perché era l'unica viziatissima figlia di una famiglia della buona borghesia, e aveva perso tutto. Prima di entrare nel Campo aveva visto accontentato ogni suo desiderio e qualche capriccio. Ora tutto le era proibito.

Così erano passati i giorni, le settimane, i mesi. Bekka aveva smesso di contarli, ma loro erano andati avanti senza chiedere il suo permesso. L'autunno aveva preso il posto dell'estate, il cappotto di cammello non le era più d'impaccio: con l'arrivo dei primi freddi aveva cominciato a farle comodo. Ogni tanto il ragazzo passava a trovarla, portandole qualcosa da mangiare. Sempre meno, perché le provviste scarseggiavano per tutti, ma il comandante del Campo consentiva all'interprete un po' di cibo in più perché aveva bisogno di lei. Michael le consegnava la piccola razione extra – perlopiù una mela rossa e mezza patata bollita – e si limitava a guardarla in silenzio mentre lei mangiava masticando piano per far durare di più quel minuscolo dono. Di tanto in tanto scambiavano qualche parola. «Si mette male per noi. Eravamo l'esercito più forte del mondo ma siamo finiti in trappola» le aveva detto un giorno. E dopo un po' le aveva confidato: «Avrei preferito combattere piuttosto che stare chiuso qui dentro come un vigliacco». Con il tempo arrivò a spiegarle che l'idea di affidargli l'incarico nel Campo era stata di suo padre, un pezzo grosso dell'esercito, preoccupato di evitargli l'invio al fronte dove i ragazzi rischiavano la morte. Lei ascoltava in silenzio, lui chiedeva solo un po' di attenzione. Aveva il cuore buono, nonostante l'aria scostante.

Il trattamento di favore da parte del comando durò poco, le scorte di viveri erano ormai agli sgoccioli e bastavano a malapena per le guardie, ma il ragazzo non volle abbandonarla. A volte, quando pensava di passare inosservato, le metteva in mano un pezzo di pane o una mela avvizzita. Lei scoprì che per offrirle quel piccolo aiuto lui rischiava una punizione pesante, forse perfino l'invio al fronte, e lo pregò di starle alla larga. «Non devi cacciarti in un brutto guaio» gli disse timidamente.

«Stai tranquilla,» rispose lui scrollando le spalle «basta che siamo prudenti e non avremo problemi.» A quel punto Bekka cominciò a capire che ogni suo dono non era solo una sfida al sistema, ma un piccolo miracolo. Lo accettava con gratitudine sforzandosi di non credere che ce ne sarebbe stato un altro.

Ora però Michael non ha del pane da darle e la guarda serio mentre dice: «Stai zitta ragazzina, e ascolta».

Ora le sta regalando qualcosa di molto più importante, un messaggio di poche parole sussurrate alla velocità della luce.

«Stasera sciogliamo il Campo » dice. «Abbiamo l'ordine di portare con noi tutto quello che ci è rimasto. Prigionieri, documenti, quel po' di viveri. Qui non resterà più niente.»

«Ho capito» dice la ragazza. In realtà non sa cosa pensare, ma lo vede agitato e non osa chiedere spiegazioni. L'idea che il campo sia destinato a sparire la turba profondamente, ma spera che rimettersi in viaggio sia un bene per i prigionieri.

«No, Bekka, tu non capisci» protesta il ragazzo, l'unica persona del campo che ricorda il suo nome, Rebecca. Usa quel nomignolo affettuoso come se non fosse un estraneo, come se le volesse davvero bene.

«Molti di voi» continua «non arriveranno vivi al posto dove ci hanno ordinato di portarvi e comunque non resterete lì a lungo.»

«Dove andremo?» La ragazza chiude gli occhi con un brivido. Il cappotto non basta a tenerla al caldo. Vuole sapere, e allo stesso tempo ha il terrore di scoprire la verità.

Michael non risponde.

«Dove?»

Michael scuote la testa, una sola volta con aria solenne. Adesso Bekka sa che dovranno morire. Non vuole piangere, ma ha gli occhi pieni di lacrime.

«Perché?» domanda.

«Per salvare il nostro onore.» Il ragazzo racconta la sua favola triste come se non avesse nulla a che fare con quella storia. «Abbiamo fatto cose terribili durante questa guerra. Lo sapevano i nostri amici come i nemici, dagli Stati Uniti alla Nuova Zelanda, ma finché vincevamo le nostre battaglie nessuno si azzardava a denunciare i nostri crimini. Ora però siamo sull'orlo della disfatta e i nostri nemici si preparano a buttarci addosso il fango che meritiamo. Hanno però bisogno di prove.»

«Prove?»

«Documenti, dichiarazioni dei nostri capi e le vostre deposizioni, naturalmente. Avete visto troppo in questi sette mesi, siete testimoni pericolosi, per questo dovete sparire. Tu per prima, perché sei rimasta qui più degli altri e dunque sai più di tutti.»

"Chissà come mi uccideranno" pensa la ragazza. E se l'idea della fine la terrorizza, non lo dà a vedere.

«*Hör gut zu*, devi ricordare ogni singola parola. Non avrò altre occasioni per parlarti e non puoi permetterti di sbagliare.»

«Cosa vuoi che faccia?»

«Stasera, quando verrà il buio, vai verso la fureria. Lì davanti c'è un grosso barile. Un tempo conteneva dell'acqua piovana, ora è vuoto. Sarà il tuo nascondiglio per questa notte. Sentirai i comandi per l'adunata, forse ti chiameranno per nome, ma tu ignorali. Sentirai rumore di passi, gente che corre, colpi di arma da fuoco, latrati di cani, bestemmie, maledizioni, pianti, motori che si avviano. Tu però dovrai restare immobile e zitta qualunque cosa succeda. Non azzardarti ad alzare il coperchio del barile per guardarti intorno. Stai ferma anche dopo, quando arriveranno altri passi e sentirai altre grida. Continua a restare nascosta come prima. Non muoverti neppure se ti sembrerà di riconoscere la voce di tuo padre o del tuo amico più caro. Aspetta fino a quando tutto intorno a te sarà un infinito silenzio. L'attesa ti sembrerà eterna, ma non perdere la pazienza. Potrai guardarti in giro solo quando non sentirai più niente: nemmeno un sussurro o il più lieve fruscio. Per muoverti aspetta le prime luci dell'alba. Allora vattene. Cammina in fretta, ma senza correre. Sii prudente ma non mostrare paura. E, soprattutto, non chiedere informazioni. Cammina come se sapessi dove stai andando e non fermarti per avere cibo o acqua. Pensa che nessuno può aiutarti. Nessuno oserà esporsi.»

Ora ha capito. Non sa bene perché Michael vuole aiutarla ancora una volta. Non chiede niente in cambio, del resto lei non ha nulla da offrire. Forse – anzi, quasi certamente – una volta fuori dal campo non si rivedranno più. Il primo bacio che si scambiano alla fine di quell'incontro – un bacio tenero, innocente, tra ragazzi disperati che non hanno un futuro – potrebbe essere l'ultimo. Non è un pensiero consolante, di sicuro non lo è per lei.

«Quando tutto questo sarà finito, mi troverai a Szeged» gli dice sforzandosi di sorridere, e sussurra l'indirizzo della sua vecchia casa senza sapere se i bombardamenti l'hanno risparmiata e se un giorno potrà rivederla. Ha gli occhi lucidi e un nodo in gola che rischia di soffocarla. Non sa cosa le sta succedendo, ma dopo sette mesi di sonno il suo cuore si è risvegliato. Ha la sensazione di non poter più vivere senza Michael, l'idea di allontanarsi da lui la terrorizza. Anche se è una guardia tedesca, un nemico legato ai carnefici che hanno ucciso la sua famiglia, i suoi amici, la sua gente. Dovrebbe odiarlo e non ci riesce. Pensa solo a quanto sarebbe bello ritrovarlo un giorno, quando tutta quella tempesta sarà un ricordo sbiadito. Non arriva a mettere in parole i sentimenti che prova perché non sa da che parte cominciare e comunque i singhiozzi la soffocano.

Dalla baracca degli ufficiali spunta una guardia anziana che chiama Michael con un cenno della mano e le lancia un'occhiata sospettosa. Il ragazzo si gira sussurrando: «Coraggio, puoi farcela». Deve andare, non può trattenersi, lei lo sa bene, eppure si sente abbandonata. Tradita. Per un attimo si chiede se deve davvero seguire le istruzioni che lui le ha dato. Forse ha solo finto di volerla aiutare. Forse le ha teso una trappola. Ma in fondo non ha molto da perdere, solo un pezzo di vita. Ammesso che quello che ha davanti sia una vita e non un orribile incubo, un pozzo di angoscia, un mare di lacrime. Si asciuga gli occhi con la manica di quello che un tempo era il suo cappotto più bello e che adesso, in pieno inverno, le offre finalmente un po' di calore anche se non può scaldarle il cuore. E pensa al modo più sicuro per obbedire alle istruzioni del ragazzo.

È la notte più lunga della vita di Bekka, non ne vivrà un'altra così nemmeno se il destino le concedesse altri cento anni, per il momento una ipotesi fuori da ogni realtà. Il piano è semplice, ma non sarà facile portarlo a termine. Il vecchio contenitore d'acqua è ghiacciato e umido, stando chiusa lì dentro comincia a sentire male nelle gambe, nelle braccia e in tutto il corpo. I cattivi pensieri le trapanano la testa benché cerchi di scacciarli con le ultime briciole d'energia. Sente gli ordini rivolti ai suoi compagni di sventura, sono grida scomposte accompagnate da urla agghiaccianti. Sente le invocazioni d'aiuto, i colpi di arma da fuoco, il ringhio dei cani, il rombo dei motori che cominciano ad avviarsi e acquistano velocità poco alla volta. E poi, silenzio. Una quiete gelida, un vuoto rotto di tanto in tanto dal frusciare del vento e dal guaito sempre più lontano dei cani. Lei conta fino a cento, poi arriva a cento altre due volte, sfiora mille, torna indietro per paura di avere dimenticato qualcosa, e alla fine di quel protocollo decide che sì, può lasciare il suo nascondiglio anche senza attendere il secondo assalto del quale Michael parlava.

"È tempo di uscire dall'inferno" si dice mentre solleva il braccio per scoperchiare il barile e si ferma un attimo perché una manica del cappotto è rimasta impigliata in un cerchione arrugginito. Ma non ha neppure cominciato a sollevarsi facendo leva sui gomiti che già deve fermarsi. Arrivano altre voci, parole tedesche miste a polacco, qualche risata, esortazioni e fare presto perché le baracche potrebbero essere minate. Un sospetto che porta nuovi brividi a Bekka, senza contare quelli che ha comunque, per colpa del gelo. Ora sa cosa voleva dire Michael raccomandandole prudenza: il Campo sta per essere invaso da gente che vive lì vicino, gente che ha visto l'orrore degli internati senza mai intervenire, forse compiacendosene. La ragazza si trova nel mezzo di un estremo tentativo di spoliazione da parte dei più miserabili. Chiunque sia arrivato fino a lì sta rubando gli ultimi resti del nulla: tavoli logori, sedie usurate dal tempo, pentole senza coperchi, lampadine elettriche, fili di ferro, scatole vuote, patate ammuffite e cibi avariati. "A cosa ci siamo ridotti" pensa la ragazza con un brivido. Trema per quel pensiero oltre che per il freddo e la paura, e la miseria che avverte intorno a sé. Si domanda cosa potrebbero fare di lei, e del suo cappotto, quei predatori, ma accantona subito la domanda. Meglio guardare avanti come ha fatto in quei quasi sette mesi di orrore, giorno dopo giorno.

Aspetta ancora per una seconda eternità e poi esce con cautela, come Michael le aveva raccomandato, e poi si ferma qualche minuto per strappare dal cappotto con le unghie e con i denti la maledetta stella gialla. Il risultato è discreto, anche se l'impronta delle cinque punte rimane sulla stoffa. Respira a fondo e rabbrividisce. Fa molto freddo, i rami bianchi di neve ghiacciata sembrano pizzi contro il grigio perla del cielo. Nel silenzio di quell'alba solitaria le sembra di vedere i suoi dietro l'angolo, ci sono tutti – mamma e papà e i fratellini – sono proprio come li ha lasciati, come se non avessero patito un solo giorno di fame e di tortura. Vorrebbe richiamare la loro attenzione ma si ferma all'improvviso. Quelle non sono persone in carne e ossa, è finita in un sogno di quelli cattivi, un incubo che rischia di ucciderla se lei non lo scaccia al più presto con la rabbia che merita. Solo il presente conta e quel po' di futuro che Michael le ha regalato.

Comincia a camminare alle prime luci dell'alba. Avanza cauta, ma per fortuna non le succede nulla di male. Nulla di più di quello che le è già successo quando è entrata nel Campo e ha perso la sua valigetta e poi la famiglia e la capacità di reagire al dolore che accompagna ormai ogni suo respiro escludendo ogni possibile gioia. Scivola lungo le baracche puntando verso l'uscita sovrastata dal cornicione di ferro battuto che recita ARBEIT MACHT FREI, la scritta più ipocrita che possa immaginare, più delle infinite ipocrisie che hanno accompagnato il duro viaggio della sua gente. Affretta il passo, senza mai voltarsi indietro. Ed è un altro miracolo che la porta senza inciampi lungo la via principale del Campo, ora stranamente deserto. Deve uscire da quel dedalo di capanne se vuole salvarsi. Il cancello dista oltre un chilometro, un'infinità per una ragazza ridotta a pelle e ossa, ma lei arriva alla meta prima di quanto avrebbe mai potuto immaginare, spinta dal desiderio di allontanarsi al più presto da quel luogo di sventure. Superata la recinzione maledetta prende a destra, verso il costone di una diga, e da lì scende ormai di corsa. Gliel'ha fatta, è libera. Ha realizzato un sogno e quasi non riesce a crederci ancora.

In uno spiazzo c'è un carro, forse di zingari, e accanto al carro c'è un bel fuoco allegro e accanto al fuoco c'è un'ombra.

Bekka si avvicina. Ha paura, ma la fame è più forte della paura e lei ha ricacciato molto indietro nella sua mente le raccomandazioni di Michael – non chiedere nulla, non fidarti di nessuno – perché non sta più in piedi. Non mangia un vero pasto da mesi ed è a digiuno dall'ora della cosiddetta "cena" a base di acqua sporca e una fetta trasparente di pane ammuffito. L'uomo che siede accanto al fuoco, avvolto in una coperta scura che forse un tempo era grigio chiara, la guarda con curiosità. «E tu da dove spunti?»

«Mi sono persa» risponde la ragazza. Non intende dire che viene dal Campo, ma ha la sensazione che l'uomo l'abbia capito perché non si mostra sorpreso di vederla. Del resto, da dove potrebbe venire in quel deserto a quell'ora del giorno?

«Vieni, ho del caffè e una fetta di *kuchen* per te» promette lui strappando un brontolio esausto allo stomaco della ragazza.

Bekka siede accanto al fuoco, di fronte all'uomo che la guarda per un po' prima di dirle: «Io sono uno zingaro, e quei maledetti volevano prendere pure me. Mi hanno cercato per tutta una notte, ma non sono riusciti a prendermi». Non svela come si è salvato e alla ragazza importa poco, dunque non gli chiede niente. È tutta presa dal pezzo di torta che l'uomo le ha dato senza badare alle sue mani luride, e beve il caffè che lui le ha offerto in un bicchiere smaltato che un tempo dev'essere stato bianco.

«Com'è che solo tu sei rimasta indietro?» chiede l'uomo, curioso. «Gli altri sono partiti diverse ore fa. Li ho visti passare dal bosco ma loro non hanno badato a me. Erano troppo spaventati e avevano una fretta tremenda.»

Bekka scuote la testa, non è in vena di confidenze.

«Ti sei fatta un amico ed è lui che ti ha aiutata?» insiste l'uomo con gli occhi lucidi. Parla in ungherese con qualche difficoltà, ma il poco che sa gli basta per dire l'essenziale.

La ragazza lo guarda in silenzio. Osserva la bocca screpolata, i denti neri, la barba che avrebbe urgente bisogno di un buon taglio. Non gli dirà una parola, questo dev'essere chiaro. Non darà confidenza a quel vecchio bavoso, non vuole averlo per complice. Non ha nulla da spartire con lui.

E poi non le resta tempo a sufficienza per parlare.

L'uomo le è addosso, Bekka sente il suo fiato fetido sulla bocca, le mani che le strappano il cappotto di dosso, il desiderio che sprigiona ogni suo gesto, ogni suo respiro.

«Lasciami» grida cercando di graffiare il suo assalitore, scalcia e si divincola tentando di morderlo e graffiarlo. Ma le armi che ha a disposizione si rivelano subito insufficienti.

L'uomo ride, la debole difesa della sua vittima non ferma il suo attacco. Mani dure come il legno la tengono ferma, scivolano sotto il cappotto, vanno prepotenti verso l'inguine, pronte a violarla.

«Aiuto» grida Bekka e già si sente una sciocca perché lì intorno non c'è nessuno che possa aiutarla a respingere il suo carnefice.

«Lasciami, ti dico» urla di nuovo lei con il fiato che le rimane.

«Oppure cosa mi fai?» sghignazza l'uomo.

E poi, d'un tratto, tace e si affloscia sulla ragazza. A Bekka serve qualche secondo per capire che è stato tramortito da una donna, spuntata all'improvviso dal carro. Una donna piccola e robusta, in questo momento molto infuriata, che agita una padella arrugginita.

«Schifoso maiale, credevi di farmi le corna sotto il naso?»

L'uomo grugnisce qualcosa, buttato a terra come un mucchio di stracci. La donna lo guarda con rabbia e gli assesta un calcio al basso ventre e poi un secondo calcio al petto.

«Grazie» sussurra Bekka.

La donna scrolla le spalle, non è la prima volta che dà l'altolà al suo compagno, ormai è abituata alle scalmane di lui, ma non si rassegna. La rabbia resta potente. Dà un'occhiata alla ragazza, soffermandosi sul cappotto di cammello ormai liso e striato di sporco, ma tanto più bello del suo mantello verde scuro in stile finto tirolese. Pensa qualche istante, poi all'improvviso si lascia andare a un lieve sorriso. «Facciamo a cambio.»

Non sta chiedendo. Il suo è un ordine e la donna lo esprime con fermezza per dare la sveglia a quella ragazza magra e sporca, dall'aria smarrita. E poiché Bekka esita pensando al tanto che quel cappotto significa per lei, la donna l'affronta, brusca: «Ti ho salvato da quel maiale, mi pare di avere diritto a una ricompensa».

Bekka è d'accordo, anche se si separa a malincuore dal paltò che ha scelto con la madre in un momento di gioia lontano mille anni da quel presente di pena. Lo scambio si compie in silenzio. Il mantello della zingara sa di aglio e polvere, olio fritto e odori rivoltanti, e non basta a tenere caldo. «Peccato,» pensa la ragazza «ma giusto così.» La salvezza ha un costo che va pagato. Ora, comunque, non ha tempo da perdere. Deve sparire prima che l'uomo ritrovi le forze e tenti di finire quello che ha cominciato. La sua compagna non riuscirà a fermarlo una seconda volta.

«Buona fortuna» le dice la zingara, ed è chiaro che non vede l'ora di cacciarla.

«Altrettanto a te» risponde Bekka. Non ha fiato da sprecare. La strada verso casa è lunga e riserva chissà quali pericoli. D'un tratto ha chiaro in mente il suo piano. Tornerà a Szeged e lì aspetterà che Michael venga a prenderla. La piccola ebrea e il ragazzo che non ha voluto essere il suo carnefice. Quasi una favola, ma quella favola ha segnato il suo destino. Un giorno racconterà quella storia ai suoi figli e ai figli dei suoi figli. Perché i suoi cari devono sapere cos'è successo al Campo, quando ha cominciato a cercare la sua valigia.

Avrà bisogno di molta fortuna per tornare a casa, lo sa bene, e forse più ancora. Un altro miracolo forse? Ne ha già avuti due, anzi tre, e non può contare su altri. I miracoli sono per loro natura eventi rari e irripetibili. "Eppure bisogna sperare" si dice. È doveroso sperare soprattutto nei momenti più duri. Anche quando tutto sembra perduto.

Anzi, soprattutto allora.

Se ora vi aspettate un finale romantico, devo purtroppo deludervi. Bekka arrivò a Szeged. Mancava poco ai suoi quindici anni, ma aveva la polmonite e il suo organismo debilitato non rispondeva alle cure, tanto che sembrava impossibile che si potesse salvare. Eppure se la cavò, nonostante tutto. I medici la trattennero in ospedale per due settimane prima di affidarla a una zia fragile e anziana che la ragazza accolse nella sua vecchia casa – miracolosamente sopravvissuta ai bombardamenti – con una promessa di reciproca assistenza. Lei non voleva cambiare indirizzo perché aspettava l'arrivo di Michael. Attese invano per quasi un anno senza perdere la speranza. «Non illuderti» le disse la saggia zia. «Certe fiabe hanno vita breve.» Bekka ascoltava, ma non le dava retta. Era sicura, sicurissima che il suo salvatore l'avrebbe raggiunta. All'inizio del secondo anno incontrò un estroso artista che cominciò a farle una corte serrata. Diceva di avere trovato in lei la sua musa, fonte inesauribile di ispirazione. Era un artista giovane con la testa piena di sogni. Voleva studiare in Italia e poi, magari, andare a Parigi, la madre di tanti grandi geni. Voleva sposarla e portarla con sé e vivere con lei il resto della sua vita. Bekka gli raccontò di Michael, gli disse che non poteva andarsene senza nemmeno salutarlo, e tenne l'innamorato a distanza per molti mesi. Lui scalpitava, ma rifiutava di partire senza di lei. Lei temporeggiava. L'artista non era privo di fascino, ma nel suo cuore c'era un altro.

E poi arrivò una lettera dalla Germania.

Diceva:

Gentile signorina, mi permetto di inviarle questa busta rinvenuta nell'uniforme del mio caro amico Michael Whurt. Perdoni il grave ritardo, ma riesco a inviargliela solo ora, dopo varie vicissitudini indipendenti dalla mia volontà. Ne ignoro il contenuto, spero comunque di farle cosa gradita. Purtroppo Michael è morto il primo giorno di pace, aveva appena tolto una bomba dalle mani di alcuni bambini che volevano usarla per giocare a calcio quando l'ordigno è esploso. Era una persona a modo e un buon amico, mi è dispiaciuto perderlo in questo modo.
Con i più rispettosi saluti, mi creda suo

Mathias Schwirten

La busta recava l'indirizzo che Bekka aveva sussurrato all'amico tedesco la notte in cui il Campo era stato sciolto, e conteneva un biglietto con la nota: «Mia cara amica, non osavo crederci, ma è arrivato il momento. Sarò da te il...».

La data era coperta da una macchia scura. Non c'era bisogno di precisare che la macchia era stata provocata dal sangue di Michael.

Molti anni dopo, quando l'amata figlia le chiese come fosse riuscita a sopravvivere a tanti dolori, Bekka pensò un attimo solo prima di rispondere: «Il segreto è guardare una luce nascosta dietro le nuvole».

Simona Sparaco

I miracoli del Cuore

Un giorno, di non tanto tempo fa, io e il Cuore di Prabir abbiamo battuto all'unisono, e quando trovi un battito così simile al tuo è una cosa molto difficile da dimenticare.

Prabir faceva parte di un'organizzazione umanitaria e aveva un Cuore coraggioso, di quei Cuori che non si fermano davanti a nulla. Il suo aiuto era stato apprezzato in varie parti del mondo, ma in particolare nel piccolo villaggio indiano dove aveva deciso di trasferirsi, e dove ci siamo conosciuti.

Dai bambini agli anziani, erano tutti a proprio agio in sua compagnia, e quando le medicine scarseggiavano, Prabir sapeva anche come trovare rimedi naturali o suggerire preziosi consigli. Non era un medico come tutti gli altri, e questo perché aveva un Cuore fuori dal comune, capace di rimanere calmo persino in situazioni che richiedevano sangue freddo.

Il giornale per cui Sharon lavorava aveva deciso di spedirla in India. C'era l'idea di ricavare da questo viaggio un servizio sulla storia di Prabir. Il capo di Sharon sapeva che avrebbe fatto gola al grande pubblico. D'altra parte come si può decidere di non spendere almeno una sterlina quando si tratta dell'eroica storia di un bambino indiano, adottato da una facoltosa famiglia inglese, che una volta laureatosi in Medicina decide di tornare al paese di origine per curare la povera gente? Di mormorio in mormorio, la leggenda di Prabir si era trasformata in notizia, tanto da procurarci un biglietto di sola andata per Mumbai.

Prima di conoscere il suo Cuore, la storia di questo fantomatico medico mi sembrava un melodramma, e ancor più l'idea che Sharon mi avesse costretto a una leggera palpitazione il giorno in cui, in redazione, le avevano mostrato una sua fotografia. Un'altra storia d'amore, per giunta sotto il sole umido di uno sperduto villaggio indiano, era davvero l'ultima cosa di cui avevo bisogno.

Dopo il trauma della miocardite, pensavo che Sharon avrebbe deciso di evitare emozioni forti almeno per un po', ma due mesi di ospedale, sei di cortisone e un anno di assoluto riposo non erano riusciti a farle cambiare stile di vita. Aveva ancora voglia di girare il mondo ed era tranquilla nel sapermi in buono stato. Avendo perso quei grammi di troppo e non essendo la mia una cardiopatia di natura genetica ma un semplice virus, a Sharon bastava l'ottimismo del suo medico curante per considerarmi un Cuore sano a tutti gli effetti.

E fu così, con un biglietto di sola andata per Mumbai e una valigia senza neanche un costume da bagno, che la nostra storia ebbe inizio.

Una volta giunta al villaggio, Sharon decise di prendere la situazione alla larga. Non voleva presentarsi al medico come una giornalista, ma come una donna sola in cerca di un fantomatico fratello, che, partito alla volta dell'India, non aveva più dato notizie. Quindi preparò la sua bugia in ogni dettaglio, farcendola di particolari intriganti che avrebbero, almeno agli occhi di Prabir, impreziosito la sua miserevole esistenza.

Il fatto è che Sharon non aveva mai avuto troppa fiducia in se stessa. Un'infanzia agiata, il college frequentato con il minimo impegno, una lunga serie di flirt con figli di papà senza troppe ambizioni e, per concludere, una bella raccomandazione alla rivista che l'aveva assunta come praticante: non proprio quel che si dice una vita da premio Nobel. Ma, a essere sinceri, un po' di colpa per tutti quei "mordi e fuggi" e "vorrei ma non posso", che Sharon aveva collezionato, era anche da ricercare nella codardia che aveva da sempre contraddistinto i miei battiti.

La verità era che non potevo certo considerarmi un Cuore impavido. Tentennavo al minimo imprevisto, e neanche in amore ero mai riuscito a lasciarmi veramente andare. In sostanza, nella maggior parte delle questioni, era sempre stata la Ragione a prendere il sopravvento, e io, per pigrizia o per inerzia, l'avevo sempre lasciata fare. Tuttavia, nella vita pratica, a Sharon non era mai mancata la curiosità di conoscere il mondo e ogni volta io l'avevo assecondata: nei lunghi viaggi, nelle corse al cardiopalma per raggiungere treni, aerei o navi sempre in procinto di partire. E l'avevo assecondata fino a beccarmi quel doloroso virus con il rischio di un infarto, sorbendomi poi le prediche della Ragione che anche in quella circostanza aveva continuato a ripetermi: «Te l'avevo detto».

Per quanto contrario all'idea di quest'ultimo viaggio, non potevo negare che Sharon era ancora capace di emozionarmi. Non tanto per la sua curiosità, quanto per i voli pindarici che sapeva intraprendere la sua fantasia. A Prabir, per esempio, aveva raccontato una fantasiosa storia sulle sue origini. Avendo gli occhi a mandorla e un'aria quasi orientale, era arrivata a immaginarsi unica figlia di una principessa thailandese e di un cacciatore inglese che aveva girato il mondo dedicandosi ai lavori più disparati. Inciampando di tanto in tanto in qualche contraddizione, era finalmente riuscita a convincerlo e a catturare la sua attenzione. Sentiva di aver gettato le basi confidenziali per un'ottima intervista ed era ancora ignara del fatto che presto se ne sarebbe innamorata, che mi avrebbe consegnato nelle sue mani con ignobile impudenza e che per la prima volta avrei toccato un altro Cuore, molto più forte e coraggioso di qualsiasi altro: in altre parole indimenticabile. Insomma, Sharon tutto aveva fatto, fuorché i conti con me.

All'inizio girava per il villaggio con paura e diffidenza. S'impressionava facilmente e le ci volle un po' di tempo per abituarsi all'afa, all'odore delle baracche, alla primitiva semplicità di quelle lunghe giornate. Presto si rese conto che esistevano luoghi dove il mondo si era fermato, dove l'ordine tradizionale dei valori da lei conosciuti veniva completamente scardinato in virtù di uno stato d'animo che non aveva mai sperimentato prima: l'abitudine all'istinto di sopravvivenza. Libera da ogni orpello e contrariamente a quanto si sarebbe aspettata, questa condizione le fece scoprire una calma interiore che mi regalò un grande sollievo.

Prabir era gentile nei suoi confronti. Quando non c'erano emergenze, le mostrava gli aspetti più interessanti del suo lavoro, insegnandole molte cose sulla natura umana e sulla sua disponibilità al cambiamento. Gli abitanti del villaggio erano curiosi e allo stesso tempo affascinati dai sorrisi di Sharon, e le giornate trascorrevano quiete. Un vero toccasana per le mie membra.

Così Sharon cominciò ad accantonare l'idea dell'intervista. Se avesse deciso di mettere nero su bianco quella storia, quel villaggio, l'amabilità di Prabir, sapeva che avrebbe anche finito con il rovinare tutto. Che fosse finalmente pronta a prendersi le responsabilità di quella scelta e a cambiare molte cose del suo modo di vivere?

Sharon e Prabir trascorrevano molto tempo insieme. Anche se tutto era cominciato con una bugia, Sharon provò a rimediare con la sincerità di tutte le sue impressioni. Trovarono molti argomenti in comune e a poco a poco divennero intimi. Fino all'incontro notturno vicino al lago. L'incontro che avrebbe cambiato per sempre il corso delle nostre esistenze.

Non fu semplicemente una passione, ma anche il momento in cui io e il Cuore di Prabir battemmo all'unisono. La nostra fu una danza memorabile. Mentre Sharon si perdeva nella profondità degli occhi di Prabir, io mi lasciavo andare alle contrazioni più felici che avessi mai sperimentato. Non ero più beffa della solitudine, perché c'era un Cuore al mio fianco, e il suo ritmo febbrile era capace di infondermi la convinzione che niente e nessuno avrebbe mai potuto fermare la nostra danza.

Durante quella notte, la Ragione di Sharon tacque e quel silenzio mi permise di esprimermi, di raccontare al Cuore di Prabir tutto ciò che doveva sapere sul mio conto.

Lo scambio fu intenso. Conobbi, attraverso i suoi racconti, quello che la vita di Sharon non mi aveva ancora permesso di scoprire. Poi però, il mattino seguente, quando Sharon si svegliò travolta dai sensi di colpa costruiti a tavolino dalla Ragione, ci fu il distacco.

Troppe bugie, troppa distanza tra i due mondi, la rimessa a fuoco su quelli che dovevano essere i suoi reali obbiettivi... Tutte paranoie pianificate ad arte. E lei le aveva bevute tutte, fino al punto di decidere che era giunto il momento di scrivere il suo pezzo, spedirlo al giornale e tornarsene a casa.

Non erano serviti a niente i miei scalpitii: Sharon era stata travolta dalla paura ed era caduta vittima della Ragione. Le mie palpitazioni vennero scambiate per un attacco d'ansia e in brevissimo tempo una scarica di benzodiazepine mi costrinse a rallentare il ritmo. Prima di salire sull'aereo, Sharon s'imbottì di ansiolitici e mi mise a tacere per tutta la durata del viaggio.

Il mio malessere non si placò nemmeno dopo il rientro in patria. Il Cuore di Prabir aveva ormai scombussolato ogni parametro e riprendere a vivere normalmente era la cosa più difficile che mi fosse mai capitata. Più devastante persino della miocardite. Ero un Cuore sofferente, ma Sharon si ostinava a considerarmi semplicemente "disorientato". Si era ormai convinta che avessi solo bisogno di tempo. E di qualche aiuto chimico, come i calmanti che il dottore le aveva prescritto.

Qualche tempo dopo cominciò a sostituire le medicine con qualche fugace esperienza sessuale, nella speranza di trovare qualcuno capace di sostituire l'aitante medico che aveva invaso anche i suoi pensieri. Ma non servì a nulla. Quelle scomode presenze, dai battiti del tutto incompatibili con il mio, non facevano che acuire il mio malessere. Ogni volta subivo quei momenti come fossero dei veri e propri abusi, e non oso immaginare il disagio della povera Sharon, donna dal Cuore apatico e insoddisfatto.

La depressione durò fino al giorno dell'incidente.

Una mattina, mentre si recava al giornale, Sharon scivolò su una lastra di ghiaccio e batté la testa contro un gradino. La sua Ragione se ne andò prima di me. La breve esistenza di Sharon si concluse in solitudine. Quando i familiari decisero di staccare la spina, io continuavo a battere, in segno di protesta.

I medici dovettero effettuare numerose analisi prima di considerarmi un Cuore sano a tutti gli effetti, e quindi pronto per un eventuale trapianto.

Lisa era ancora troppo giovane e bella per morire e mi stava aspettando ormai da diverso tempo. Sperava, con tutto il suo vecchio Cuore malandato, che fossimo compatibili. E, per nostra fortuna, così fu.

Lisa era una matematica e si era ammalata studiando, nel tentativo di risolvere calcoli praticamente impossibili.

Dopo il trapianto, non sapeva esattamente il perché, ma sentì di dover accantonare per sempre i numeri e intraprendere viaggi alla scoperta del mondo. Era stata una razionale fino all'esaurimento, la sua Ragione aveva capito per prima che era arrivato il momento di mettersi da parte. E poi io ero forte, più forte che mai, e le cure antirigetto mi avevano fatto sentire accolto. In quella condizione ideale, non avevo più paura del destino a cui sarei andato incontro.

Io e il Cuore di Prabir ci rincontrammo per miracolo in un piccolo aereoporto dello Sri Lanka diversi anni dopo.

Prabir era ancora un uomo pieno di fascino. Se ne stava seduto su uno sgabello della sala d'attesa a esaminare alcune carte. Lisa leggeva una rivista. Poi, come mossa da un inspiegabile istinto, sollevò lo sguardo e incontrò gli occhi neri e selvaggi di quell'uomo.

Rimasero immobili per alcuni istanti. Finché le Ragioni per un attimo non presero il sopravvento ed entrambi non distolsero lo sguardo. Ma io e il Cuore di Prabir avevamo ormai ripreso a palpitare, come fossimo nel corpo di due adolescenti, e la cosa non poteva che suscitare un certo imbarazzo.

Fu Prabir ad alzarsi per primo. Si diresse verso il bar e ordinò un bicchiere d'acqua, forse nella speranza di placare quell'assurda emozione. Lisa non sapeva il perché, ma decise di chiudere la rivista e di avviarsi anche lei verso il bar. Aveva la scomoda impressione che le gambe le fossero diventate di burro. Un passo dopo l'altro, all'improvviso capì che c'era un'unica cosa che poteva fare per calmarmi.

Si fece coraggio e, pronta a buttarmi oltre l'ostacolo, sollevò una mano per presentarsi.

Neliana Tersigni

L'incantesimo

Clara guardò giù, nel vuoto. Realizzò che la finestra era spalancata sul nulla. Non aveva idea di quello che le stava succedendo. Voleva solo andarsene.

Una parte del suo cervello le diceva che c'era una porta dalla quale poter uscire, c'era una macchina da poter guidare per allontanarsi velocemente. Ma un'altra parte del cervello, quella più persistente, più sottile, come un ultrasuono, le ripeteva: «Ecco, ora te ne puoi andare. Ora, salta e sarai libera».

Lo straordinario – questo Clara lo capiva – era che in realtà non sapeva da cosa dovesse liberarsi. Sapeva di essere sveglia, ma quello che provava era la sensazione paurosa che le davano certi incubi ormai ricorrenti: la inseguivano, sentiva che la inseguivano per farle del male, anche se le voci che la raggiungevano erano melliflue, come i canti di quelle sirene, delle quali le aveva raccontato la donna che era il suo capo. Per Clara quella donna aveva rappresentato molte volte una roccia a cui tenersi, quando l'acqua sembra trascinarti via con la corrente.

E anche lei, la sua roccia, per settimane le aveva ripetuto di liberarsi. Ma certo – pensò Clara – alla sua capa non sarebbe mai venuto in mente che la libertà potesse essere quella finestra spalancata sul vuoto.

«Clara, Claaraa, ma dove diavolo stai?» urlò la voce, reale, dall'altra stanza. «Che fai? Torna a letto.» "Me ne vado" rispose senza parole lei. "Me ne vado." Si arrampicò lentamente e silenziosamente sul davanzale. Si sedette e fece penzolare al di fuori le gambe. "Me ne vado" pensò ancora "e sarò libera." E intanto notava come le sue gambe si fossero già abbronzate, in quelle poche ore di sole, al mare.

La voce di lui chiamò ancora, forte, potente. Ancora una volta lei tacque. Non aveva niente da dirgli. Sapeva che si sarebbe riaddormentato. E infatti, quando lo sentì russare con la stessa potenza con cui l'aveva chiamata, Clara si lasciò scivolare con dolce lentezza nel nulla.

Ora stava seduta su una poltrona, nello studio di uno psichiatra che prima di darle dei farmaci voleva capire. «Che vuole capire, dottore?» disse lei. «Se io sono qui è perché non ho la minima idea di cosa sia successo in quel momento nella mia testa. So solo che saltare dalla finestra mi è sembrato allora l'unico modo per andar via, per liberarmi.» «Ma liberarsi da che» chiese lo psichiatra e lei pensò che fosse un po' ottuso. «In fondo, lei ha un lavoro che la soddisfa, è economicamente indipendente e ha una relazione con un uomo che, a suo dire, le piace. Insomma, le piace soprattutto come state insieme a letto. Ma lei stessa mi ha confessato che se non lo vede per un giorno intero si sente persa. Quindi, non capisco...»

"Quindi," realizzò improvvisamente Clara "debbo essere pazza o impazzita, per essermi buttata così."

Ricordava di essersi risvegliata, per il gran dolore, da una sorta di svenimento, per terra. Nessuno si era accorto di quella sagoma stesa sul prato, sotto la finestra aperta che per fortuna – oggi Clara ringraziava Dio o chi per lui – era solo al secondo piano. Però si era fatta male, alla spalla, al piede. Aveva chiamato aiuto e l'avevano portata all'ospedale di quella cittadina di mare. La versione ufficiale era che era inciampata e caduta malamente. Contusioni e due costole incrinate, era stata la diagnosi. Ma lei stava male, male da cani, dentro e fuori.

Lo psichiatra le scrisse una ricetta con altisonanti nomi di pillole che l'avrebbero tranquillizzata. E le disse anche che voleva rivederla, perché anche per lui quello che era successo era un mistero. "Figurati, se non capisci tu, dottore..." pensò Clara, ma non lo disse. Erano troppi gli aspetti della sua vita che al momento non riusciva a spiegarsi. Era come se avesse a che fare con una Clara che non era lei, un io che non era il suo. L'animo meridionale, ereditato da generazioni di credenti in tutto, le sussurrava quello che diceva sua nonna che aveva solo la cultura delle tradizioni locali, qualcosa che da adolescente lei si rifiutava anche di sentire: "Ti hanno fatto una fattura" ripeteva una vocina interna che non era quella della nonna ed era anche diversa da quella che l'aveva spinta a buttarsi "devi far sciogliere la fattura". "Tutte cavolate" si ripeteva lei a voce alta, forte dei suoi studi fatti al Nord.

Tutto era cominciato quando aveva incontrato Georges, questo lo sapeva. Allora lei usciva da una lunga storia finita male. E gli amici che li avevano fatti incontrare le avevano detto che era lo stesso per lui. Georges cercò subito di incantarla. D'altra parte incantare la gente sembrava il suo compito esistenziale. Era quello che a Roma avrebbero chiamato "piacione" o almeno a tale si atteggiava. Clara ricordò che il tutto, almeno da parte sua, all'inizio era sembrato solo un gioco. Georges non era italiano (non è, si corresse, stupita di pensarlo al passato) e lei trovava le storie che raccontava fra l'incredibile e l'affascinante. Oltre le tante fidanzate, aveva avuto una moglie, aveva due figli che vivevano nel suo paese d'origine. Paese dove – per qualche oscura ragione che Clara capì subito fosse meglio non investigare – non poteva tornare.

Era cominciata così, come un gioco appunto, e una scopata. Un'uscita a cena, il corteggiamento, il letto. "Niente di impegnativo" pensò lei che non aveva nessuna voglia di legarsi di nuovo e così presto dopo la fine del suo rapporto, quello sì serio e importante.

Clara non ricordava quanti giorni dopo, ma certo pochi, improvvisamente si ritrovò come incatenata, come se il suo stesso respiro dipendesse da lui. In poche settimane lasciò l'appartamento affittato dopo la separazione e il quartiere dove aveva scelto di vivere, comodo per andare in ufficio. Si trasferì nel quartiere di Georges, in modo da vedersi tutte le sere e passare insieme tutte le notti – lui già spingeva perché andassero ad abitare insieme, a casa sua. Clara su questo punto faceva ancora resistenza. La sua capa (e amica) le aveva detto di non farlo. Se proprio voleva andare a vivere con lui, l'unica soluzione sarebbe stata quella di prendere un terzo appartamento, dove tutti e due avrebbero ricominciato ad armi pari.

Ma Clara sapeva che Georges alla sua capa (e amica) non piaceva neanche un po'. Li aveva fatti incontrare, però lei aveva saputo riconoscere con uno sguardo il disprezzo della donna celato dietro la buona educazione, il suo essere immune al fascino sbandierato da Georges con tutte. Cosa che aveva lasciato stupito, al limite dello sgomento, l'uomo.

Certo era che, nonostante conoscesse l'ostilità e le riserve della sua amica, Clara non poteva fare a meno di raccontarle le cadute di stile, le nefandezze che giorno dopo giorno scopriva in Georges e che però non servivano a staccarla da lui. Piccole meschinità fatte alla ragazza che andava da lui a fare le pulizie e che lui considerava una schiava, dal momento che veniva pagata. Meschinità che Georges sbandierava con tutti, come fossero prodezze, mentre facevano arrossire lei che aveva sempre fatto un punto della sua vita il rispetto per il lavoro degli altri.

Però poi c'erano le notti e quella sorta di stravolgimento di tutti i parametri. Dio, se lo voleva. Lo voleva anche quando, con un certo sadismo, lui le faceva male, le lasciava i segni. Le raccontava anche delle altre donne che aveva avuto, nel suo paese e anche lì dove stavano. Di quanti benefici e favori avesse ottenuto dalle donne e di quanto lui avesse sempre imposto le sue regole. Di un gioco che non era più gioco.

Si lamentava di non avere denaro da mandare ai figli, «sempre più esosi» diceva. Lei sopperiva alle necessità. Poi però lui le si presentava con regali costosi. E – lei lo sapeva – anche questo era parte delle regole del gioco.

Andarono a vivere insieme, a casa di lui naturalmente. La sua capa decise che quella resa totale non la poteva avallare, in nessun modo. Così comunicò a Clara che d'ora in poi i loro sarebbero stati solo rapporti di lavoro. «Guarda» le disse «che della tua storia e delle tue miserie non me ne frega più un accidente. Tienitele per te. È meglio. Già penso che tu ti sia rincretinita. Non farmi decidere che forse sei sempre stata stupida e io non mi ero accorta che tu lo fossi.»

Clara ci rimase molto male. Aveva bisogno di parlare di lui, di quanto non le piacesse ma anche di quanto non ne potesse fare a meno. Un giorno arrivò in ufficio con in faccia i lividi di uno schiaffo preso quando si era permessa di criticare un operato dell'uomo. La sua amica non commentò e lei ci rimase male: sapeva di aver bisogno di qualcuno che la spingesse, anche in malo modo, a ritrovare se stessa.

Non è che non ci avesse provato a lasciarlo, ad andarsene. Ma sempre da lui era tornata, come se ci fosse un elastico a tirarla.

Un giorno la chiamarono da casa sua, nel Sud. C'era un problema, era costretta ad andare sia pure per pochi giorni. Si ritrovò al paese dove era nata come se fosse su un pianeta sconosciuto.

Conosceva quasi tutti, ma non riconosceva nessuno. "Vite che non sono la mia" pensava. "Vite che sono frutto di scelte diverse, vite di chi è voluto restare e non cercare quello che non sai, come ho fatto io."

"E poi perché me ne sono andata?" si chiedeva. "Per stare con un uomo con cui non condivido in realtà né pensieri né valori? Un uomo che sempre più spesso mi fa paura."

E mentre pensava questo, si accorse di avere camminato fin fuori dal paese, là dove stava, un po' isolata, una casa malconcia, con l'intonaco screpolato. Ci saranno stati sei o sette appartamenti sui tre piani di quel palazzo sbilenco e lei si ritrovò a salire scalini scivolosi, a passare pianerottoli puzzolenti di cucina stantia, fino ad arrivare al terzo piano, davanti alla porta di un appartamento di cui sapeva l'esistenza, ma dove non era mai stata.

La chiamavano "la casa della strega". In realtà lei a quelle cose non ci aveva mai creduto. "Divertimenti da paese" aveva sempre pensato. Superstizioni che servono a scaricare spesso la propria coscienza, a dare peso alle proprie illusioni o speranze e soprattutto a far sopravvivere, con pochi spiccioli, una povera donna come quella che abitava dietro la porta davanti a cui si era fermata.

"Sì, una povera donna" si disse Clara, "a cui la gente attribuiva poteri magici, nel bene e nel male." "Vuoi fare un malocchio? Vai da lei. Vuoi farti levare un malocchio? Vai da lei. Vuoi far innamorare qualcuno? Sempre lì devi andare. Vuoi guarire dal mal d'amore? Lei è la soluzione."

"Un'istituzione del paese" si disse Clara che non aveva la risoluzione necessaria per bussare. In fondo, è come il dottore della ASL, o prima quello della mutua; o come il vecchio parroco che ne aveva viste di cotte e di crude e che se solo (come il dottore, d'altra parte) non avesse avuto il vincolo della segretezza...

Bussò e in realtà anche dopo non seppe mai spiegarsi perché. Esattamente come non seppe mai spiegarsi perché era saltata dalla finestra. Però bussò e attese che il ciabattere all'interno si avvicinasse alla porta e che qualcuno l'aprisse.

Non se la ricordava, forse non l'aveva mai veramente vista e la conosceva solo dalle chiacchiere delle amiche durante l'adolescenza. Ora vide una donnetta piuttosto anziana, con i capelli di stoppa per le permanenti fatte in casa, avvolta in una vestaglia di quelle un po' antiche che sembrava una trapunta. Era truccata, però. Le labbra disegnate a cuore da un rossetto fiammeggiante, le sopracciglia depilate e accuratamente disegnate ad arco sottile con la matita, le unghie dipinte con la mezzaluna lasciata senza smalto. La vista le ricordò insomma un'attrice degli anni Quaranta o Cinquanta del secolo scorso, invecchiata e male in arnese.

Clara non parlò. Continuava a chiedersi cosa ci facesse sulla soglia di quella casa, mentre sentiva il cuore andare a mille, come prima di un esame. Gli occhi della donna, ridotti a due rettangoli sottili sotto il disegno delle sopracciglia, la scrutavano. Ma neanche lei parlava. Fu però la prima a dire: «Io lo so perché sei qui. E io ti dico subito che devi sgozzare un gallo». «Non ho un gallo» disse Clara «e non saprei come ammazzarlo.» «Tu lasciami i soldi che ci penso io» affermò con sicurezza la donna, muovendo solo le labbra a cuore e facendo emergere un po' il collo dallo spessore della vestaglia.

Clara aprì la borsa e tirò fuori quaranta euro. «Bastano?» chiese. «Penso di sì. Se ci sono altre spese te lo faccio sapere» rispose la voce dalla vestaglia. «E come?» si sentì chiedere Clara «io riparto, non vivo più qui.» «Questo lo so, in paese lo sanno tutti. Tu non preoccuparti che se mi devi soldi ti ritrovo.»

La porta si richiuse. Lei in quella casa non era mai entrata e ridiscese le scale dandosi dell'imbecille e giurando che non avrebbe mai detto ad anima viva quello che aveva fatto. Non bastava ripetersi che in fondo aveva aiutato con pochi euro una disgraziata a fare la spesa quel giorno e forse per tutta la settimana. E che se quella avesse davvero sgozzato un gallo, poi ne avrebbe fatto un buon brodo e lo avrebbe mangiato lesso.

Partì la mattina dopo. Sapeva di avere risolto con la sua presenza il problema della famiglia. E questo la faceva sentire meno in colpa con i suoi per quell'assenza ormai di anni e che forse sarebbe durata per sempre. Voleva partire, voleva tornare da lui. Durante la notte aveva dormito a tratti, male. Si era alzata senza riuscire a tenere sotto controllo l'agitazione che la pervadeva e che non le dava capacità di razionalizzazione.

Il viaggio fu lungo, stancante. Arrivò a casa di lui, che ora era anche casa sua, la sera tardi. E lui, con uno di quei gesti di quando si erano conosciuti e che erano sempre più rari, l'aspettava per mangiare insieme una cena ordinata al miglior ristorante di zona.

Clara si chiese se era contenta di vederlo. Non seppe rispondersi, però era consapevole che non sarebbe potuta tornare in altro luogo.

Dopo la cena ci fu il letto e con il letto quella passione che ormai – lei lo capiva – aveva qualcosa di morboso, ma di cui non poteva più fare a meno. Dopo si sentì soddisfatta e grata per questa sensazione di pienezza, anche se non di rilassamento, che fare sesso con lui le dava.

Georges si addormentò quasi subito, come sempre. In più ora era rassicurato che i tre giorni di lontananza non avevano arrecato danni a quella che considerava ormai una sua proprietà consolidata. Russava, come sempre, e questo rassicurò anche lei.

Clara si alzò, andò alla finestra e guardò il vuoto sotto. Ora era notte, non c'era la luce del giorno, come l'altra volta. Ma la vocina dentro era la stessa: "Buttati" diceva "e sarai libera. È facile: salta e questa volta non ti farai solo male perché siamo molto più in alto. Dai, buttati e sarai libera".

Clara stette in ascolto della vocina. Aprì la finestra e si sporse nel vuoto. Poi si girò, chiuse le imposte, mentre la vocina ripeteva martellante: "Ma che fai, non vuoi andartene? Non vuoi essere libera?".

Lei mi mise i jeans, il golf, una giacca, prese la borsa dove erano ancora tutti i soldi che aveva ritirato dalla banca prima di partire. Si infilò le calze e le scarpe. Prese le chiavi della macchina e le buttò nella borsa. Poi si girò verso la finestra e disse alla vocina che sbraitava solo un «Vai a fare in culo». Andò alla porta, l'aprì, uscì e la richiuse dietro di sé. "Per l'ultima volta e per sempre" pensò. Improvvisamente si sentì libera e quello nel letto le sembrò solo un povero ometto.

Rosa Teruzzi

La lista

«Mi guardò con occhi di brace e io mi sciolsi come burro in padella...»

Come burro in padella?

Viviana sobbalzò, perdendo per un istante la sua nota imperturbabilità. Raddrizzò gli occhiali sul naso e rilesse la frase incriminata, poi tutto il paragrafo.

Un disastro. Il prodotto di un'intera giornata di lavoro della nuova stagista andava completamente riscritto. Non era all'altezza dello standard letterario delle "vicende di vita vera" raccontate da «Palpiti e carezze», la rivista di cui lei, Viviana, era anima e caporedattrice. Quale palpito avrebbe potuto regalare infatti alle sue affezionate lettrici, già vessate dalla faticosa routine dei lavori domestici, un paragone banale come il burro in padella?

Selezionò la frase e la cancellò. Poi riscrisse, sicura: «Lo sguardo tenebroso di Alex penetrò fino in fondo al mio cuore e gli fece perdere un colpo. Così, capii che lo amavo».

In quel momento la pendola batté undici colpi. Era un vecchio orologio a muro, in ciliegio, un oggetto incongruo nell'arredo quasi monacale della sala, pochi mobili bianchi e neri, stile hi-tech. Ma era l'unica eredità di nonna Imelde, la donna che l'aveva cresciuta. Nonna ne era fierissima, il regalo di nozze del capufficio del marito, al Ministero dell'Interno (lei lo pronunciava proprio così: Ministero dell'Interno, con la voce che sottolineava le maiuscole) e Viviana non aveva avuto cuore di disfarsene, quando aveva venduto l'appartamento dei vecchi, con tutti i mobili dentro.

"Stupida sentimentale!" si rimproverò, per l'ennesima volta, osservando l'ombra sinistra che la pendola gettava sul muro immacolato. Ma dentro di sé sapeva che la sua insofferenza non era dovuta all'orologio, bensì all'ora che era stata costretta a fare per correggere il componimento della stagista decerebrata. A Viviana non piaceva portare a casa il lavoro, ma non aveva potuto evitarlo. L'indomani, ultimo venerdì di luglio, sarebbe stato il giorno di chiusura del numero di settembre di «Palpiti e carezze» e le pagine erano tutte avviate, tranne quella.

Scrisse ancora per dieci minuti, poi spense il computer. In camera, consultò la lista appesa all'anta di sinistra del grande armadio a muro. L'aveva compilata la domenica precedente (come faceva ogni domenica, prima di cena, alle 19.30). Elencava gli abiti da indossare quella settimana, giorno per giorno.

Domani toccava al completo grigio perla. Sfilò dall'armadio pantaloni, camicia, un golf di cotone contro l'aria condizionata. Li appoggiò sul divanetto dell'antibagno, con la biancheria coordinata, le scarpe décolleté né alte né basse, la borsa di marca ma priva di logo. Così, l'indomani, non avrebbe perso tempo a vestirsi. Viviana non perdeva tempo, mai.

In bagno, ripeté i gesti di tutte le sere, nello stesso ordine di sempre: denti, doccia, shampoo, crema, phon, camicia da notte con le mezze maniche (una vera signora non va mai sbracciata). Davanti allo specchio, dedicò i 15 minuti quotidiani alla ginnastica facciale. I cinque esercizi base li aveva scovati su un'altra rivista del gruppo («Milady») e copiati sulla lista che fungeva da promemoria, appesa allo specchio. Viviana fece "o", poi "a" con le labbra aperte. Ripeté dieci volte, poi si sottopose all'esercizio più sgradito: «Risucchiate le guance all'interno nella cosiddetta faccia da pesce». Cercò di non guardarsi mentre lo faceva. A rigore avrebbe dovuto venirle da ridere, ma ridere non era da lei.

Prima di andare a letto, passò dalla cucina e compilò la lista delle cose da acquistare *(to buy)*, dopo un rapido controllo del frigorifero. Sarebbe passata dal supermercato l'indomani alle 19, come ogni venerdì sera. Poi toccò alla lista delle cose da fare (*to do*), che partiva con «sveglia ore 7.30» ("già messa" si disse) e si concludeva con «telefonare Rossella».

Su quell'ultimo punto, sospirò.

Rossella (come Rossella O'Hara, mamma era una grandissima fan di *Via col vento*) aveva cinquant'anni, due più di Viviana, anzi di Vivien Leigh Caltabellotta, il suo vero nome all'anagrafe.

Abitava a Livorno con un paio di figli avuti da un paio di compagni diversi. Anche in questo aveva seguito le orme della madre, scappata di casa – dietro all'ennesimo improbabile fidanzato – quando le due sorelline non andavano ancora alle elementari.

Rossella e Vivien, ora Viviana, erano cresciute con la nonna e con nonno Rinaldo, un ometto petulante che aveva avuto il buongusto di levarsi presto di torno lasciando la consorte erede di un quadrilocale in zona Solari (quello della pendola) e di un'onesta pensione da amministrativo all'ufficio passaporti della questura di Milano. In questo consisteva, in effetti, il suo impiego al ministero.

Erano cresciute insieme, le due sorelle, ma non potevano essere più diverse.

Rossella romantica, ribelle e casinista. «Inconcludente»

la definiva Imelde, che aveva invece un debole per Viviana, una donnina fatta e finita fin da piccola, così pratica, così ordinata. «Capace di farsi voler bene» diceva nonna al marito le poche volte che ne parlavano. Lei non sarebbe finita a chiedere l'elemosina per strada come quella sballata della madre. Non sarebbe corsa dietro a ogni paio di calzoni che le passava di fianco.

Gli anni avevano allontanate le due sorelle, senza cambiarle. Ora Viviana telefonava a Rossella ogni ultimo venerdì del mese: quattro parole di circostanza per assicurarsi che fosse ancora viva. Ogni primo lunedì successivo, le faceva un modesto bonifico in banca.

Rossella non chiamava mai.

"Ecco che cosa succede alle stupide sentimentali" si disse Viviana per la milionesima volta, mentre si rigirava nel letto ripensando alla sorella. Lei, del resto, lo sapeva bene. Tutte le lettere che affollavano la scrivania del suo ufficio a «Palpiti e carezze» in attesa di essere trascritte come "vicende di vita vera" raccontavano infatti la medesima storia: uomini, e soprattutto donne, che sostenevano di aver amato senza risparmio i propri compagni, figli e animali domestici, finendo per ritrovarsi soli e scornati. Soprattutto non capiva la passione di tante sue lettrici per i cani, animali bavosi e mansueti, con quegli occhi da vittima predestinata e la tendenza a scodinzolarti dietro anche quando gli tiri un calcione.

«Gente che ha tempo ed energia da buttare» avrebbe tagliato corto nonna Imelde e in cuor suo Viviana sentiva di darle ragione.

Prima di addormentarsi, fece in tempo ad aggiornare mentalmente la sua lista dei desideri (*to have*): un aumento di stipendio, la scomparsa di quella certa ruga sulla fronte, un contratto a termine in qualche altro giornale del gruppo (perché non a «Milady»?) per la stagista che si sarebbe così levata dalle scatole. Il fallimento del terzo tentativo di fecondazione assistita della sua vice, aggiunse come ultimo desiderio, sentendo un brivido di senso di colpa attraversarle la schiena. Ma subito si pentì di essersi pentita. In fondo, i neonati erano un'enorme seccatura.

Si rigirò a lungo tra le lenzuola fresche di bucato, assaporando mentalmente il silenzio della sua casa spoglia, mai violata dai capricci di un bambino, dal pelo di un cane o di un gatto. Poi, quando la pendola batté l'una, finalmente si addormentò.

Come ogni giorno lavorativo, si svegliò alle 7.30 precise. Si lavò, si vestì, infilò la lista delle cose da fare (*to do*) e quella delle cose da comprare (*to buy*) in borsa e si chiuse alle spalle la porta del villino in zona Fiera che le era costato tutti i suoi risparmi (ma la meraviglia di non avere coinquilini!). Attraversò a passo svelto il giardinetto che aveva fatto completamente cementare al momento del trasloco: le piante sporcano – aveva ragione nonna Imelde – e l'erba va curata.

Quando uscì per strada, l'orologio della farmacia segnava, come sempre, le 8.13. Sarebbe arrivata in ufficio prima delle nove, sospirò soddisfatta. In tempo per la solita tazza di tè nero da sorbire in pace, prima che la decerebrata e le sue colleghe invadessero le scrivanie della redazione con le loro borse chiassose, i loro smartphone sempre collegati a Facebook e le loro chiacchiere da bar su qualche tatuato senz'arte né parte che faceva battere il loro cuore.

Anzi, lo scioglieva come burro in padella.

Così pensava Viviana, con un sorrisetto di superiorità, mentre passeggiava verso la fermata del metrò, sotto a un cielo radioso che non sembrava nemmeno quello di Milano.

E fu allora che si verificò il primo intoppo.

Una piccola folla risaliva i gradini, come una mandria ottusa, in direzione opposta alla sua, quando l'altoparlante attaccò la tiritera: «La linea 1 è interrotta a causa di un atto anticonservativo nella stazione di Cadorna. Ci scusiamo per il disturbo». Masticando amaro contro chi aveva deciso di togliersi la vita facendo perdere tempo prezioso a lei (erano già le 8.22!), Viviana fece dietrofront e si accodò ai pecoroni che risalivano verso la luce. Fuori, si appoggiò a un panettone di cemento e prese il cellulare per chiamare un taxi, ma tutti i centralini erano occupati. Meccanicamente, sfilò dalla borsa anche le liste delle cose da fare e da comprare, solo per scoprire con un brivido che l'inusuale ritardo (le 8.29!) le avrebbe probabilmente impedito di tenere fede ai punti numero dodici e tredici del *to do* (in tutto erano ottantasette. Ottantotto l'ultimo venerdì del mese per via della telefonata a Rossella): il tè nero solitario e la telefonata delle 8.59 con cui prenotava il pranzo al bar prima che scattassero le 9 e le colleghe le soffiassero i piatti del giorno più ambiti.

Era immersa in queste riflessioni e intanto continuava a comporre il numero del taxi, quando un biondino brufoloso le passò accanto, le diede uno strattone e corse via.

A Viviana bastò qualche secondo per capire che l'aveva borseggiata

«Fermo!» urlò con voce chioccia, buttandosi all'inseguimento del ragazzo, ma inciampò nel guinzaglio di un labrador che portava a spasso il suo padrone e finì lunga distesa sul selciato, mentre il cane le sbavava addosso, premuroso, e l'uomo cercava di aiutarla a risollevarsi, mormorando parole di scusa.

Viviana spinse via entrambi, constatò il disastro dei suoi pantaloni Armani impolverati, poi, con in mano solo il cellulare (erano le 8.37!) e ficcandosi le due liste in tasca, non le rimase che zoppicare fino al vicino commissariato per sporgere denuncia.

Qui, dopo un ripetuto *spelling* dei suoi dati anagrafici – Vivien Leigh, in effetti, è un nome impegnativo – al poliziotto di turno occorsero altri sette minuti per compilare il modulo prestampato e rispedirla a casa dove però poté entrare solo dopo che il fabbro le ebbe smontato la porta blindata.

«Sicura che nessuno abbia la chiave di scorta?» le chiese l'uomo, prima di mettersi all'opera.

«Nessuno» rispose cupa Viviana, pensando alla seconda chiave che faceva compagnia alla prima dentro la borsa rubata.

In fondo a chi avrebbe potuto darla? È vero che la colf a ore, Rosalia, gliel'aveva chiesta più volte, ma vatti a fidare.

«E allora, procediamo» concluse tutto garrulo il fabbro, già pregustando il suo onorario.

Quando finalmente Viviana riuscì a entrare in casa, si erano fatte le 9.43.

Corse in camera, si spogliò, cambiò le scarpe, infilò l'abito destinato al sabato (l'ennesima infrazione alla lista), afferrò la borsa coordinata e ci buttò dentro le nuove chiavi, un fascio di banconote sottratte al tesoretto sotto il lavandino, le due liste tutte ciancicate. L'occhio le cadde meccanicamente su quella del *to do*: era in ritardo su almeno otto punti, pensò mentre la pendola, in sala, batteva dieci, lugubri colpi. In ritardo su tutto, proprio il giorno della chiusura del giornale.

Chiamò un taxi e, per la quinta volta da quando aveva lasciato il commissariato, compose il numero della redazione di «Palpiti e carezze», ma anche questa volta nessuno rispose.

Molto strano! Dov'erano finite la sua vice e le ragazze?

«Via Eustachi, veloce!» ordinò al tassista appena l'auto

ebbe accostato e si lanciò letteralmente sul sedile posteriore, con addosso un'agitazione che nonna Imelde avrebbe faticato a giudicare "da signora". Un oscuro presentimento le bloccava lo sterno.

Ci vollero trentadue minuti, conditi da altre tre inutili telefonate, per arrivare a destinazione e Viviana non poté impedirsi di attraversare a passo di carica il rigoglioso giardino antistante la palazzina liberty in cui avevano sede «Palpiti e carezze», «Milady» e le altre riviste del gruppo. Le sue colleghe la chiamavano "l'oasi", era il luogo in cui sprecavano volentieri il loro tempo fumando, mangiando e chiacchierando. Viviana pensava di trovarne almeno un paio lì e invece il giardino, con i suoi platani frondosi e le sue ortensie blu notte, appariva deserto. Solo Annibale, il cane dell'editrice, un brutto incrocio tra uno spinone e un husky, le andò incontro, trotterellando sulle sue zampette spelacchiate.

«Pussa via!» gli sibilò Viviana, ma finse di allungargli un buffetto, mai che la vecchia, dalla finestra dell'ufficio di presidenza, la vedesse maltrattare la sua bestia!

Quando finalmente entrò in ufficio, un *open space* pieno di scrivanie deserte si offrì alla sua vista, tra un concerto di telefoni che squillavano a vuoto.

«Cos'è successo a "Palpiti e carezze"?» si chiese stordita. Si trattava forse di uno di quei misteri su cui indagava *Voyager*, la trasmissione preferita da sua nonna, un'invasione di alieni, una catastrofe nucleare selettiva?

Viviana scacciò questi pensieri da donnetta con un gesto spazientito della mano: ma quale catastrofe? Le fannullone si erano certo date alla pazza gioia approfittando della sua assenza. E come per confermare le sue fosche previsioni, dalla sala mensa in fondo al corridoio le giunse un tintinnio attutito di bicchieri, inframmezzato da applausi e risatine: «In bocca al lupo!», «Evviva!».

Evviva? Viviana consultò nervosa l'orologio. Le 10.41 del giorno di chiusura e quelle si davano ai pasticcini. Per precauzione sbirciò la lista del *to do* ma non era prevista nessuna festicciola tra colleghe: niente nascite, nozze o compleanni a cui brindare, sprecando preziose ore-lavoro.

Che la fecondazione fosse riuscita? Rabbrividì. Certo, un anno senza la sua vice sarebbe stato duro da reggere.

Per togliersi ogni dubbio, marciò verso la sala mensa e, dalla porta, vide che erano tutte lì. Stavano effettivamente brindando. Ma a cosa?

Non fece in tempo a chiederlo, perché Anna Maria, l'anziana segretaria dell'editrice, la bloccò sulla soglia. «Lei ti vuole» disse, le labbra stirate in uno dei suoi enigmatici sorrisi da Gioconda.

Viviana sentì, con immenso dispetto, che le sue guance andavano a fuoco. «Quando?» chiese. Possibile che l'editrice la convocasse proprio l'unica volta che arrivava in ritardo?

Poi un altro pensiero sopraggiunse. La lista *to have* aveva finalmente sortito il suo effetto? La promozione tanto attesa, con conseguente aumento di stipendio, era in arrivo? E perché le sciocche festeggiavano senza di lei?

«Subito» rispose Anna Maria e le fece strada verso l'ufficio dell'editrice che era anche il suo salotto privato, un'enorme stanza verandata, stracolma di divani, poltrone, tappeti, quadri, ninnoli e fiori. Decine di piante in perfetta salute.

"Quante ore serviranno per tenere questa reggia in ordine?" si chiese Viviana come faceva ogni volta, assumendo la sua espressione più cordiale. Mancava l'aria, lì dentro.

L'editrice batté il palmo sul divano, accanto a sé: «Si segga, cara Vivien» disse. Era rimasta l'unica a chiamarla col suo nome vero. «Ero preoccupata per il suo ritardo, sa? Lei è sempre così puntuale...»

Un sospiro d'orgoglio gonfiò il petto di Viviana. La vecchia se n'era accorta. Ora sarebbe arrivata la promozione.

«...mi è dispiaciuto comunicarlo alle sue colleghe prima che a lei. Ho sentito che stanno già festeggiando. Del resto, qualche cambiamento, ogni tanto, ci vuole. O no?»

"No" avrebbe voluto risponderle, sincera, Viviana che odiava con tutte le sue forze i cambiamenti. Ma se questo poteva servire alla promozione...

«Ho deciso di chiudere "Palpiti e carezze".»

Lo disse proprio così. Con la sua voce morbida e educata. Con quello sguardo da vecchia zia gentile: «Ho deciso di chiudere "Palpiti e carezze"». E partì con una lunghissima spiegazione di cui Viviana non capì quasi nulla. La guardava a occhi sbarrati, fissava la sua bocca pronunciare espressioni quali "deficit di mercato", "taglio dei costi", "flessione del pubblico" ed era come se le parole non le arrivassero al cervello.

«Palpiti e carezze» chiudeva, altro che promozione!

«Era un giornale perfetto per noi stupide sentimentali» sospirò alla fine l'editrice, dandole una pacca sul ginocchio. Poi le fece l'occhiolino, come una monella: «Ma naturalmente io non intendo privarmi di lei. La sua esperienza sarà cruciale per il lancio della nostra nuova rivista».

Si alzò agilmente, pescò una cartelletta rossa dalla scrivania e gliela tese. «È il progetto che ho appena approvato» disse. «Si chiamerà "Amici Cuccioli".»

Sulla copertina, un enorme gatto fulvo divideva il cuscino con due cocker dalle lunghe orecchie pelose. «A ottobre lo voglio in edicola» la congedò la vecchia, tutta festosa.

Viviana scese le scale come un automa. Dal corridoio sbirciò, dentro la redazione che era stata quella di «Palpiti e carezze», la sua scrivania ordinatissima, ma le era impossibile raggiungerla senza incappare in una delle colleghe che stavano festeggiando. E cosa c'era da festeggiare, poi?

Proseguì, attraversò l'androne e prese uno dei vialetti dell'oasi, verso la panchina più appartata. Ci si lasciò cadere sopra, con gli occhi chiusi. Fu presa da un irresistibile, lancinante, desiderio di sfogarsi con qualcuno, proprio lei, la regina mondiale della riservatezza. Ma con chi poteva farlo?

Febbrilmente passò in rassegna le persone con cui aveva rapporti.

Rosalia, la colf? Impensabile. Dopo vent'anni di conoscenza, si davano ancora del lei.

Matilde, la sua vice? Ormai era la sua ex vice, si corresse, e l'aveva vista brindare assieme alle altre.

Non le restava che la sorella ma, al solo pensiero, Viviana rabbrividì. Che commenti sarebbero potuti sfuggire dalla bocca di quella sciroccata?

Per aiutarsi, estrasse dalla borsa la lista delle cose da fare e la rilesse al volo. Delle sue ottantotto incombenze di quel venerdì, praticamente nessuna riguardava un altro essere umano, se non l'ultima: «telefonare a Rossella». Non c'erano altri nomi segnati lì, nessuno da chiamare.

La invase un sentimento oscuro che ricordava di aver provato solo da bambina, quando si svegliava nel suo letto e cercava la mamma: l'impressione che una pietra le schiacciasse il torace e l'aria non arrivasse ai polmoni. C'era stata nonna Imelde, allora, da chiamare. Ma adesso?

"Nonna" pensò, e le sfuggì un sorriso. Lei sì che avrebbe saputo consigliarla.

Tenendo gli occhi chiusi si sforzò di immaginare le sue parole. «Fregatene» le avrebbe detto. «Pensa allo stipendio! Non parlare con nessuno. Non fidarti.»

Sicuro, annuì, le avrebbe detto così. Diceva sempre così e Viviana le obbediva ma ora, per la prima volta nella sua vita, sospettò che forse l'Imelde non era stata sempre infallibile. Perché lì, seduta su quella panchina, lei non poteva negarsi il bisogno che sentiva prepotente di qualcuno che l'ascoltasse. Di una mano (*Gesummio!*) che tenesse la sua.

Stava forse diventando una stupida sentimentale come le lettrici di «Palpiti e Carezze»?

Allungò le gambe doloranti per la caduta del mattino. Meccanicamente si spazzolò dal vestito una lunga foglia che si era staccata dal platano lì sopra: certo, sporcava, come tutte le piante, pensò alzando gli occhi alla sua chioma centenaria, ma la sua ombra era così fresca e riposante!

Fu in quel momento che qualcosa di umido le sfregò il polpaccio sinistro.

Viviana sobbalzò, mentre Annibale si accucciava ai suoi piedi, anzi sopra al suo piede, battendo ritmicamente la coda, il corpo caldo contro la sua gamba.

«Vattene!» disse lei, per istinto e per abitudine. Allungò una mano come per scansarlo, ma il suo sguardo corse su, alla grande vetrata del primo piano.

L'editrice era lì e la fissava.

«Vattene» ripeté Viviana, spostando la sua mano sulla testa del cane, come per una carezza e, nel farlo, sfiorò il ciuffo ispido e spettinato che si aprì su due sorprendenti occhi nocciola.

La fissavano, quegli occhi, con dolcezza e senza giudizio. Come a dirle: «Ti capisco...».

"Con dolcezza?" trasalì Viviana.

Si vergognava anche solo di averlo pensato. Ma l'aveva pensato, ammise.

Si abbassò verso il cane. «La tua padrona mi ha fregato» gli sussurrò.

Annibale agitò la coda, si alzò di scatto e le leccò il naso. Il suo alito non profumava esattamente di mentine.

«Mi ha fregato» ripeté Viviana, cercando di asciugarsi il viso mentre qualcosa – una sensazione nuovissima – le faceva vibrare lo stomaco e risaliva su su fino alla gola, invadendola tutta come quell'unica volta che aveva bevuto una coppa di champagne, lei che era astemia dichiarata. Poi, finalmente, scoppiò a ridere e rise a lungo sentendosi sempre più leggera mano a mano che i secondi passavano.

«Amici Cuccioli» singhiozzò. Aprì la borsa, ne estrasse la lista del *to do*, la appallottolò con quella del *to buy* e la gettò lontana.

Scodinzolando, Annibale si lanciò alla sua ricerca ma la pallina si era persa tra le siepi di ortensia.

Annamaria Testa

La ruota degli incontri

Che idea balorda partire così tardi.

«Dense foschie e banchi di nebbia comportano una consistente riduzione della visibilità in Val Padana. La polizia stradale invita gli automobilisti alla massima prudenza» gracchia la radio. Anche la ricezione è disturbata.

Il prof sta guidando a sessanta all'ora. «E figurati se non sto attento: *Cautissima senectus*» bisbiglia.

Da quando sua moglie se n'è andata ogni tanto parla da solo.

Rallenta ancora un po'. La radio accesa lo aiuta a non pensare.

In effetti non si vede un piffero. Da Pavia in poi, come viaggiare dentro il cotone idrofilo. Compreso il traversone tra le risaie: una stradina tutta gomiti, un fosso di qua e uno di là. Compreso il ponte sul Po, che sembra perdersi nel nulla. Compresa l'infilata dei paesi successivi, qualche insegna al neon, luci intermittenti di Natale e le ombre di innumerevoli Santa Claus *made in China* pendenti come impiccati dalle finestre e dai balconi.

È dalla scorsa primavera che il prof non viene nella casa di campagna. Sua moglie l'amava così tanto. Per questo decidere di tornarci – di tornarci da solo – non è stato per niente facile: per riuscirci, ha dovuto imporre a se stesso di farlo entro la fine dell'anno.

Ora dovrà ripetere il rito tristissimo che già ha dovuto compiere nella casa di città: raccogliere le cose di lei, distinguere quelle che vanno buttate e quelle che possono essere regalate, chiudere tutto nei sacchi.

E poi l'*annus horribilis* sarà finito.

Finalmente la strada comincia a salire, una curva dopo l'altra lungo il fianco della collina.

Salendo e salendo, il prof si lascia dietro la nebbia, ammucchiata nell'enorme catino della pianura. Cielo nero, stelle, una falce di luna. Lì fuori deve fare un freddo bestiale. Fortuna che la casa si riscalda in fretta. Metterà la caldaia al massimo e intanto preparerà un brodo, magari.

«*Sursum corda*» sospira quando, dopo l'ultima curva, dietro il ricamo nero dei rami del castagno gli appaiono il profilo familiare del muro di pietra, pallido nella luce lunare, le due colonne d'ingresso, il cancello di ferro tutto riccioli.

Sì, fa un freddo bestiale. Il fiato si condensa. L'erba sembra candita e scricchiola sotto le scarpe. Due passetti cauti, quel che basta per arrivare al cancello: strano, il chiavistello aperto. Una spinta, e il cancello si spalanca senza neanche un cigolio. Il prof retrocede ingobbito verso l'auto, oppresso dal silenzio e dalla malinconia. Riavvia il motore.

Mentre le ruote slittano sulla ghiaia del cortile, la sciabolata di luce dei fari rivela un fotogramma da film horror: una silhouette umana scivola via dal cono luminoso con uno scarto veloce. È un bestione grande e grosso, in canottiera bianca. Viene verso l'auto e tiene in mano un bastone.

È il dettaglio incongruo della canottiera a convincere il prof a non fare subito retromarcia rituffandosi nella nebbia. Ferma l'auto, ma blocca le portiere e tiene acceso il motore. Il tizio si ferma a un metro di distanza e agita le braccia in un goffo saluto. Il prof vede che il bastone è un rastrello.

Brandelli di memoria turbinano nella mente del prof

fino a formare uno straccio di ricordo: dev'essere il manovale rumeno. Quello che lavora nel cantiere appena fuori dal paese.

È stata la moglie del prof, poco prima di partire, a offrirgli di fermarsi a dormire gratis, in cambio di un po' di vigilanza, nella foresteria. Be', foresteria: un casottino nascosto dietro l'edificio principale.

È stato prima che succedesse. Che succedesse tutto il resto.

Al prof sembra di risentire la voce di lei.

Dai, Nico...

«Dai, Nico, lo conosco, è un brav'uomo. Li portano qui ammucchiati sul camion come delle bestie, li fanno lavorare per tutto il giorno e poi li riportano a dormire a un'ora e mezza di strada. Se sta da noi risparmia tre ore e in cambio dà un'occhiata alla casa quando non ci siamo, ché di questi tempi male non fa.»

Allora gli era sembrata una delle tante idee volonterose, bizzarre e tutto sommato inoffensive di sua moglie. Poi ha avuto altro a cui pensare e si è dimenticato del rumeno. Adesso non ricorda neanche come si chiama.

Abbassa cauto il finestrino.

«Ma non ha freddo? E cosa sta facendo qui fuori al buio?»

L'omone si mette a ridere. In un fritto misto di italiano, francese e oscuri suoni balcanici spiega che non ha la tv: per far passare il tempo, meglio rastrellare che bere. La luce della luna basta e avanza.

Dice che il cantiere è chiuso per Natale, ma nel magazzino sono rimasti tutti gli attrezzi: il capo gli allunga qualche euro per passare ogni giorno a controllare, è roba che costa.

«Così è rimasto qui, da solo, tutti questi mesi?»

«Signora detto di stare, io stato, no problema.»

Del resto il cantiere riaprirà subito dopo Natale e lui ha spedito tutti i soldi in Romania, dove avrebbe dovuto andare? Fa un gesto circolare verso il buio: già che c'era, ha messo in ordine il giardino, raccolto le foglie, potato le piante, zappato l'orto, tagliato la legna.

«Voi me dato casa calda. Vede tutto fatto domani bene, sì?»

"*Virtus omni loco nascitur*" pensa il prof, che ha insegnato greco e latino per più di trent'anni. Il tizio si chiama Dragomir, ma gli italiani lo chiamano Drago.

«Va bene, Dragomir, domani parliamo con calma di tutto. E vedrò di recuperare un televisore per lei.»

"Un drago che custodisce la casa" pensa il prof mentre gira le chiavi nella toppa. Quando entra quasi non riesce ad accendere la luce, tramortito dai ricordi.

È il 18 dicembre 2003.

La ruota degli incontri ha appena cominciato, lentissima, a girare.

È primavera e le foglie scintillano morbide e lucide nel sole del pomeriggio. Il giardino non è mai stato così rigoglioso. L'angolo che si intravede dalla finestra aperta sembra dipinto: due meli, un declivio, la fuga delle colline.

Il prof un po' scrive e molto lascia vagare lo sguardo. Ha preso l'abitudine di passare più tempo in campagna: sta preparando una grammatica latina per il ginnasio, passeggia ogni giorno fino al paese per comprarsi il giornale e forse farà mettere una connessione internet.

Il prato è laccato di verde chiaro. In questa stagione l'erba nuova viene su così in fretta che sembra quasi di vederla crescere: a Drago tocca tagliarla ogni pochi giorni. Stamattina il trattorino tagliaerba ha lanciato un ultimo rantolo e si è fermato mollando una grossa e rumorosa scorreggia di fumo nero a galleggiare nell'aria tersa.

«No è problema, so dove cilià un falcio.»

"Cilià" è il modo di Drago di dire "c'è". Il prof lo trova rimarchevole e non l'ha mai corretto. Non è l'unica cosa che trova rimarchevole. Per questo, ora che il cantiere dove lavorava Drago ha definitivamente chiuso, ha fatto due conti, ha visto che può permetterselo, e gli ha chiesto di fermarsi a lavorare per lui.

Il prof sente delle voci e vede qualcosa muoversi sotto il declivio. Si affaccia alla finestra e mette a fuoco. Drago sta falciando con ampi gesti regolari l'erba del pendio, un piede ben piantato verso il basso, la gamba più in alto flessa, il grosso torso che si muove a ritmo con la falce, la stretta lama affilata (al prof vengono in mente mille raffigurazioni medievali della morte) che luccica e taglia l'erba con una carezza dolce e definitiva.

Nella stradina più sotto, un paio di paesani sono fermi a guardare. Su queste colline non si dev'esser più vista usare con perizia una falce da mietitura dagli anni Cinquanta. E in pendenza, poi.

È il maggio del 2004.

Ci sono voluti tempo e infinite rotture di scatole per fare i documenti, ma alla fine Floriana, la moglie di Drago, è arrivata dalla Romania e ha trovato lavoro in un albergo. Con lei c'è Iulia: ha dodici anni, con l'italiano se la cava già meglio dei suoi genitori ed è stata ammessa alla prima media.

Iulia è seduta sugli scalini della foresteria. Ha un libro di scuola aperto sulle ginocchia e un'espressione infelice.

«C'è qualcosa che non va?» domanda il prof.

«Non capisco niente, devo essere stupida» dice Iulia.

«Fa' vedere.»

Il prof legge: «L'aspetto più singolare della morfologia laziale consiste nella presenza di una estesa regione di natura vulcanica, che costituisce un comprensorio fertile e segnato da dolci pendii, in netto contrasto con l'aspra e inospitale morfologia appenninica».

«Non sei stupida tu. È stupido questo libro» dice il prof. «Dai, vieni in casa che ti aiuto a capire che cosa dice. Dovrei anche avere dei biscotti.»

Aevo rarissima nostro / simplicitas.

Il prof passa un paio d'ore producendosi in una vulgata dell'aspro e inospitale testo di geografia della prima media.

Iulia è sveglia, determinata, timida e orgogliosa. Quando non capisce quello che c'è scritto su un libro se lo impara a memoria. A scuola i compagni la prendono in giro per il suo accento.

«Fregatene dei compagni» dice il prof «e non imparare tutto a memoria. Se non capisci qualcosa, vieni che te lo spiego.»

Iulia tornerà spesso dal prof. E la ruota degli incontri continuerà lenta a girare. È il marzo del 2006.

Iulia ha compiuto diciannove anni. Il gruppetto di ragazze del paese che frequenta insieme a lei l'istituto turistico ha continuato a sfotterla per tutto questo tempo, prima per l'accento e la voce roca, poi per la madre che va a servizio, poi perché non è italiana, poi perché prova a guadagnarsi qualcosa come babysitter e di sera non esce quasi mai.

Iulia continua a restarci male. "In realtà" pensa il prof, "'ste sceme ce l'hanno su con lei perché è cresciuta alta, bella e tosta. E fra ragazze, nei paesi, si sa come vanno le cose. *Caeca invidia est.*"

Iulia parla rumeno, italiano e spagnolo, ma con l'inglese zoppica. Il prof continua a ripeterle di cambiare aria e di andarsene. Per esempio, a Londra.

«Sei in gamba, non vorrai stare qui in paese a guadagnare una paghetta da babysitter e a farti prendere in giro da tre cafone per tutta la vita» le ha detto. «Parti, lavori, finalmente impari anche l'inglese, vedi un po' di mondo e con quattro lingue ti trovi la tua strada. Sono sicuro che ce la puoi fare».

Iulia ha imparato a fidarsi del prof. Anche Drago si fida del prof. Alla fine anche Floriana, dopo essersi prodotta in una lamentazione elaborata e degna della migliore tradizione classica, dice di sì.

Drago ha un amico che ha un amico che conosce uno a Londra che ha un caffè ristorante, un bel posto in centro, e che ha giusto bisogno di una ragazza in più in sala.

Così Iulia parte, e Drago parte con lei: si fermerà qualche giorno, l'aiuterà a sistemarsi e controllerà che tutto sia a posto.

Atterrano a Heathrow con quattro pesanti valigie. Vengono prelevati all'aeroporto e portati al caffè ristorante. Dopo mezz'ora Iulia è già stata piazzata dietro il bancone e ne avrà fino a sera.

Drago si ritrova solo, con le quattro valigie, nel centro di Londra. Non spiccica una singola parola in inglese. È stanco e frastornato e non sa dove andare.

Cammina a caso trascinandosi le valigie: ne porta due con sé per venti metri, poi torna a prendere le altre due. Le strade intorno a lui gli rimandano raffiche di segnali indecifrabili. Ha viaggiato per mezza Europa lavorando, ma non è mai stato in una città così grande. Suda e gli gira la testa.

Finalmente vede qualcosa di familiare e di cui capisce il senso. È un negozio di ferramenta, e lui quegli attrezzi li riconosce: sono gli stessi in tutto il mondo. Così, in cerca di conforto, si accampa coi bagagli lì davanti.

Tra la sua mole e quella delle valigie, riesce a ingombrare tutta la vetrina.

Dopo un po' vien fuori il proprietario. È un indiano: un omino scuro, lindo, piccolissimo, il cui naso arriva a stento allo sterno di Drago. Guarda Drago e gli dice chissà cosa. Continua a indicare le valigie e Drago non ha la più pallida idea del perché.

Allora Drago allarga le braccia: un segnale che tutti capiscono. Poi prova a dire qualcosa in italiano. E poi in francese, e finalmente in tedesco.

Così, succede che un gigantesco rumeno e un minuscolo indiano riescano a parlarsi nel bel mezzo di Londra ricorrendo al tedesco smozzicato dei migranti, quello che entrambi hanno imparato in una vita precedente, da giovani, lavorando in Germania.

L'indiano si offre di tenere le valigie in negozio mentre Drago va a cercare una buona stanza. Gli spiega dove trovarla. Telefona per prendere accordi.

Quella sera e le successive, poiché la stanza va bene ma non è disponibile subito, l'indiano ospita Drago e Iulia a casa sua, ammucchiando i quattro figli in due letti: «Se c'è posto per sei,» dice «si trova posto anche per otto». Quando lavorava in Germania gli è capitato di dormire sotto i ponti e ha giurato a se stesso che, se mai avesse avuto occasione di dare una mano a qualcuno che fosse in difficoltà in un paese straniero, l'avrebbe fatto. E così è successo.

È metà ottobre del 2013 e la ruota degli incontri ha fatto un altro giro.

Dopo meno di tre anni Iulia non solo parla un ottimo inglese, ma è diventata caposala nel ristorante. È un lavoro duro: si sveglia alle 7 di mattina e rientra a casa alla 9 di sera. Torna in Italia per qualche giorno solo a Natale, a Pasqua e a fine estate, perché ad agosto, coi turisti, si lavora anche più del solito.

Qualche volta è così stanca che le viene da piangere. Qualche volta fa il conto dei soldi che sta mettendo da parte e si sente padrona del mondo. Si è trovata due stanze poco distanti dal ristorante ed è diventata il punto di riferimento dei paesani che, per un motivo o per l'altro, devono passare per Londra. Ha perfino ospitato per qualche giorno una delle odiose ragazze che la prendevano in giro, tutt'ora disoccupata e molto più gentile che in passato, ricevendo in dono un intero salame e un barattolo di conserva di visciole troppo dolci, di un tremendo color porpora.

Quando Iulia viene in Italia è una festa: Floriana comincia una settimana prima a cucinare. Drago si veste elegante per andarla a prendere all'aeroporto. L'intera comunità rumena viene in visita, anche dai paesi vicini.

Il prof è contento di rivedere Iulia, non proprio come se fosse tornata una figlia ma, diciamo, una nipote prediletta. Sente il rumore dell'auto di Drago sul viale di ghiaia. Non vuole intromettersi nel rumoroso rituale dei saluti familiari e si siede ad aspettarla, come sempre, alla scrivania. Sa che arriverà.

Sente lo scricchiolio della porta di ingresso. Sente passi su per la scala di legno. Quando la porta dello studio si apre, ha già stampato in faccia il sorriso delle grandi occasioni.

Iulia porge al prof un'opulenta scatola di metallo verde e oro, di Harrods: tè nero di ottima qualità.

«Benedetta ragazza, ti sarà costato un patrimonio.»

«Ma va' là, prof, ce l'abbiamo al ristorante. E poi devo chiederle un favore.»

Dalla porta spunta una brunetta minuscola con lo sguardo vivace.

«Questa è la mia amica Janani. È figlia del signore che ha ospitato me e papà a Londra. Si sta specializzando in chirurgia cardiovascolare. Passerà sei mesi a Pavia, all'università. L'ho aiutata a tradurre il curriculum in italiano ma è meglio se gli dà un'occhiata lei.»

I corsi cominciano fra pochi giorni.

Il prof prende tè e chiavetta USB. «Volentieri» dice. «E la tua amica ha già trovato un posto dove stare a Pavia?» domanda. Conosce bene la storia di Drago e delle valigie – è stata raccontata mille volte – e non vuole che l'indianina si trovi a dover replicare quell'esperienza, esile com'è.

Janani annuisce: grazie a Iulia capisce un po' di italiano. «Abbiamo cercato insieme su internet,» spiega Iulia «starà da una signora. Domani prendiamo la corriera e andiamo a vedere il posto.»

C'è una specie di vibrazione attorno alle due ragazze, la rumena alta ed energica, l'indiana attenta e aggraziata, che quasi commuove il prof. Una specie di profumo di futuro.

«Vi accompagno in macchina. Devo giusto fare un salto in libreria.»

L'ha detto ancora prima di decidere di dirlo, e non è vero che ha tutta questa fretta di comprarsi altri libri.

Il fatto è che si pregusta la gita e l'idea di accompagnare le ragazze a vedere il duomo e il ponte coperto, ed è quasi certo che anche Iulia non c'è mai stata. Poi le porterà a mangiare un gelato in Piazza della Vittoria e si crogiolerà nel ruolo di nume tutelare.

È l'ultima settimana di settembre del 2016.

Per trovarla, Iulia ha dovuto usare il navigatore satellitare. È una casa modesta in fondo a una via periferica.

«Temo che Janani dovrà farsi un bel pezzo di strada in bici ogni mattina. Forse fa ancora in tempo a cercare qualcosa di più vicino» dice il prof.

«Più vicino costa di più» dice Iulia la saggia, che in tre anni a Londra ha cambiato quattro case. «Vediamo prima com'è dentro. Se la stanza è bella può valere la pena.»

«*I like the color*» dice Janani.

I muri esterni sono di un brillante tono zafferano. "A prova di nebbia" pensa il prof, mentre suona il campanello.

La signora è venuta ad aprire dimenticandosi sul naso gli occhialetti da lettura. Ha addosso un paio di calzoni scoloriti e una maglietta di cotone con un buco nella manica. Parla a raffica.

«Non vi aspettavo così presto. Tu sei Janani, vero? Certo che sì. Brava, ché hai già degli amici italiani. Forza, entrate tutti, nessun disturbo, figuriamoci, Janani, adesso ti faccio vedere la stanza ma intanto vi porto qualcosa da bere, dai, sedetevi, scusate il disordine.» Tira via dal divano una bracciata di libri e giornali.

"Guarda un po' che tipette vispe ci sono dalle parti di Pavia, in mezzo alle zanzare, nelle case color risotto" pensa il prof, mentre sbircia i titoli dei libri.

E, già che c'è, sbircia anche la tipetta vispa.

Sono più di dieci anni che non guarda una donna con *quel* genere di interesse, anche se è stato corteggiato da una sfilza di vedove desiderose di accudirlo e alleviare la sua solitudine. Cosa che benevolmente ha permesso loro di fare, ma non sempre, e offrendo solo incarichi a tempo determinato.

Est in canitie ridicula Venus.

È più che consapevole che l'amore dei vecchi può essere ridicolo. O patetico. O entrambe le cose: per questo se n'è tenuto bene alla larga.

Ma il fatto sorprendente è che alla faccia della canizie, e del ridicolo e del patetico, anche attorno a questa vecchia ragazza spettinata che si agita per accogliere un gruppetto di ospiti inattesi gli sembra di percepire una traccia esile di profumo di futuro.

Se lo gusta a poco a poco.

Così, mentre le *girls* vanno a vedere la stanza e il resto della casa, il prof si accomoda meglio sul divano e chiude gli occhi.

È allora che, in un refolo velocissimo di pensiero, gli appare vivida la ruota degli incontri, e lui si rende conto che per tutti gli anni passati la ruota ha girato e girato, trascinando con sé persone e incrociando destini e toccando mezzo mondo, solo perché al momento giusto lui si spostasse di una manciata di chilometri che altrimenti non avrebbe mai percorso e potesse arrivare fin lì, in quel posto e in quel momento, su quel divano sgangherato. A fantasticare su una vecchia ragazza. A pensare che anche lui, dopotutto, non è altro che un vecchio ragazzo. E a godersi quel poco di profumo di futuro.

Questo racconto è tratto da una storia vera.

Le citazioni del prof:
Cautissima senectus (TACITO, *Historiae*, II, 76), "Prudentissima vecchiaia".
Sursum corda (*Prefazio* della messa cattolica di rito romano), "In alto i cuori".
Virtus omni loco nascitur (SENECA, *Epistulae morales ad Lucilium*, 66, 3), "La virtù nasce in ogni luogo".
Aevo rarissima nostro / simplicitas (OVIDIO, *Ars amandi*, 241-242), "La semplicità, cosa rarissima ai nostri tempi".
Caeca invidia est (Livio, *Ab Urbe condita*, I, 38, 59), "L'invidia è cieca".
Est in canitie ridicula Venus (proverbio medievale), "L'amore dei vecchi è ridicolo".

Silvia Vaccarezza

Tutto il bello che c'è

Se si sogna con amore tutto si realizza.

«Bisogna studiare, Silvia, studiare, anche la cabala. Scrivi, devi scrivere. Racconta la storia, la nostra storia. Io parlo. Comunico. Ci sono. Non si sparisce così, *puff*. È un cammino lungo, bello ma lungo. Lo devi dire. Bisogna prepararsi.

Silvia ricordati, è stato troppo bello, un'avventura meravigliosa: tu, io, la malattia, il programma, le ragazze. Idee e poi risate, amore e le idee realizzate.

Scrivi, scrivi: la gente deve capire che se sogna con amore tutto si realizza.

Il vostro sorriso mi nutre, ci nutre, ci dà energia. Più allegria c'è sulla terra più ne arriva qui, anche se noi ne siamo pieni. Tanto amore, tutto chiaro, tutto leggero, tutto semplice, senza parole, solo pensieri, tutti capiscono. E i sorrisi: si sorride sempre. Silvia, ricordati i bambini, le favelas, il coro delle Mani Bianche, musica, leggerezza, racconta gesti belli, non piangere, stammi a sentire, c'è poco tempo. Invita ospiti, i nostri eroi, ricordati fiori, giardini, manda amore, manda amore.»

È la vigilia di Natale, mi sveglio di soprassalto, il cuore che batte all'impazzata. Mi metto a sedere sul letto, ancora avvolta dalle parole di Maria Grazia. Parole dal suono dolce come una melodia che ti accarezza il cuore ma che al tempo stesso ti sferza in tutto il tuo essere. Parole come dardi scagliati dritti al bersaglio.

«Stammi a sentire, c'è poco tempo...» Quelle parole mi martellano le tempie, celano la stessa concitazione che Maria Grazia aveva nelle telefonate degli ultimi mesi, persino nell'ultima, il 19 ottobre, a poche ore dalla sua morte.

«Allora ti ricordi? Te lo sei segnato? Devi dire a Daniele Rotondo di fare quel pezzo sul succo di pomodoro fatto senza lo sfruttamento dei neri nella raccolta; e poi il coro delle Mani Bianche. È importante il messaggio della musica che salva, che aiuta i ragazzi emarginati delle periferie più povere e degradate del mondo. E mi raccomando, Silvia, la bellezza dei gesti semplici. Mi prometti che te lo ricordi? Guarda che anche quest'anno prima o poi i ciliegi fioriscono... ed è uno spettacolo che parla al cuore. È questo che dobbiamo mettere in onda.»

Aveva un filo di voce, parlava molto lentamente ma le stoccate non le risparmiava mai a nessuno, tantomeno a me: ormai da anni, Maria Grazia mi aveva aperto il suo cuore, e da anni condividevamo quel meraviglioso progetto che ci dava tanta energia.

Tutto il bello che c'è, un programma televisivo di buone notizie. Un sogno. Dal 2014 diventato realtà come rubrica del Tg2.

Un sogno accarezzato per anni da noi due colleghe, studiato nei minimi particolari e condiviso con un gruppo di amici.

L'idea era nata di getto, poi per metterla a punto era servito un anno intero di incontri, riunioni, interminabili telefonate. Nulla a confronto dei sei lunghi anni passati poi a bussare a molte porte prima di vederlo finalmente in onda.

Tutto nacque nel 2008, anche questa volta sotto Natale. Maria Grazia, che nel 2003 era stata operata per un tumore al seno, ebbe una ricaduta. Respiro affannoso, acqua nei polmoni, nuovo ricovero.

Al giornale girò la voce: sei mesi di vita.

Non seppi mai quale medico o giornalista avesse diffuso quel verdetto perché cercai subito un confronto diretto con Maria Grazia.

Abbracciate sotto il portone di casa, avvolte nei nostri cappotti.

«Se sei veramente un'amica devi aiutarmi a morire.»

«Maria Grazia, posso solo aiutarti a vivere, a stare bene.»

«Ho paura. Paura che dopo sarà peggio.»

«Ti sei troppo trascurata. Puoi farcela, lo sai. È necessario però che tu lo voglia, con tutte le tue forze. La vita può essere bellissima se cominci a fare le cose che sogni.»

«Mi piacerebbe raccontare la bellezza del mondo, tutte le cose belle che accadono, la semplicità del vivere nella natura...»

«Questo può essere un buon inizio...»

«Silvia tu stai sognando! Ma guardati, guardiamoci: siamo di corsa tutto il giorno, a preparare telegiornali pieni di notizie orrende. Corriamo corriamo e non abbiamo più neppure il tempo di osservare quello che ci circonda...»

«È vero Grazia, ma possiamo cambiare. Proviamo a inventarci un programma di belle notizie... Poi a poco a poco lasciamo il tg e ci occupiamo solo di quello...»

«E magari andiamo a vivere in campagna... Quanto mi piacerebbe una casetta nel verde, fuori Roma, con qualche animale... Anche ai tuoi figli farebbe bene vivere all'aria aperta.»

«Tutto si può fare Grazia, basta volerlo... però non credo proprio che tu sia adatta alla vita di campagna! Fossi in te ci penserei un po' di più...!»

«Ma che dici? Perché?»

«Non riesco a immaginarti sveglia all'alba come un grillo... Tu che la mattina ami farti coccolare dal letto!»

«È mia mamma che mi vizia, io sarei adattissima alla vita di campagna.»

«Va bene, va bene, cominciamo a buttare giù qualche idea e poi ci metteremo anche a cercare una casetta nel verde per la mia famiglia e la tua!»

Ci salutiamo con affetto. Le guance bagnate di lacrime. Il segno di un legame profondo che nessuna delle due aveva previsto.

Ci conoscevamo da una quindicina di anni. Maria Grazia era al Tg2 *Diogene*. Io lavoravo come ufficio stampa dei Giovani Socialisti. Ci fu subito una grande intesa, al di là della fede politica. Ci incontrammo di nuovo nel 1997 quando arrivai al Tg2.

Maria Grazia nel frattempo era passata alla Redazione Cultura, si occupava soprattutto di musica e letteratura. Era un volto noto e molto amato dal pubblico. In redazione conosceva tutti, ma la sua riservatezza la isolava un po'.

Tra noi due continuava una grande simpatia. Quando ci incontravamo nei corridoi ci fermavamo a chiacchierare e in un attimo eravamo fuori dal tempo, lontane dai telegiornali e dalle corse quotidiane. Maria Grazia sempre con qualche libro in mano, minimo 5 o 6, ma incurante del peso, mi raccontava entusiasta l'ultima intervista fatta.

«Deepack Chopra?! L'hai conosciuto? Cosa ne pensi della sua teoria sulle coincidenze?»

«Ci credo profondamente e ne sono affascinata.»

«Quanto sarebbe bello avere uno spazio per parlarne in tv.»

La speranza di vedersi fuori dal tg spesso cadeva nel vuoto. Sapevamo di poter contare l'una sull'altra, ci stimavamo, ma ognuna conduceva la sua vita.

Tante volte avevo sostituito Maria Grazia nel tg della mattina. Orari massacranti con sveglia alle 4. Quando nel 2003 Grazia si era ammalata, mi aveva chiesto di coprirla in quei turni faticosi quando non se la sentiva.

Questa volta però era tutto diverso.

Il sogno di un viaggio insieme per raccontare la bellezza e per farsi aiutare da quella bellezza a superare le asperità della vita, contando sul suo potere taumaturgico. Entrambe sapevamo che la posta in gioco era troppo alta. Con la morte non si scherza e per salvarsi occorreva veramente un totale cambiamento di marcia. Quel programma di belle notizie non era un capriccio o un pretesto: significava scegliere la vita!

Troppe volte il pensiero della morte si era affacciato alla mente di Grazia. Da quando aveva perso il padre sentiva come un dolce richiamo e me lo aveva confessato in qualche momento di sconforto. Questa volta però occorreva reagire a quel verdetto inquietante.

All'incontro alla luce del lampione sotto casa di Grazia seguirono giornate frenetiche: telefonate, incontri, riunioni.

«Dobbiamo invitare nel programma chi riesce a cogliere le opportunità di fronte a una crisi o davanti a un ostacolo, come diceva Einstein. Chi riesce a guardare con occhi diversi, a cambiare prospettiva come invitava a fare Robin Williams nell'*Attimo fuggente*. Le idee sono infinite... basta entrare in questa lunghezza d'onda. Cambiare la visuale appunto e diventare dei "cacciatori di *good news*".»

«D'altronde se il mondo non fosse pieno di belle notizie ci sarebbe la guerra tutti i giorni e invece siamo pieni di buona sanità, di persone che tutti i giorni fanno con serietà e dedizione il proprio lavoro e qualcuno persino con il sorriso.»

«Ecco Silvia, dobbiamo raccontare il sorriso che è nascosto in ciascuno di noi! Anzi mettiamolo proprio come titolo.»

«Ma Grazia a me piaceva *Tutto il bello che c'è...*»

«E chi lo tocca! *Tutto il bello che c'è... quando il sorriso fa notizia*!»

Le ore volavano in quelle riunioni. Pier Giorgio De Florentis, il mio primo capo in Rai, curatore di tanti programmi in prima serata, aveva una lista di vip dell'anima, personaggi che avevano fatto della felicità interiore una scelta di vita. Sonia Rossi metteva a disposizione la sua esperienza nel campo della crescita personale e tutte le sue conoscenze: autori di fama internazionale che avremmo potuto intervistare. Marina Bertozzi e Luca Tomarelli esperti sui social e sempre ricchi di idee, Monica Tomasi farmacista che alle medicine preferiva l'amore come il più potente farmaco al mondo. E Federica Vetrano che di medicine ne prendeva tante ma a tirarla fuori dal suo tumore era stata soprattutto la sua positività. Di riunione in riunione il nome delle persone da intervistare cresceva e l'elenco dei pezzi da fare si allungava. Ogni appuntamento durava il doppio di quanto avevamo stabilito. Discussioni animate e tantissime risate.

«Grazia vuole andare in giro per essere più libera di mangiare prelibatezze e scovare animali da salvare... Già vedo il collegamento: "Grazia dove sei?". Nessuno risponde e poi la telecamera la inquadra di sorpresa mentre si mangia di nascosto una frittella e carezza qualche agnellino.»

«Tu piuttosto, Silvia, con questa idea dei pezzi sulle

istituzioni che funzionano, sai quanti assessori, sindaci e onorevoli inizieranno a rompere con dei servizi specchietti per allodole!? E che fai, ti colleghi dal Parlamento per raccontarli?»

«Sceglieremo i servizi alla collettività che funzionano davvero. Penso a quelle regioni che stanziano fondi per creare strutture multifunzionali per i giovani, penso a quei sindaci che si danno da fare per gli anziani organizzando attività e servizi.»

«Pensa anche ai corsi per insegnare alle donne operate di tumore a truccarsi e superare lo choc di aver perso i capelli con le chemio...»

«Allora alla settimana prossima con elenco autori e tracce per interviste.»

«Sapete cosa dice Nader Butto? "Una persona sana è una persona felice." È uno stimato cardiochirurgo israeliano che opera a cuore aperto ma sostiene allo stesso tempo che se non curiamo la nostra anima quella malattia tornerà nonostante tutti i farmaci e gli interventi. Perché la malattia fisica altro non è che un sintomo esterno, una spia d'allarme di un malessere spirituale. Pensare di risolvere il problema solo sul lato fisico è come voler far ripartire un'auto senza rimettere benzina, eliminando solo la spia rossa accesa che indica che il serbatoio è vuoto.»

«Ma pensi che in un programma in tv potremmo parlare di libri come malattia e simbolo, malattia come linguaggio dell anima?»

«Bellissimi quei libri! Anche quello della Rainville, *Ogni sintomo è un messaggio*. Da quando li ho letti le malattie per me hanno tutto un altro significato. Sono rimasta impressionata da che grande corrispondenza ci sia tra i fastidi anche banali del nostro corpo e il nostro carattere. O meglio, il nostro modo di affrontare le cose.»

«Ma Monica come faremo a raccontare queste cose in tv? Parlare di altra medicina può essere più pericoloso che parlare di altre religioni! Finiremo sul rogo!»

«Ci vorrà grande intelligenza. Innanzitutto c'è sempre una buona medicina e una buona Chiesa di cui poter parlare! Guarda che lavoro meraviglioso fanno alcune parrocchie, alcuni sacerdoti così come alcuni medici e alcuni farmaci. Non dobbiamo confondere però la religione con la spiritualità e le linee guida per star bene a un livello più profondo con la medicina.»

«È terribile questa necessità di ospedalizzazione, di farmaci, di terapie invasive e, cosa ancor più triste, questa continua promozione della chirurgia estetica anche per i più giovani senza raccontare quanti danni, quante sofferenze, quante conseguenze ci sono dietro quelle tette rifatte e quelle labbra a canotto e quelle liposuzioni. Sbandierate come fossero dei semplici make-up.»

«Ragazzi non divaghiamo. Torniamo a bomba sugli autori. Insomma Silvia, chi hai intervistato a Rimini?»

«Ho conosciuto Deepak Chopra, Louise Hay, Wayne Dyer, Joe Dispenza.»

«E Topolino, Pippo e Pluto! Dai non scherzare!»

«Conosciuti e intervistati! Louise Hay è una donna fantastica, è ultra ottantenne ma incredibilmente in gamba.»

«Veramente? Wayne Dyer, il padre della formazione, Louise Hay, la regina del credo positivo? Pazzesco, ma allora abbiamo materiale prezioso per il programma!»

«Finalmente l'hai capito! È materiale prezioso per fare un trailer da mostrare in Rai, ma poi gli autori dobbiamo invitarli in studio e finalmente spostare l'attenzione del pubblico su tematiche spirituali, filosofiche, sul benessere fisico e mentale, sull'armonia, sulle tecniche per ritrovare un equilibrio con se stessi e con l'universo!»

«Potremmo parlare della possibilità che tutti abbiamo di cambiare al meglio la nostra vita, di smettere di lamentarci e darci invece da fare per costruire il mondo che vogliamo, per lo meno cominciando a gestire in maniera diversa lo spazio e il tempo intorno a noi. E a quel punto chiediamo come fare a Joe Dispenza. E Joe comincia a raccontare come è necessario perdere l'abitudine di essere se stessi. Come sia indispensabile, per ottenere qualcosa dall'universo, porsi in una condizione di apertura... E per essere ricettivi e aperti è altrettanto indispensabile uscire dalla routine, dai gesti meccanici e dai pensieri codificati soprattutto dai pensieri negativi che attraggono a catena solo basse frequenze e negatività...»

«Ragazze non scherzate volete mettervi a parlare di energia e basse frequenze in tv?»

«Certo Marina, il tempo è arrivato. Useremo le parole giuste, ci faremo aiutare da questi autori. Molti sono medici, psicoterapeuti, scienziati. D'altronde noi altro non siamo che energia, facciamo l'esempio della radio che a me piace tanto. Quando ti vuoi sintonizzare su un canale cosa fai? Giri la manovella e ti sintonizzi sul giornale radio. Un altro programma, musica classica? Giri ancora e ti metti su un'altra frequenza... Musica jazz? Ancora qualche leggero movimento della manopola e ti sintonizzi sulle note del jazz. La stessa cosa dobbiamo imparare a fare con le nostre frequenze, imparare a sintonizzarci su quelle alte... è qui che si colgono nuove opportunità, nuovi incontri, si attingono nuove idee da una fonte universale a cui abbiamo accesso solo a determinate vibrazioni...»

«Va bene va bene, però dobbiamo procedere con calma e molta molta cautela prima di incamminarci su queste strade.»

«Va bene Grazia, cautela, però almeno invitiamo questi autori e partendo dai loro messaggi più semplici iniziamo a interessare e incuriosire il pubblico con le loro teorie. Poi con il tempo troveremo anche noi il coraggio di sostenerle.»

«Giovani, giovani, dobbiamo dare tanto spazio ai giovani! Anche ai bambini. Sono loro il futuro e poi sono senza sovrastrutture. La fantasia di un bambino è più potente di una formula matematica... lo diceva anche Einstein.»

«Dobbiamo entrare nelle scuole, dobbiamo farci raccontare i loro progetti, sogni, le loro idee.»

«Giusto! A volte la loro schiettezza è disarmante. Facciamo così: chiediamo in ogni puntata a un bambino diverso cosa è per lui la felicità. Ci stupiranno ogni volta con le definizioni più incredibili.»

«Quando il sorriso fa notizia... è proprio il caso di dirlo!»

«Certo! Il senso è che fa più notizia un albero che cade di una foresta che cresce. E noi vogliamo raccontare la foresta che cresce!»

«Fortunatamente è bene ripeterlo, sono molte di più le persone che tutti i giorni fanno il loro lavoro con onestà e dedizione di quante con un cappuccio in testa vanno a fare rapine. Viceversa vivremmo nel Far West!»

«La società sta migliorando, c'è molta più sensibilità e attenzione al prossimo... E c'è anche più attenzione ai disabili... Prima non li vedevi neppure in giro, ora c'è tutto un movimento per far valere i loro diritti di persone. Ci sono le Paralimpiadi, la tecnologia dà un valido aiuto per sopperire ai deficit fisici... Anche di tutto questo mondo ci dobbiamo occupare.»

Passarono mesi. Quelle riunioni scandivano la vita del gruppo creando amicizie trasversali e un clima pieno di promesse e sogni.

Maria Grazia era rinata. Piena di idee per il programma, di persone da contattare per poterle intervistare. Quando raccontava le sue giornate cinguettava, il suo respiro era tornato regolare e gli occhi le brillavano sempre. Anche al lavoro viveva una nuova bellissima parentesi: il direttore Mario Orfeo la scelse per *In viaggio con Pasolini* e lei, con la valigia in mano, risalì l'Adriatico da Bari a Trieste, raccontò con successo l'Italia di Pasolini e raccolse storie per il futuro programma.

Nel nostro gruppo si era creata un'empatia speciale e, anche se è difficile per molti credere alla telepatia, tra noi funzionava alla grande. La produttività era superiore a quella di un programma già regolarmente in onda.

Arrivò il momento di passare all'azione. Fu prodotto un dvd. Venne creato un pezzo *ad hoc*, un trailer da mostrare ai dirigenti Rai e con altre due nottate fu montato il numero zero di *Tutto il bello che c'è*.

Il lavoro fu fatto con un montatore dal profetico nome: Angelo Mandatodadio. Ci era sembrato molto ben augurante avere tutta questa popolazione celeste intorno!

Per maggiore sicurezza registrammo alla SIAE il lavoro che venne anche mandato in onda su una televisione privata per assicurarsene la titolarità.

La rete aveva accettato con qualche titubanza ma il giorno dopo ci contattò chiedendo altre puntate, dicendo di aver ricevuto moltissime telefonate da telespettatori entusiasti.

Tutto filava liscio, così liscio che sembravamo guidate in tutto ciò che facevamo.

Con Maria Grazia iniziammo a bussare a tutte le porte della nostra azienda. Grandi sorrisi, grande disponibilità ma poi nulla si muoveva. Ma non perdevamo la speranza. Ormai i nostri occhi erano definitivamente cambiati e ritenevamo fondamentale adoperarci per lanciare messaggi di positività, di incoraggiamento soprattutto raccontando le storie di chi ce l'aveva fatta! I nostri eroi erano persone normali che compivano azioni straordinarie semplicemente credendo in ciò che facevano. Quei personaggi capaci di creare circoli virtuosi attorno a se stessi, animati a volte solo da passione e fantasia.

Non avendo uno spazio *ad hoc*, iniziammo a infarcire il tg delle storie di chi aveva fatto della positività e della passione per il proprio operato la sua bandiera.

Erano passati sei anni dall'inizio della ideazione del programma e con Maria Grazia ormai eravamo ben consapevoli della potenza del pensiero positivo e di quanto fosse contagioso.

Finalmente accadde qualcosa.

Un giorno venni chiamata nella stanza dal direttore del Tg2 Marcello Masi: «Tu che sei fissata con le notizie positive, vai a Parma a intervistare un bambino che vuole un tg di buone notizie. A chiederlo è la Tarantola».

In pochi attimi capii l'accaduto. Un bambino di dieci anni aveva scritto alla allora presidente Rai chiedendo un tg di notizie positive sulla rete 2. «Cara presidente Tarantola vorrei tanto un telegiornale di belle notizie su Rai 2.»

Una letterina di poche righe dalla scrittura chiara e infantile partita da una buca delle lettere di Parma provocò in poche ore un vero e proprio tsunami!

La Tarantola chiamò il direttore del Tg2 Masi inoltrandogli la missiva di Mario Negri, questo il nome del potentissimo bambino, e manifestando chiaro interesse a che qualcosa venisse fatto.

«Grazia, il direttore mi manda a Parma a intervistare un bambino che ha chiesto alla presidente Rai un tg di buone notizie su Rai 2. È fatta, partiamo!»

«Ma tu vai a fare un'intervista mica ti hanno chiesto un programma!?»

«Ho un piano. Intervisto il bambino, racconto la sua storia: lui davanti al televisore che scrive alla Tarantola, poi vado alla sua scuola, intervisto i professori e tutti i compagni di classe. Riprendo anche il loro tg. Sai che cercano le buone notizie in città e mensilmente fanno un tg?»

«Che bravi, bellissima idea... ma che c'entra il nostro programma?»

«Anche noi volevamo fare il tg positivo... Ricordi?»

«Certo ma in tv!»

«E in tv intanto mettiamo il loro tg fatto in classe e poi l'idea è questa: continuare le riprese a Roma. Chiediamo a Masi e alla Tarantola se gradiscono la visita del bambino e lo riprendiamo anche nello studio del Tg2.»

«Sei matta e poi...»

«E poi se l'universo ci aiuta... uno spazio ce lo danno!»

«Mah, mi sa che ti illudi... Masi ti ha detto solo di fare un'intervista...»

«Fidati Grazia! Dopo tanto silenzio Masi che mi chiama per fare un pezzo su un tg di belle notizie... è una coincidenza che non va sprecata!»

Il piccolo Mario arrivò a Roma.

Bellissimo vedergli varcare la soglia del Tg2. I genitori al suo fianco, ma era lui ad accompagnare loro in questo magico e inaspettato viaggio.

Entrò in saletta di montaggio, in regia, in studio. Attento e soddisfatto, ovunque fece domande e sempre ricevette spiegazioni dettagliate.

Masi gli cedette la sua sedia e gli chiese di esporgli la sua idea di tg. «Mi piacerebbero servizi sulla vita dei bambini negli altri Paesi, i loro programmi di studio, le loro giornate, i loro hobby. Servizi sulle scoperte scientifiche, sugli animali in via di estinzione e cosa fare per salvarli.»

Masi guardava tra il divertito e l'affascinato quel piccolo uomo che, per nulla intimorito, snocciolava idee per il suo telegiornale ideale.

La presidente Tarantola fu, se possibile, ancor più disponibile. Lo fece accomodare su un divanetto e lo interrogò. «Quindi vorresti notizie sulla vita degli altri bambini nel mondo e i loro hobby... e il tuo qual è?»

«I treni. Li disegno, li costruisco.»

Di slancio la presidente si alzò per prendere un fiammeggiante Frecciarossa che faceva bella mostra di sé sulla libreria della sua stanza al settimo piano di viale Mazzini e glielo porse con affetto.

«Tieni, è tuo.»

Con qualche taglio per evitare pubblicità alle FS il pezzo andò in onda.

L'ascolto fu alto e lo spazio di 6 minuti settimanali di buone notizie all'interno del tg delle 18 fu concesso.

Nel giro di pochi mesi lo spazio raddoppiò. Io e Grazia ci alternavamo nella conduzione. L'ascolto si alzò moltissimo, quasi il doppio della prima parte del tg. E questo portò polemiche.

A volte venivamo attaccate in redazione da colleghi non convinti della validità di quello spazio ma ribattevamo con convinzione: «Nei tg dimentichiamo da troppo tempo quella parte costruttiva della società che per fortuna è sempre attiva e conta su molte molte forze. Noi semplicemente la raccontiamo. È frutto di inchieste anche il nostro lavoro».

«Anche noi con queste notizie belle concorriamo a formare un'opinione pubblica.»

Lo spazio di *Tutto il bello che c'è* non passava inosservato all'interno del telegiornale. Masi ci diede carta bianca e a luglio lo spostò a giovedì, subito dopo il Tg2 delle 13.30.

Una grande promozione: diventava una rubrica in un orario di grandissimo ascolto.

Il direttore, che era diventato un fervente sostenitore di *Tutto il bello che c'è*, decise di dedicare al programma uno dei titoli del tg delle 13 del giovedì e un pezzo all'interno del tg che anticipasse l'argomento della rubrica.

Stabilì poi che 6-7 colleghi, pur essendo incardinati in altre redazioni, due giorni la settimana fossero distaccati a *Tutto il bello che c'è*. Erano i colleghi che fin dall'inizio, spontaneamente, avevano iniziato a collaborare sentendo un'affinità con i temi trattati. Carola Carulli, Laura Gialli, Daniele Rotondo, Laura Sansavini, Bruna Faterete, Fabrizio Frullani, Dorotea Gambardella. Le proposte fioccavano. «Silvia, sono a Milano e il tassista mi ha raccontato di aver restituito una montagna di soldi a due ragazzi russi che li avevano dimenticati in auto! Lo intervisto?»

«Grazia c'è un signore che ha deciso di donare il suo piccolo giardino alla collettività e lo sta trasformando in un giardino zen...»

«C'è una banda bellissima formata da bambini di famiglie disagiate di Palermo e l'associazione li fa studiare e suonare in palazzi e chiese bellissime perché crede che la bellezza li salverà... vi interessa?»

Le continue segnalazioni dei colleghi ci rincuoravano. Ci sentivamo come guidate, come attrici con una regia esterna. Una regia che in anni passati avevamo messo a punto curando ogni dettaglio e che ora sembrava vivere di vita propria.

Passò l'estate e il programma andò sempre regolarmente in onda.

Maria Grazia era molto provata ma talmente concentrata sul lavoro da affrontare tutto con il sorriso sulle labbra.

«Silvia ho paura che Grazia si stanchi eccessivamente a lavorare ma non l'ho mai vista così felice» disse un giorno mamma Rosa «Grazia ha sofferto tanto in alcuni periodi in questo tg. Ha avuto anche tante soddisfazioni, ma così felice e innamorata di quello che fa non l'ho vista mai!»

A nulla servivano le raccomandazioni mie e degli amici del gruppo, Grazia non si risparmiava.

«Grazia, vogliamo far condurre qualcun altro e noi facciamo solo le autrici e scriviamo tutti i testi...? Sarà meno faticoso!»

«Silvia mi faresti un dispetto. Sono felice di essere io a dialogare con il pubblico. Ed è importante che lo faccia anche tu. A me dà molta carica... Continuiamo!»

Camminava a fatica, parlava con delle pause, la magrezza sopraggiunta la rendeva ancor più bella e continuava instancabilmente a sfornare storie da raccontare e personaggi da intervistare.

«Silvia, ricordati di far fare il servizio sulla raccolta di pomodori senza sfruttamento... Ricordati che prima o poi anche quest'anno i ciliegi fioriscono... Ed è uno spettacolo che parla al cuore...»

Era la sera del 19 ottobre, le nove di sera l'ultima telefonata di Grazia.

La notte tra il 20 e il 21 se la portò via, a un anno esatto dalla nascita di *Tutto il bello che c'è.*

Giorni di frastuono e dolore. Giorni di silenzio e dolore. Giorni di incredulità e dolore.

Ma lo spettacolo deve continuare e io, come un soldatino, mettevo in onda *Tutto il bello che c'è* settimana dopo settimana.

Erano talmente tanti i pezzi preparati da Grazia, che il distacco lo avvertii molto tempo dopo. La vedevo tutti i giorni, bastava fare un *click* sul computer per averla lì, in mille situazioni: a intervistare gli avvocati di strada che difendono gratuitamente i diritti di chi i soldi non ce li ha, a intervistare aspiranti musicisti tolti dalla strada da qualche magico musicista anziano, a carezzare agnellini in un fuori onda e in onda... Perché negli ultimi mesi per Grazia non vi era differenza. Viveva e si riprendeva senza distinzione. Iniziò a vivere nuove realtà per riprendersi quella vita che le scappava tra le mani: faceva yoga, meditazione, passeggiate nei prati... E tutto finiva nel programma. Nessun protagonismo, solo voglia di sperimentare le realtà che andava raccontando. Voglia di metterci la faccia e condividere le idee portate avanti dalle persone più disparate che, investendo energia, soldi e tempo, con passione si facevano paladini di qualche cambiamento. Signore impegnate in bellissimi negozi di vestiti per bambini aperti solo a famiglie disagiate, dentisti volontari decisi a far tornare il sorriso ad anziani senza pensione, musicisti a riposo che creavano bande musicali con i giovani del paese. Il suo lavoro era stato notato anche dalla neo presidente Rai Monica Maggioni, che l'aveva conosciuta da collega in un periodo in cui entrambe furono impegnate come corrispondenti da Parigi. Nel giorno dei suoi funerali elogiò il suo impegno giornalistico e ancor di più e dettagliatamente lo prese ad esempio tempo dopo, in un seminario per giovani giornalisti. «Il giornalismo costruttivo è una nuova frontiera, importante e affascinante... la nostra collega Maria Grazia Capulli e la sua squadra nel programma *Tutto il bello che c'è*, ne è stata una valida antesignana.»

Continuavo a preparare puntate inserendo passato e presente, pezzi di Maria Grazia e pezzi che commissionavo a colleghi, spesso frutto di quel circolo virtuoso che si era innescato.

Poi un giorno qualcuno disse che non era "deontologico" mandare in onda pezzi di chi non c'era più... Quel giorno stesso arrivò in redazione Luca Mattiucci, il giornalista del «Corriere della Sera» con cui Grazia mesi prima si era incontrata per coordinarsi con la sua rubrica di belle notizie.

«Ciao grazie dell'aiuto. Grazia mi diceva che le passavi molte belle storie e alcune le abbiamo raccontate in tv citandovi.»

«Il nostro era un appuntamento settimanale. Ci incontravamo da Pallotta a Ponte Milvio. Il tempo sembrava fermarsi, passavamo ore e ore a raccontarci storie bellissime. Lei scherzava e mi prendeva in giro... "scribacchi bene ci metti il cuore"... ci sai fare con la penna.»

«Ho letto la lettera che hai pubblicato il giorno che se n'è andata. È di un'intensità struggente.

Il nostro invece era un rapporto quotidiano! Molto stretto. A volte quasi simbiotico, a volte a distanza, comunque così intenso che ancora non sento un vuoto. Sono piena di lei, dei nostri discorsi, progetti, litigi. Sì, caro Luca, per fortuna facevamo pace in poche ore, ma il rapporto con Grazia è sempre stato molto impegnativo. L'ho anche delusa, tante volte, lei si aspettava sempre il massimo e a volte rimaneva male per le mie dimenticanze... ma portare avanti una famiglia, due figli adolescenti, il lavoro, le mamme e zie anziane non è una passeggiata! A volte Grazia mi sembrava il fiore del *Piccolo Principe* che tossiva per richiamare l'attenzione.»

«Per me è stata la volpe... Mi ha ammaestrato e io andavo al nostro appuntamento con la gioia nel cuore. Senti Silvia, vengo a proporti di continuare questa collaborazione, di ufficializzarla con i rispettivi direttori.»

E forse fu proprio per merito di Grazia che il direttore del Tg2 Masi e il direttore del «Corriere della Sera» Fontana si incontrarono e firmarono un accordo per aprire un ulteriore spazio di *Tutto il bello che c'è* il mercoledì mattina. Le storie segnalate sarebbero state scelte da entrambe le testate.

A *Tutto il bello che c'è* arrivarono studenti, imprenditori, artisti, medici, avvocati, esploratori, casalinghe, scienziati, sognatori. Tutti a raccontare la loro esperienza di "collaboratori al bene comune". Da Giuseppe Guzzetti presidente della fondazione Cariplo – e padre delle fondazioni di origini bancaria che hanno un ruolo fondamentale nel sostegno al terzo settore – a Letizia Moratti da sempre impegnata a San Patrignano e ora sostenitrice di uno sviluppo economico sostenibile e inclusivo; dalla signora Sabrina Coccoloni che cuce vestiti per i bambini africani con una fitta rete di casalinghe creata da lei su Facebook a Mario Rossi che insieme a un gruppo di amici dipinge splendidi murales che ravvivano la periferia romana, a Luigi Spadafora, uno studente liceale che ha contagiato tutta la sua scuola con la poesia, e con il ricavato di libri e spettacoli con cui ha incantato Cosenza compra pc per una casa di accoglienza di immigrati.

Tre anni accompagnati dai sogni su Maria Grazia, il primo il 24 dicembre 2015. «Silvia ricordati i bambini, le favelas, il coro delle Mani Bianche, musica, leggerezza, racconta gesti belli, non piangere, stammi a sentire c'è poco tempo invita ospiti, i nostri eroi, ricordati fiori, giardini, manda amore, manda amore.»

Tanti i messaggi, le informazioni le coincidenze che sembravano arrivare ancora, indirettamente, da Maria Grazia. Sotto forma di e-mail come quella dell'istituto di cultura giapponese che mi invitava a un pranzo in un giardino di ciliegi in fiore, per godere lo spettacolo dell'*hanami*...

Era come se quegli eroi che in tante riunioni avevamo immaginato o selezionato, quegli argomenti che tanto ci avevano appassionate, venissero direttamente a bussare alla mia porta.

«Buongiorno spettabile redazione, mi occupo di raccolta cibo. Siamo una comunità di *foodbusters* per noi le persone bisognose sono dei supereroi.»

«Buonasera spettabile redazione siamo gli alunni del nono istituto onnicomprensivo di Padova abbiamo dedicato il progetto scolastico *La buona notizia* a Maria Grazia Capulli per ricordare il suo sorriso e l'esempio di chi ha lavorato in modo pulito e costruttivo.»

Ogni e-mail un sobbalzo! Neanche a dettarle sarebbero state così eloquenti e con tante parole chiave: sorriso, lavoro costruttivo, mezzi di informazione volti al bene...

E poi sogni e ancora sogni in cui Maria Grazia puntuale veniva a dare raccomandazioni: «Magia, deve esserci magia, parole incantate. Favole per grandi e piccini... Belle immagini di farfalle... L'amore è l'unico ponte tra voi e noi».

«Parla di stelle e pianeti e parla di anima, di emozioni, di gioia. Gioia, gioia con musica e canti.»

E sullo schermo quella settimana a *Tutto il bello che c'è* andava in onda la compagnia di ballo del Venezuela che avevo incontrato "per caso" nella comunità di Capodarco. Ragazzi delle favelas che con magia e gioia facevano volteggiare una danzatrice che poi con amore riponevano su una sedia a rotelle e infine, con una maestria che solo la passione può creare, ballavano ancora usando la sedia a rotelle come punto di appoggio di tutti i loro corpi. Una musica che parlava dritta al cuore e una coreografia da strappare lacrime e applausi.

Un racconto che non ha fine, questo su *Tutto il bello che c'è*, perché capace di trasformare in incontri anche i possibili scontri e così, superato l'esame anche con l'attuale direttrice Ida Colucci, grazie a lei è entrato nel suo quarto anno di vita. E ogni giorno alle nuove storie belle da raccontare si aggiungono le scoperte sulle belle storie già vissute. Come quando, dieci anni fa, un'amica mi ha chiesto di partecipare a una raccolta di racconti benefici dal titolo *Cuori di pietra*. E io ho aperto la borsa e le ho mostrato il cuore di pietra che porto sempre con me.

E con il cuore dedichiamo questo libro a Maria Grazia raccontando, ancora una volta, ma sulla pagina, tutto il bello che c'è nelle vite di ciascuno di noi.

Ringraziamenti

Un grazie speciale a Francesca Lang, che ha creduto in questa raccolta da subito; a Cetta Leonardi, prezioso aiuto perché questo libro diventi una notizia; a Geppi Cucciari che generosamente ha messo la sua penna e la sua brillante intelligenza per spiegare il progetto (a modo suo, ovviamente); a tutte le amiche che hanno partecipato, scritto, accettato di condividere una piccola ma importante parte del loro tempo e della loro vita. E a te che hai comprato il libro, e lo hai letto fino all'ultima pagina, grazie.

Indice

Stampato presso ELCOGRAF S.p.A. – Stabilimento di Cles (TN)